KB186911

신개정판

포인트 일본문학사

이일숙 · 임태균 著

제이앤씨
Publishing Corporation

■ 책머리에

일본문학사는 일어일문학을 전공하는 학생이라면 반드시 배워야할 중요한 과목이라고 할 수 있습니다. 하지만, 이웃나라의 인명이나 책 제목 등은 어렵기도 하거니와 생소하기 때문에 대하기가 쉽지 않습니다. 게다가 문학사의 특성상 암기할 것도 많아 다른 교과보다 힘이 드는 것도 사실입니다. 그렇지만 힘든 만큼 보람도 있고 학원에서는 결코 배우지 못하는 새로운 지식의 습득이라는 뿌듯함도 느끼게 되는 것이 일본문학사이기도 합니다. 교육대학원을 가거나 교원임용고사에서 일본문학사가 출제되는 것을 보면 일본문학사의 중요성을 알 수 있다고 하겠습니다. 이번에 새로 내놓는 책은 이러한 일본문학사의 중요성을 인식함과 동시에 학생들, 나아가서는 일본문학에 관심을 가진 일반인들이 쉽게 접할 수 있도록 알기 쉽게 본문을 구성한 점이 특색이라고 할 수 있습니다. 또한 일본문학의 흐름을 객관적으로 정리하는 한편 일본문학의 정수들을 감상할 수 있는 코너도 마련하였습니다. 책과 사람의 이름은 한글과 함께 후리가나도 함께 달아 학습 편의를 최대한 고려하였습니다.

이 책의 상대, 중고, 중세, 근세 부분은 이시윤교수가, 근대 편은 임
태균교수가 담당하였음을 밝힙니다. 책을 출판함에 앞서 워드작업과
교정 등을 도와준 조교 김미영양에게 깊은 감사를 드립니다.

2007년 새봄
저자드림

범례

고유명사인 경우의 한자 표기는 일본한자(상용한자)를 그대로 사
용하였다.

예 萬葉集 → 万葉集

■ 목 차

近代 문학

上代문학

1. 상대(上代)문학 포인트 2. 신화(神話)·전설(伝説)·설화(説話). 3. 제사(祭祀)문학
4. 시가(詩歌)문학

1. 상대(上代)문학 포인트

시대 구분

문학이 발생한 때로부터 헤이안쿄(平安京)으로 천도(遷都)[1]하기 전까지를 상대(上代)라고 한다. 정치·문화의 중심이 야마토(大和)[2]에 있었던 시대의 문학이다.

시대적 배경

각지(各地)에 발생해 있던 소국가(小国家)들이 4·5 세기경 야마토 조정(大和朝廷)에 의해 통일되고, 7세기에는 중앙집권적인 체제가 정비되었다. 6세기 중반에 불교가 들어오고 7세기에 견수사(遣隋使)와 견당사(遣唐使)가 파견되어, 대륙문화가 적극적으로 유입되었다.

5세기경의 거울

구승(口承)문학

문자가 없었던 시대에 입에서 입으로 전해 내려오던 문학을 말한다. 이들 문학은 주로 집단(集団)에서 발생했기 때문에, 집단적 내용이 강하며, 종교적 색채가 짙고 서사적(叙事的)인 요소(要素)를 지닌 것이 많다.

기재(記載)문학

문자(文字)에 의한 문학을 말한다. 한자의 유입(流入)에 의해 구승

---

1 794년에 천도하였다.
2 지금의 나라현(奈良県)이다.

문학을 문자로 기록하게 되자 문학은 점차 개성적(個性的)·예술적(芸術的) 경향이 강해졌다. 신화(神話)·전설(伝説)·설화(説話) 등이 집성(集成)되고, 시가(詩歌) 형태가 확립되었다. 궁정을 중심으로 한 시문(漢詩文)이 융성하게 되자 한시집 『가이후소』(懷風藻)[3]가 나오고 이윽고 상대문학의 기념비적 와카집(和歌集)인 『망요슈』(万葉集)가 등장한다.

2. 신화·전설·설화(神話·伝説·説話)

고대(古代) 초기의 문학은 신화나 전설 설화를 소재로 한 것이 많다. 인간의 힘을 초월한 자연현상을 신(神)이 한 일이라고 여겼던 사람들은 신을 두려워하여 공경(恭敬)하며 삶의 현장에서 영향을 받았다. 신이 중심이 되어 나라나 인류(人類)의 창조, 발전 등이 이루어진다고 믿은 사람들이 만들어낸 것이 신화이다. 전설이나 설화는 이들로부터 파생(派生)된 것으로, 구승문학으로 전해지다가 기록되어졌다. 『고지키』(古事記)·『니혼쇼키』(日本書紀)·『후도키』(風土記)가 이에 해당한다.

고지키 古事記

현존(現存)하는 일본 최고(最古)의 역사서(歴史書)로, 와도(和銅)5년(712) 오노야스마로(太安万呂)[4]가 겐메(元明)천황의 칙명(勅命)에 의해

---

3 751년 성립. 편자는 알려져 있지 않다.
4 오노야스마로(?~723) 고지키의 채록자(採録者).

편찬하였다. 고지키 서문(序文)에 의하면, 임신란(壬申亂)을 평정한 덴
무(天武)천황은, 천황의 계통을 분명히 하고 사회 질서의 확립을 위
해, 각 씨족(氏族)에게 전해지던 제기(帝紀)[5]와 구사(旧辭)[6]를 비교 검
토해 잘못을 바로잡아, 기억력이 뛰어난 히에다노아레(稗田阿礼)[7]에
게 암송시켜 후세에 전하려고 했다. 그러나 천황의 죽음으로 일이
중단되자, 그 뜻을 이어받은 겐메천황이 오노야스마로에게 명해 완
성시킨 것이 『고지키』(古事記)라고 한다.

『고지키』는 편찬의 동기와 과정을 적은 서문(序文)과 상·중·하
(上·中·下) 세 권으로 되어 있다.

　　상권(上卷)... 서문(序文)과 신화(神話)로 되어 있다.
　　중권(中卷)... 초대(初代)에서 15대 천황까지
　　하권(下卷)... 제 16대부터 33대 천황까지

『고지키』의 내용은 신대(神代)의 시작으로부터 33대인 스이코천황
(推古天皇)까지의 일을 신화와 전설을 포함하여 수록하고 있다. 『고
지키』의 문체는, 서문(序文)이 순수 한문체이고, 본문은 한자의 음과
훈을 섞어 사용한 이른바 변칙(變則) 한문체이다.

감상 古事記·倭建命の熊曾征伐
　天皇、小碓命に詔はく、「何とかも汝の兄は朝夕の大御食[8]に参る
出で来ぬ。専ら汝ねぎし教へ覚せ[9]」とのりたまひき。如此詔ひてよ

---

5 천황의 계보나 황위(皇位) 계승의 순서.
6 황실, 씨족(氏族), 민간에 전해지던 신화, 전설, 가요 등.
7 생몰년·성별 미상으로 덴무천왕(天武天皇) 시대의 가타리베(語部)이다. 가타
　리베는 상고(上古) 시대에 조정에 출사하여 전설이나 고사를 외워서 이야기하
　는 것을 소임으로 하던 씨족(氏族)
8 아침저녁에 천황과 함께 하는 식사

り以後、五日に至るまで、猶参ゐ出でず。爾くして、天皇、小碓命を問ひ賜はく、「何とかも汝が兄の久しく参ゐ出でぬ。苦し未だ誨へず有りや」ととひたまふに、答へて白ししく、「既にねぎ為つ」とまをしき。又、詔はく、「如何かねぎしつる」とのりたまふに、答へて白ししく、「朝署に厠10に入りし時に、待ち捕へ、搤り批きて、其の枝を引き闞きて、薦に裏みて投げ棄てつ」とまをしき。是に、天皇、其の御子の建く荒き情を惶りて詔はく、「西の方に熊曾建二人有り。是れ、伏はず礼無き11人等ぞ。故、其の人等を取れ」とのりたまひて、遣しき。此の時に当りて、其の御髪を額に結ひたまひき。

천황이 小碓命에게 말씀하시기를, 「어째서 네 형은 조석의 식사 자리에 나오지 않느냐, 네가 상냥하게 잘 가르쳐 타일러라」라고 말씀하셨다. 이처럼 말씀하시고 나서 5일이 지나도, 大碓命는 역시 나오지 않았다. 그래서 천황이 小碓命에게 물으시기를, 「어째서 네 형은 오랫동안 나오지 않는 게냐, 혹시 아직 가르치지 않은 것은 아니냐?」라고 물으시자, 小碓命가 대답하여 말씀드리기를, 「이미 잘 가르쳐 주었습니다」라고 말씀드렸다. 재차 천황이 말씀하시기를, 「어떻게 잘 가르쳤느냐?」라고 말씀하시자, 대답하여 「새벽녘에 형이 변소에 들어 갔을 때, 나오는 것을 기다려 붙잡아 짓눌러 죽이고, 그 수족을 잡아 떼고 거적에 싸서 던져버렸습니다」라고 말씀드렸다. 그것을 듣고 천황은, 그 아드님의 용맹하고 거친 마음을 두려워하여 말씀하시기를, 「서쪽에 熊曾建가 두 사람 있다. 이들은 복종하지 않고 질서를 어지럽히는 자들이다. 그러니까 그자들을 죽여 버려라」라고 말씀하시고, 小碓命를 파견하셨다. 이때에는 小碓命는 그 머리를 이마에 땋고 계셨다.

---

9 위로하듯 상냥하게 깨우쳐 줌. 네구는 위로하다라는 뜻
10 변소
11 복종하지 않고 질서를 어지럽히는

니혼쇼기 日本書紀(にほんしょき)

덴무(天武)천황의 황자(皇子)인 도네리친왕(舍人親王) 등이 겐쇼(元正)천황의 명(命)에 의하여 요로(養老) 4년(720) 완성하였다. 신대(神代)에서 지토(持統) 천황까지의 신화·전설·기록을, 수식이 많은 한문으로 기록한 편년체[12]의 역사책이다. 일본 최고(最古)의 정식 역사책으로 전 30권으로 되어 있다.

감상 日本書紀(にほんしょき)·国生み

伊奘諾尊(いざなぎのみこと)·伊奘冉尊(いざなみのみこと)、天浮橋(あまのうきはし)の上(うへ)に立たし、共(とも)に計(はか)りて日(のたま)はく、「底下(そこつした)に豈国(もしくにな)無(な)けむや」とのたまひ、廼(すなは)ち天之瓊(あまのぬ)は玉なり。此には努(ぬ)と云(い)ふ。矛(ほこ)を以(も)ちて、指(さ)し下(ほこ)して探(さぐ)りたまひ、是(ここ)に滄溟(あをうなはら)を獲(え)き。其(そ)の矛(ほこ)の鋒(さき)より滴瀝(したた)る潮(しほ)、凝(こ)りて一島(ひとつのしま)に成(な)れり。名(な)けて磤馭盧島(おのごろしま)と曰(い)ふ。二神(ふたはしらのかみここ)、是(い)に、彼(か)の島(くだま)に降(ふ)り居(を)し、因(よ)りて共(とも)に夫婦(いもせ)と為(な)り、洲国(くに)を産生(う)まむと欲(おも)す。

イザナギノミコト·イザナミノミコト

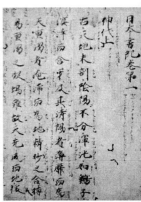

日本書紀

이자나기노미코토·이자나미노미코토가 천부교 위에 서시어 상담하여 말씀하시기를, 「이 바닷에 어째서 나라가 없을 것인가」라고 말씀하시고, 곧 구슬로 장식한 경(瓊)은 구슬이다. 이것을 누라고 한다. 창을 아래로 내려서 (아래쪽을) 살피셨다. 거기에 넓고 푸른 바다가 눈에 띄었다. 그 창끝으로 떨어진 바닷물이 굳어져 하나의 섬이 되었다. (이것을) 이름 하여 오노고로시마라고 한다. 두 신은 그래서 그 섬에 하강하셔서 함께 부부가 되어 국토를 낳으려고 하셨다.

---

12 시대 순으로 역사를 서술하는 것.

〈『고지키』와『니혼쇼키』의 비교〉

	古事記	日本書紀
성립	712년 성립	720년 성립
목적	국내적으로 사상 통일을 도모하기 위해 약간 주관적인 역사관(歷史觀)으로 되어 있다.	대외적으로, 일본의 우세를 나타내려고 하고 있다.
내용	신화·전설·가요 등이 많이 수록되어 있고 문학적이다.	사실적(史實的)인 내용이 많고 역사적이다.
표기	한자의 음과 훈을 사용	순수한 한문체 사용

후도키 風土記

와도(和銅) 6년(713), 겐메(元明)천황의 명(命)에 의해 편찬된 여러 지방의 지지(地誌)이다. 각 지방의 고을 이름의 유래·지형·산물·전승(伝承) 등을 기록하고 있어, 그 지방의 역사와 생활을 알 수 있다. 현존(現存)하는 것은『이즈모후도키』(出雲風土記)·『히타치후도키』(常陸風土記)·『하리마후도키』(播磨風土記)·『붕고후도키』(豊後風土記)·『히젠후도키』(肥前風土記) 등으로, 이 중 완본(完本)은『이즈모후도키』뿐이다. 또한 일찍이 흩어져 사라진 일문(逸文) 후도키도 수십여 지방의 것이 알려져 있다.

3. 제사(祭祀)문학

노리토 祝詞

노리토란 제사 의식(祭祀儀式)에서 사람이 신(神)에게 빌 때 쓰이던 말이다. 문장이 장중(莊重)하고 아름다우며 음률적이다. 노리토에는 신을 제사지낼 때 여러 신하(臣下)에게 읽어 주던 것과, 제사지낼 때 신전(神前)에서 기원(祈願)하는 것, 천황에게 아뢰어 국가의 장구

(長久)를 축복하는 것 등이 있다.

센묘 せんみょう 宣命

천황이 신(神)의 명(命)을 받아 정사(政事)를 행하기 위해 사람들에게 알리는 말이다. 천황의 명령이나 말을 일본어로 나타낸 것이다.

4. 시가(詩歌)문학

상대가요 上代歌謡

생산과 신앙생활에 관련된 집단적인 축제의 장소에서, 사람들 사이에서 불리워진 노래로, 소박한 악기나 무용을 곁들인 것도 있다.

宣命抄

우타가키(歌垣) うたがき

다수의 남녀가 모여 신(神)을 제사하고 가무(歌舞)와 음식을 즐기는 농사(農事)와 관련된 행사이다. 산이나 구릉위에서 남녀가 서로 노래를 부르며 사랑을 나누는 집단 행사이다.

기키가요(記紀歌謡) きㆍき

『고지키』(古事記) こじき 와 『니혼쇼키』(日本書紀) にほんしょき 에 실려 있는 약 190수[13]의 노래를 말한다. 기(記)는 『고지키』(古事記) こじき 에서, 기(紀)는 『니혼쇼키』(日本書紀) にほんしょき 에서 따 온 것이다. 고대인의 생활 전반을, 밝고 소박하

---

13 고지키에 약 110수, 니혼쇼키에 약 130수 있으나 중복된 노래를 제외하면 약 190수가 된다.

며 격렬한 감정으로 노래하고 있다. 마쿠라코토바(枕詞)[14]와 죠코토바(序詞)[15]를 사용하며, 음률미(音律美)가 있다.

망요슈 万葉集

仏足石

현존(現存)하는 일본 최고(最古)의 와카집(和歌集)으로, 성립은 8세기 말경이라고 생각되어 진다. 편자(編者)는 확실하지 않으나, 오토모노야카모치(大伴家持)가 편찬에 깊게 관련되었다는 것이 일반적인 설(説)이다. 전부 4500여수로, 20권으로 되어 있고 소몬(相聞), 반카(挽歌), 조카(雑歌)로 분류된다.[16] 가체(歌体)는 단가(短歌)가 전체의 90% 이상(4170수)이고, 장가(長歌)가 약 270수, 세도카(旋頭歌)가 60수, 붓소크세키카(仏足石歌)가 1수 있다.

*短歌 5·7·5·7·7 형식의 노래.
*長歌 5·7·5·7· 5·7···5·7·7 형식의 노래.
*旋頭歌 5·7·7·5·7·7 형식의 노래.
*仏足石歌 5·7·5·7·7·7 형식의 노래.

망요슈의 시대 구분

【제1기(第1期)】

중앙집권체제가 확립되는 임신란(壬申乱/672)까지의 노래를 말한다.

---

14 노래의 주된 의미에 직접 관계없이 일정한 어구(語句)를 이끌어 내어 그것을 꾸미는 말. 보통 오음(5音)이다.
15 마쿠라코토바와 쓰임이 같으며 주로 칠음(7音) 이상이다
16 소몬은 증답가(贈答歌)로, 연애가(戀愛歌)가 중심이나, 부자·친구 사이의 증답가도 있다. 반카는 죽음을 애도하는 노래, 조카는 소몬·반카 어느 쪽에도 속하지 않는 노래를 말한다.

고대 가요의 집단적인 성격에서 벗어나 개성적인 와카(和歌)가 발생한 시기이다. 초기망요(初期万葉)라고도 한다. 대표 가인(歌人)으로 죠메천황(舒明天皇)·덴지천황(天智天皇)·덴무천황(天武天皇)·아리마노미코(有間皇子)·누카타노오키미(額田王) 등이 있다.

※ 임신란(壬申乱)

덴지천황(天智天皇)이 죽은 후 장자(長子)인 오토모(大友)황자측에 덴지천황의 동생인 오아마(大海人)가 672년에 반란을 일으킨 사건. 오토모황자는 패배하여 자살하고 오아마는 덴무천황(天武天皇)이 되었다.

감상 天皇、香具山に登りて望国したまふ時の御製歌　　舒明天皇

2 大和には 群山あれど とりよろふ 天の香具山 登り立ち 国見をすれば 国原は 煙立ち立つ 海原は かもめ立ち立つ うまし国そ あきづ島 大和の国は

천황이 가구산에 올라 사방을 둘러보며 국토를 시찰하실 때 지으신 노래
　　　　　　　　　　　　　　　　　　　　　죠메천황

2 야마토에는 많은 산이 있지만, 그 중에서도 특히 아름다운 가구산에 올라서서 사방을 둘러보며 국토를 시찰하니, 넓은 평야에는 여기저기 연기가 피어오르고, 넓은 바다에는 여기저기 갈매기가 날고 있다. 참으로 훌륭한 지방이구나, 이 야마토는.

*죠메천황(舒明天皇)〔593~641〕제34대 천황
*덴지천황(天智天皇)〔626전후~671〕제38대 천황. 죠메천황의 제2황자(皇子)
*덴무천황(天武天皇)〔?~686〕제40대 천황. 죠메천황의 제3황자(皇子)
*누카타노오키미(額田王) 생몰년 미상. 망요슈 여류가인(女流歌人)의 제1인자로 불린다. 감수성이 풍부한 뛰어난 재능의 소유자였다.
*아리마노미코(有間皇子)〔640~658〕고토쿠천황(孝德天皇)의 아들로 반역

万葉集

죄로 몰려 젊은 나이에 처형 되었다.

【제2기(第2期)】

임신란에서 나라(奈良)에 천도(710)하기까지로, 율령제가 정비되고 궁정은 안정과 번영의 시기를 맞이하였다. 전문가인(專門歌人)이 활약한 시기이다. 장가(長歌)가 특히 발달한 시기로, 노래의 구상(構想)도 웅대해 지고, 마쿠라코토바・죠코토바・대구(對句) 등의 기교도 발달하였다. 대표 가인(歌人)은 가키노모토노히토마로(柿本人麻呂)이고, 그 밖의 가인으로는, 다케치노쿠로히토(高市黑人)・지토천황(持統天皇)・오츠노미코(大津皇子)・오쿠노히메미코(大伯皇女) 등이 있다.

柿本人麻呂

감상

柿本人麻呂

50 東の 野にかぎろひの 立つ見えて かへり見すれば 月傾きぬ

가키노모토노히토마로

50 동쪽들에 아지랑이가 피어오르는 것이 보여 뒤돌아보니 달이 서쪽으로 기울고 있다

大伯皇女

大津皇子の屍を葛城の二上山に移し葬る時に、大伯皇女の哀傷して作らす歌二首

165 うつそみの 人なる我や 明日よりは 二上山を 弟と我が見む

오츠미코의 시체를 가즈라기의 후타가미산에 이장했을 때, 오쿠노히메미코가 애상하여 지으신 노래 두 수

오쿠노히메미코

165 이 세상 사람인 나는, 내일부터는 후타가미산을 동생이라고 생각하며 바라볼 것인가

歌碑

大津皇子、死を被りし時に、磐余の池の堤にして涙を流して作らす
歌一首

大津皇子

416 ももづたふ 磐余の池に 鳴く鴨を 今日のみ見てや 雲隠りなむ

オ츠노미코가 사형을 선고받았을 때, 이와레 연못 둑에서 눈물을 흘리
면서 지으신 노래 한 수   오츠노미코

416 이와레 연못에서 우는 오리를, 오늘 마지막으로 보고 죽어 가는 것
일까

*가키노모토노히토마로(柿本人麻呂) 생몰년 미상.『망요슈』최대의 가인(歌
人)이지만, 그의 경력 등은 상세히 알려져 있지 않다. 지토천황(持統天皇)
시대의 하급 관리로, 천황의 행차에 수행하여 지은 찬가(讚歌)나 황자(皇
子)와 황녀(皇女)들의 죽음을 애도하는 만가(挽歌)가 많이 있다. 궁정가인
(宮庭歌人)으로 불린다.

*다케치노쿠로히토(高市黒人) 생몰년
미상. 지토·몬무(持統·文武) 양 천
황을 섬긴 궁정가인으로, 단가(短歌)
에 뛰어났으며, 여정(旅情)을 읊은
가작(佳作)이 많다.

*오츠노미코(大津皇子) (663~686) 덴
무천황(天武天皇)의 황자. 반역죄로
처형되었다.

*오쿠노히메미코(大伯皇女) (661~701)
덴무천황의 황녀. 오츠노미코와 어머
니가 같은 형제.

大津皇子墓

【제3기(第3期)】

헤이죠경(平城京)으로 천도한 이후부터 덴표(天平)5년(733)경까지로, 나라가 안정되고 『고지키』·『니혼쇼키』가 만들어진 무렵이다. 불교·유교·노장사상 등의 유입으로 노래는 지적이고 세련되어 진다. 사적(私的)인 감정을 읊은 서정가(抒情歌)와 개성적인 작풍(作風)을 지닌 가인(歌人)이 많이 등장했다. 대표 가인으로는 야마베노아카히토(山部赤人)·오토모노타비토(大伴旅人)·야마노우에노오쿠라(山上憶良)·다카하시노무시마로(高橋虫麻呂) 등이 있다.

감상

大伴旅人(おほとものたびと)

452 妹(いも)として 二人(ふたり)作(つく)りし 我(わ)が山斎(しま)は 木高(こだか)く繁(しげ)く なりにけるかも

오토모노타비토

452 아내와 함께 둘이서 만든 우리 정원은, 나뭇가지가 높고 울창해 졌구나.

山部赤人(やまべのあかひと)

919 若(わか)の浦(うら)に 潮満(しほみ)ち来(く)れば 潟(かた)をなみ 葦辺(あしべ)をさして 鶴(たづ)鳴(な)き渡(わた)る

야마베노아카히토

919 와카 해변에 조수가 차오면, 개펄이 없기 때문에 갈대가 나 있는 물가를 향해 학이 울면서 건너간다.

山上臣憶良(やまのうへのおみおくら)、沈病(やまひお)りし時の歌一首

山上憶良(やまのうへのおくら)

968 士(をのこ)やも 空(むな)しくあるべき 万代(よろづよ)に 語(かた)り継(つ)ぐべき 名(な)は立(た)てずして

야마노우에노오쿠라가 중한 병이었을 때의 노래 한 수

야마노우에노오쿠라

968 남자로서 허무하게 세상을 끝내도 좋은 것일까. 만세에 전해 내려질 정도의 명성은 얻지 못하고.

反歌　　　　　　　　　　　　　　　　高橋虫麻呂
（たかはしのむしまろ）

1810 蘆屋の 菟原処女の 奥つ城を 行き来と見れば 音のみしあげて泣
　　　かゆ

반가　　　　　　　　　　　　　　　다카하시노무시마로

1810 아시야의 우나이 처녀의 무덤을 오고갈 때 보자니, 자꾸 소리를
　　　내어 울게 된다.

---

*야마베노아카히토(山部赤人) 생몰년 미상. 세부(聖武)천
황의 하급 관리로, 궁정 가인이었다. 천황의 행차에 수
행하여 지은 노래가 많고, 자연 찬가에 독자적인 가풍
(歌風)을 열었다.
*오토모노타비토(大伴旅人) (665~731) 오토모씨(大伴氏)
의 족장(族長)으로, 오토모노야카모치(大伴家持)의 아버
지이다. 만년(晩年)에 야마노우에노오쿠라(山上憶良)와
교류했고, 다이나곤(大納言)[17]이 된 이듬해 사망. 츠쿠
시(筑紫)에서 지은 노래가 많다.
*야마노우에노오쿠라(山上憶良) (660경~733경) 견당사
(遺唐使)로 입당(入唐)했으며, 후에 치쿠젠(筑前) 수령

平城宮跡

을 역임했다. 인생이나 사회를 주제로 하여 사상적(思想的)인 작품을 쓴
이색적인 가인이다.
*다카하시노무시마로(高橋虫麻呂) 생몰년 미상. 세부(聖武)천황의 하급 관리
로, 전설을 소재로 한 노래가 많다.

【제4기(第4期)】
　덴표(天平) 6년(734)부터 연대를 알 수 있는 마지막노래가 읊어진
덴표호지(天平宝字) 3년(759)경까지로, 장가(長歌)가 적어지고 단가(短

---

17 우대신(右大臣) 다음가는 높은 직급.

歌)가 활발히 읊어진 시기이다. 감수성이 풍부하고 섬세하며, 헤이안 시대(平安時代)의 고킨가풍(古今歌風)에 닮아가는 이른바 망요가풍(万葉歌風)의 쇠퇴기이기도 하다. 대표적인 가인은 오토모노야카모치(大伴家持)이고, 그 외에 가사노이라츠메(笠女郎)·사노노오토가미노오토메(狭野弟上娘子) 등이 있다.

감상　　二十三日に興に依りて作る歌二首　　　　　おおとものやかもち
　　　　　　　　　　　　　　　　　　　　　　　　　　　　大伴家持
　　4290 春の野に 霞たなびき うら悲し この夕影に うぐひす鳴くも
　　　　　　　　23일、 흥이 이는 대로 지은 노래 두 수　　　　오토모노야카모치
　　4290 봄들에 안개가 길게 뻗쳐 있어 어쩐지 서글프다. 이 저녁 무렵의 빛 속에서 휘파람새가 우는구나.

大伴家持

*오토모노야카모치(大伴家持)(718?~785) 오토모노다비토(大伴旅人)의 아들이다. 『망요슈』에 가장 노래가 많이 실린 작가로, 자연을 읊은 노래에 수작(秀作)이 많다.
*가사노이라츠메(笠女郎) 생몰년 미상. 나라(奈良)시대 중기(中期)의 여류가인(女流歌人)으로, 『망요슈』에 실린 노래는 전부 오토모노야카모치에게 보낸 소몬카(相聞歌)이다.
*사노노오토가미노오토메(狭野弟上娘子) 생몰년 미상. 나라(奈良)시대의 여류가인(女流歌人). 구라베(蔵部)의 하급 여관(女官)으로, 구라베(蔵部) 여관은 결혼이 금지되었으나, 나카토미노야카모리(中臣宅守)와의 결혼으로 야카모리(宅守)는 에치젠(越前)으로 유배당했다. 『망요슈』에 실린 노래는 전부 야카모리와의 이별을 탄식하는 증답가(贈答歌)이다.

【아즈마우타(東歌)】
동국지방(東国地方)에서 불렸던 노래. 『망요슈』 권(巻)14에 실린

노래는 아즈마우타(東歌)로, 작자불명이다. 전체적으로 『망요슈』 전기 노래에 속하며, 소박하고 명랑한 노래이다.

감상

3356 富士の嶺の　いや遠長き　山路をも　妹がりとへば　けによはず来 ぬ。

3356 후지 봉우리의 멀고먼 산길이라도 그대를 만나기 위해서 가뿐가뿐 왔다.

【사키모리우타(防人歌)】

사키모리(防人)란 츠쿠시(筑紫)·츠시마(対馬) 등 북큐슈(北九州)지 방의 방비(防備)를 위해 파견된 병사를 말한다. 망요슈에는 오토모노 야카모치(大伴家持)가 모은 노래를 중심으로 100여 수의 사키모리우 타(防人歌)가 수록되어 있다. 사키모리우타는 이별의 슬픔이나 육친 을 그리워하는 노래가 압도적으로 많다.

감상　昔年に相替りし防人が歌一首

4436 闇の夜の　行く先知らず　行く我を　何時来 まさむと　問ひし児らはも

　　　언젠가 서로 교대한 사키모리의 노래 한 수

4436 참참한 밤 행선지도 모르고 가는 나에게 언제 돌아오는가 묻던 그대여

防人歌碑

가이후소 懐風藻 _{かいふうそう}

 덴표쇼호(天平勝宝) 3년(751) 성립으로, 현존(現存)하는 일본 최고(最古)의 한시집(漢詩集)이다. 64명의 시(詩) 116편이 시대순으로 배열되어 있다. 궁정 귀족의 술좌석에서의 시가 많고, 경서(経書)나 노장사상(老荘思想)에서 착상한 것이 많다.

中古 문학

1. 중고(中古)문학 포인트 2. 시가(詩歌) 3. 모노가타리(物語) 4. 일기·수필(日記·随筆)

1. 중고(中古)문학 포인트

시대 구분

엔랴쿠(延暦)13년(794)의 헤이안쿄(平安京) 천도(遷都)로부터, 미나모토노요리토모(源 賴朝)가 가마쿠라(鎌倉)에 막부(幕府)를 연, 1192년까지의 약 400년간을 중고(中古)라고 한다. 중고시대(中古時代)는 고대후기(古代後期), 왕조시대(王朝時代), 헤이안시대(平安時代)라고도 한다.

시대적 배경

이 시대는 율령제(律令制) 사회로부터 후지와라씨(藤原氏)를 중심으로 하는 귀족들이 정치·경제를 주도하는 귀족중심의 사회로 옮겨가고, 장원제도(莊園制度)가 일반화되어 지방호족(地方豪族)의 세력이 점차 강해진다. 9세기 중반 무렵 시작된 셋칸정치(摂関政治)는 후지와라노미치나가(藤原道長) 시대에 정점을 이루다가, 11세기 후반부터는 셋칸정치(摂関政治)가 급속히 무너지고 인세이(院政)가 시작된다. 약 1세기 동안 지속되던 인세이는 겐지(源氏)와 헤이시(平氏) 두 무사계급(武士階級)의 진출로 막을 내리게 된다.

헤이안(平安)문학은 아름다운 헤이안쿄(平安京)과 불교를 옹호하는 환경 속에서 형성되었다. 헤이안 초기에는 시문(詩文)이 국가 정치의 기초라는 문장경국사상(文章経国思想)과 함께 관료의 출세와도 연결되었기 때문에 크게 유행하였다. 그러나 헤이안 중기 이후 후지와라씨(藤原氏)가 권력을 잡게 되자 한시문의 재능보다는 문벌(門閥)이 중요시되면서 한

平安神宮

시문은 점차 쇠퇴해 갔다. 한편 히라가나의 발달로 와카(和歌)가 융성하게 되었고 일본어에 의한 산문(散文)이 급속히 발달하였다.

헤이안시대에 시작된 셋칸정치(摂関政治)는 천황의 외조부(外祖父)나 외숙부(外叔父)가 섭정(摂政)이나 간파쿠(関白)로 임명되어 정무(政務)를 장악하는 것으로, 유력한 귀족들은 그런 지위에 오르기 위해 다투어 딸을 천황의 후궁(後宮)으로 넣었다. 후궁들의 교육을 위해서는 중류귀족의 시녀(女房)가 요구되었는데, 이러한 시녀들을 중심으로 헤이안시대의 여류문학(女流文学)이 꽃을 피우게 되었다.

※셋칸정치(摂関政治)

　딸을 천황의 부인으로 들이고 태어난 황자를 다음 왕으로 만들어 자신은 외조부(外祖父)로서 실권을 장악하는 정치형태. 천황이 어릴 때에 천황을 대신하여 정무(政務)를 돌보던 것이 섭정(摂政), 그 이후 천황을 보좌하여 정무를 보는 것이 간파쿠(関白)이다.

※인세이(院政)

　상황(上皇) 또는 법황(法皇)이 국정을 운영하는 정치형태. 셋칸정치가 힘을 잃자 나타났다. 상황이 정치를 하던 시기를 인세이기(院政期)라고 한다.

2. 시가(詩歌)

한시문 漢詩文

나라시대(奈良時代) 말기(末期)에 당(唐)의 제도(制度)와 문화(文化)를 적극적으로 받아들였었는데, 헤이안 초기에는 그 관심이 더욱 높아졌다. 율령제(律令制)를 지탱하고 있는 유교(儒教)에 「문장은 나라를 다스리는 대업(文章は経国の大業)」이라는 사상(思想)이 있는데다 시문(詩文)의 재능이 입신출세와 관계가 있었기 때문이다. 한시문은 고닌·덴쵸기(弘仁·天長期)를 정점으로 융성하게 되어 천황의 칙명에 의한 한시문(漢詩文)인 『료운신슈』(凌雲新集)[1]·『분카슈레이슈』(文華秀麗集)[2]·『케코쿠슈』(経国集)[3] 등이 편찬되었다. 대표적인 작자(作者)로는, 사가천황(嵯峨天皇)·오노노다카무라(小野篁)·구카이(空海)·미야코노요시카(都良香)·스가와라노미치자네(菅原道真) 등이 있다.

헤이안 중기에 셋칸정치(摂関政治)가 확립되고 견당사(遣唐使)가 폐지되자[4], 국풍문화(国風文化)가 확산, 한시문(漢詩文)은 스가와라(菅原)·오에(大江) 등의 몬죠하카세(文章博士)가 담당하게 되었다. 헤이안(平安) 중기 이후가 되자 와카(和歌)나 가나(仮名)에 의한 여류(女流) 문학이 융성하게 되었고, 한시문은 쇠퇴해 갔으나 남자들의 학문으로서 여전히 중시되어, 『하쿠시몬쥬』(白氏文集)나 『몬젠』(文選)이 필수 교양서로 자리 잡았다. 후지와라노아키히라(藤原明衡)가 편찬한 『혼쵸몬즈이』(本朝文粋)[5]는 헤이안 전기(前期) 이래(以来) 200여 년 간의 한시문(漢詩文)을 모아놓은 책이다.

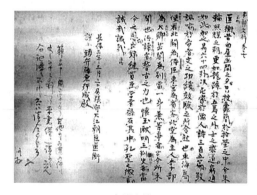

本朝文粋

※ 국풍문화(国風文化)

헤이안 중기부터 후기에 걸쳐 꽃피운 우아한 귀족문화. 견당사가 폐지

---

1 1권으로 되어 있다. 814년 성립.
2 3권으로 되어 있다. 818년 성립.
3 20권이었으나 현재 6권이 남아 있다. 827년 성립.
4 894년에 폐지되었다.
5 14권으로 되어 있다. 71명의 시문(詩文) 400여 편이 수록되어 있다.

되어 당문화(唐文化)의 영향이 감소하자 나타났다.

와카和歌^{わ か}

헤이안(平安) 초기는 한시문(漢詩文)의 전성시대로, 공적(公的)인 세계에서는 와카(和歌)가 쇠퇴해 있었다. 그러나 가나(仮名)의 발달과 한자 문화를 지지하고 있던 율령(律令) 체제의 붕괴로, 공적(公的)인 세계에서도 와카가 읊어 지게 되었고, 궁정(宮廷)이나 귀족의 저택에서 우타아와세(歌合)도 행해지게 되었다. 이리하여 와카에의 창작 의식이 고조되어 와카는 궁정을 중심으로 번성해 갔고, 엔기(延喜) 5년(905)에는 다이고(醍醐)천황의 칙명(勅命)에 의해 칙찬와카집(勅撰和歌集)인 『고킨와카슈』(古今和歌集)의 탄생을 보게 되었다.

*우타아와세(歌合) 가인(歌人)을 좌우 2조로 나누어 각각 읊은 노래를 비교해 판정자가 우열을 정하고, 종료 후에 종합해서 좌우의 승부를 결정하는 유희. 판정자를 한자(判者), 판정하는 이유를 한지(判詞)라고 한다.

고킨와카슈(古今和歌集)

『고킨슈』(古今集)라고도 한다. 엔기(延喜) 5년(905)[6], 다이고(醍醐) 천황의 칙명에 의해 성립된 최초의 칙찬와카집으로, 편자는 기노츠라유키(紀貫之), 기노토모노리(紀友則), 미부노타다미네(壬生忠岑), 오시코우치노미츠네(凡河内躬恒)의 네 명이다. 전 20권으로 약1100 수

---

6 엔기(延喜) 5년(905)에 성립했다는 설(説)과 엔기(延喜) 13년(913)에 성립했다는 설이 있다.

의 노래가 실려 있으며, 서문(序文)으로 가나서(仮名序)와 마나서(真名序)가 있다. 장가(長歌) 5수(首)와 세도카(旋頭歌) 4수를 제외하고 모두 단가(短歌)이다. 구성은 춘(春)·하(夏)·추(秋)·동(冬)·하(賀)·이별(離別)·여행(羈旅)·사물의 이름(物名)·사랑(恋)·애상(哀傷)·잡(雑)으로 되어 있으며, 사계(四季)의 노래와 연가(恋歌)가 중심이 되어 있다. 『고킨슈』(古今集)의 우미(優美)한 가풍(歌風)과 전 20권의 노래 배열·구성법 등은 후세 칙찬집(勅撰集)의 규범이 되었다.

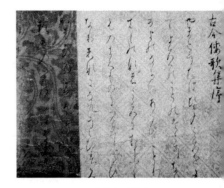

古今和歌集序

※ 가나서(仮名序)

와카의 본질과 역사를 논하고, 『망요슈』 가인(歌人)과 육가선(六歌仙)에 대한 비평이 있다. 『고킨와카슈』의 성립배경과 가집(歌集)에 대한 찬자(撰者)들의 문학적 의의(意義)에 대한 자각, 후세까지 읽혀지기를 바라는 포부 등이 엿보인다. 일본문학사상 최초의 뛰어난 가론(歌論)·문학론으로 후세에 큰 영향을 끼쳤다.

『고킨와카슈』의 시대 구분과 가풍(歌風)

【제1기: 작자 미상의 시대(詠み人知らずの時代)】

『망요슈』 다음 시대부터 헤이안 초기인 850년 경 까지. 『고킨슈』에는 작자 미상의 노래가 약 40% 차지하고 있는데, 그 대부분이 『망요슈』(万葉集)에서 『고킨슈』로 가는 과도기적인 작품이라고 할 수 있다. 소박한 노래로, 『망요슈』에 수록된 전승가(伝承歌)의 가풍(歌風)과 비슷한 것이 많다.

감상　題しらず　　　　　　　　　　　　　　　　　　詠人しらず

3 春霞たてるやいづこみよしのの吉野の山に雪はふりつつ

제목미상　　　　　　　　　　　　　　　　　　　　　　　작자미상

3 봄 안개가 잔뜩 끼어있는 곳은 어디일까? 여기, 미요시노의 요시노산
에는 눈이 내리고 있는데

【제2기: 육가선시대(六歌仙時代)】

850년부터 890년 경 까지. 육가선(六歌仙)이 활약한 시대로, 우미
(優美)한 감정을 엔고(縁語)[7]나 가케코토바(掛詞)[8] 같은 기교적인 방
법으로 읊었다.

감상　　題知らず　　　　　　　　　　　　　　　　　小野小町

552 思ひつつ寝ればや人の見えつらむ夢と知りせば覚めざらましを

제목 미상　　　　　　　　　　　　　　　　　　　　　오노노코마치

552 그리워하며 잤기 때문에 그 사람이 꿈속에 나타났던 것일까. 만일
꿈이라고 알고 있었다면, 잠을 깨지 않았을 텐데

堀川 大臣の四十の賀、九条の家にてしける時によめる

在原業平朝臣

349 さくら花散りかひくもれ老いらくの来むといふなる道まがふがに

호리카와 대신(大臣)의 40세 축하 연회가 9조가(九条家)에서 열렸
을 때 읊은 노래　　　　　　　　　　　　아리와라노나리히라노아손

349 벚꽃이여, 떨어져 흩날려 어두워져라. 늙음이 온다고 사람들이 말하
는 길을 알 수 없게 되도록

---

7 의미상 관련 있는 말을 써서 표현하는 수사법.
8 한 단어에 두 가지 뜻을 겹쳐서 표현하는 수사법.

*롯카센(六歌仙) 가선(歌仙)이란, 일정 수의 뛰어난 가인(歌人)의 이름을 열거, 와카(和歌)의 선각자로 존경하며 노래를 읊을 때 규범으로 삼는 것을 말하는데, 대표적인 것으로 육가선(六歌仙)과 삼십육가선(三十六歌仙)이 있다. 육가선(六歌仙)은『고킨슈』(古今集)의 가나서(仮名序)에 보이는 6인을 말하며, 소죠헨죠(僧正遍照), 아리와라노나리히라(在原業平), 훈야노야스히데(文屋康秀), 기센법사(喜撰法師), 오노노코마치(小野小町), 오토모노쿠로누시(大伴黒主)이다.

【제3기 : 찬자시대(撰者時代)】

890년 경 부터『고킨슈』성립 때까지. 찬자(撰者)들을 중심으로 하는 시대로, 우미(優美)하고 이지적인『고킨슈』의 가풍(歌風)이 완성된 시기이다. 엔고(縁語)나 가케코토바(掛詞)를 훌륭하게 구사하며, 매끄러운 7·5조(調)를 사용한다. 대표가인(代表歌人)은 찬자(撰者)들 외에 소세이법사(素性法師)·이세(伊勢) 등이 있다.

六歌仙

감상   帰る雁をよめる   伊勢

31 はるがすみ立つを見すてて行く雁は花なき里に住みやならへる
   북쪽으로 돌아가는 기러기를 읊은 노래   이세

31 봄 안개가 피어오르는 좋은 계절이 되었는데, 그것을 내버려둔 채 북쪽으로 돌아가는 기러기는 꽃이 피지 않는 고향에 오래 살아 정들어 있는 것일까.

   くらぶ山にてよめる   つらゆき

39 梅の花にほふ春べはくらぶ山闇にこゆれどしるくぞありける
   구라부산에서 읊은 노래   츠라유키

39 매화꽃이 피어 향기 나는 봄 무렵은, 구라부산을 깜깜한 밤에 넘었지만, 그 향기로 매화꽃이 피어있는 것을 확실히 알 수 있었다.

伊勢歌碑

紀貫之

僧正遍照

770 わが屋戸は道もなきまで荒れにけりつれなき人を待つとせし間に

소죠헨죠

770 내가 사는 집은 출입하는 길도 없을 정도로 황폐해져 버렸다. 찾아
오지도 않는 매정한 사람을 기다리고 있는 동안에

*이세(伊勢) 생몰년 미상. 삼십육가선(三十六歌仙)의 한 사람.
*기노츠라유키(紀貫之) (870?~945) 삼십육가선(三十六歌仙)의 한 사람.『고
킨슈』(古今集)의 중심적 편자로, 하급 관인(官人)이었으나 일찍이 가인(歌
人)으로서의 명성이 높았다. 우타아와세(歌合)나 병풍가(屛風歌)에 활약이
컸다.『고킨슈』(古今集)의 가나서(仮名序)를 썼고,『도사닛키』(土佐日
記)・『신센와카슈』(新撰和歌集)의 저자이기도 하다. 가집(家集)에『츠라유
키슈』(貫之集)가 있다.
*오시코우치노미츠네(凡河内躬恒) 생몰년 미상. 삼십육가선
(三十六歌仙)의 한 사람.『고킨슈』의 찬자(撰者)의 한 사
람.『고킨슈』(古今集)이하 칙찬집(勅撰集)에 많은 노래가
수록되어 있으며, 가집(家集)에『미츠네슈』(躬恒集)가 있다.
*소세이법사(素性法師) 생몰년 미상. 삼십육가선(三十六歌仙)
의 한 사람. 소죠헨죠(僧正遍照)의 아들로, 가집(家集)에
『소세이슈』(素性集)가 있다.
*아리와라노나리히라(在原業平) (825~880) 아보친왕(阿保親
王)의 오남(五男). 오노노코마치(小野小町)와 함께 육가선(六歌仙)시대를
대표하는 명가인(名歌人)으로, 육가선과 삼십육가선(三十六歌仙)의 한 사
람.『이세모노가타리』(伊勢物語)는 아리와라노나리히라(在原業平)를 모델
로 하는 설화를 모은 우타모노가타리(歌物語)이다. 가집(家集)에『나리히
라슈』(業平集)가 있다.
*오노노코마치(小野小町) 생몰년 미상. 육가선과 삼십육가선의 한 사람으로

육가선을 대표하는 여류가인(女流歌人). 가집(家集)에 『고마치슈』(小町集)가 있다.

＊소죠헨죠(僧正遍照) (?~890) 육가선과 삼십육가선의 한 사람. 소세이법사(素性法師)의 아버지로, 가집(家集)에 『헨죠슈』(遍照集)가 있다.

小野小町歌碑

칙찬와카슈(勅撰和歌集)

『고킨슈』(古今集)이후 무로마치시대(室町時代)까지 21편의 칙찬와카슈[9]가 편찬되었다. 21대집(21代集)이라고도 한다.

八代集

【삼대집(三代集)】

『고킨와카슈』(古今和歌集) · 『고센와카슈』(後撰和歌集) · 『슈이와카슈』(拾遺和歌集)

【팔대집(八代集)】

『고킨와카슈』(古今和歌集) · 『고센와카슈』(後撰和歌集) · 『슈이와카슈』(拾遺和歌集) · 『고슈이와카슈』(後拾遺和歌集) · 『깅요와카슈』(金葉和歌集) · 『시카와카슈』(詞花和歌集) · 『센자이와카슈』(千載和歌集) · 『신고킨와카슈』(新古今和歌集)

＊고센와카슈(後撰和歌集) 무라카미천황(村上天皇)의 칙명으로 951년 이후의 성립이다. 20권으로 약 1400수의 노래가 수록되어 있다. 찬자(撰者)는 「나시츠보(梨壺)[10]의 오인(五人)」인 미나모토노시타고(源 順) · 오나카토미노요시노부(大中臣能宣) · 기요하라노모토스케(清原元輔) · 기노토키후미

---

9 칙명(勅命) 또는 인(院)의 선지(宣旨)를 받아 편찬한 가집(歌集).

10 궁중의 한 건물. 뜰에 배나무(梨)가 심어져 있는데서 유래.

(紀時文)・사카노우에노모치키(坂上望城)이다. 『고킨슈』(古今集) 가인(歌人)의 노래가 대부분으로 찬자(撰者)의 노래는 없다. 『고킨슈』의 속편과 같으며 고토바가키(詞書)[11]가 긴 노래가 많은 것이 특징이다.

*슈이와카슈(拾遺和歌集) 가잔인(花山院)의 편찬이라고 말해진다. 20권으로 1300여수가 실려 있다. 몇 차례의 증보(增補) 과정을 거쳐, 1006년 전후에 완성된 것으로 보인다. 『고킨슈』(古今集)와 『고센슈』(後撰集)에서 누락된 노래가 수록되어 있다.

*고슈이와카슈(後拾遺和歌集) 1086년 성립. 20권으로 되어 있다. 후지와라노미치토시(藤原通俊)의 편찬이다. 『슈이슈』(拾遺集)에 누락된 노래에 당대(当代) 가인(歌人)의 노래가 첨가되어 있다. 여류가인(女流歌人)의 노래가 많고 참신한 느낌이 난다.

*킹요와카슈(金葉和歌集) 1127년 성립. 20권(巻)으로 이루어진 그때까지의 칙찬집(勅撰集)과 달리, 10권(巻)으로 되어 있다. 미나모토노토시요리(源俊頼)의 편찬이다. 렌가(連歌)가 수록되어 있고, 『고킨슈』적(古今集的)인 가풍(歌風)에서 벗어난 참신성이 보인다.

*시카와카슈(詞花和歌集) 1151~1154년경 성립. 후지와라노아키스케(藤原顕輔)의 편찬이다. 비교적 보수적인 경향이 강하고 당대(当代) 가인(歌人)의 노래는 적다.

*센자이와카슈(千載和歌集) 1187년 성립. 후지와라노토시나리(藤原俊成)의 편찬이다. 이치죠천황(一条天皇) 이후 200년간의 노래를 수록하고 있으나, 당대(当代)를 중시한 경향이 보인다. 문예성이 매우 높고, 다음에 나올 『신고킨와카슈』(新古今和歌集)의 선구적인 역할을 하였다.

*신고킨와카슈(新古今和歌集) 1205년 성립. 전 20권으로 약 1980수가 실려 있다. 후지와라노사다이에(藤原定家) 등 5인의 편찬이다. 『고킨슈』(古今集) 이후의 칙찬집(勅撰集)에 없는 노래를 수록했으며, 당대가인(当代歌人)

---

11 와카의 첫머리에 와카를 읊게 된 배경을 쓴 짧은 글. 와카보다 두세 글자 내려 쓴다.

의 노래가 중시되어 있다. 신고킨조(新古今調)로 불릴 정도로 시대적인 특징이 엿보인다.

시카슈(私家集)

고킨(古今) 시대이후 생겨난 개인이 모은 가집(歌集)을 시카슈(私家集)라 하며, 이에노슈(家集)라고도 한다. 이즈미시키부(和泉式部)의 『이즈미시키부슈』(和泉式部集), 소네노요시타다(曾禰好忠)의 『소탄슈』(曾丹集), 미나모토노토시요리(源 俊頼)의 『산보쿠키카슈』(散木奇歌集), 후지와라노토시나리(藤原俊成)의 『쵸슈에이소』(長秋詠藻), 사이교(西行)의 『산카슈』(山家集) 등이 있다.

平安時代の貴族の邸宅(室内)

감상　露ばかり逢ひそめたるをとこのもとに　　　　　　和泉式部

しら露も夢もこの世もまぼろしもたとへていへば久しかりけり

（和泉式部集）

아주 잠깐 사귄 남자에게　　　　　　　　　　　　　이즈미시키부

흰 이슬도 꿈도 이 세상도 환영(幻影)도, 우리들의 허무한 만남에 비교
하면 오히려 길겠지요

曾禰好忠

鳴けや鳴け蓬が杣のきりぎりす暮れゆく秋はげにぞかなしき　（曾丹集）

소네노요시타다

울고 싶은 만큼 울어라. 우거진 쑥　속에서 우는 귀뚜라미여. 저물어가는
가을이란 참으로 슬픈 것이로구나.

私家集

*이즈미시키부(和泉式部) 생몰년 미상. 이즈미 수령(和泉守)인 다치바나
노미치사다(橘道貞)와 결혼했었고, 가인(歌人)인 쇼시키부(小式部)를 낳
았다. 후에 중궁(中宮) 쇼시(彰子)를 섬겼다.

*소네노요시타다(曾禰好忠) 생몰년 미상. 독특하고 참신한 노래를 주로
불렀으며, 당대(当代)의 가단(歌壇)에서는 배척당했으나, 『고슈이슈』
(後拾遺集) 등에 많은 노래가 수록되어 있다.

歌合

우타아와세(歌合)

　우타아와세(歌合)란 가인(歌人)을 좌우(左右)로 나누
어서 읊은 노래를 각각 비교해서 우열을 경쟁하는 놀
이로, 9세기 중반 경에 시작되었다. 처음에는 궁중의
사교(社交) 놀이였지만 점차 문학적인 행사로 변모하였
다. 데이지인노우타아와세(亭子院歌合) · 덴토쿠다이리우

타아와세(天德内裏歌合)가 유명하다.

*데이지인노우타아와세(亭子院歌合) 913년, 우다천황(宇多天皇)의 처소인 데
이지인(亭子院)에서 개최되었다. 40번(番)으로 노래의 우열을 결정하는 심
판자(判者)는 우다천황이다. 간단하지만 판정의 이유를 쓴 판사(判詞) 기
록이 있는 최초의 우타아와세이다.
*덴토쿠다이리우타아와세(天德内裏歌合) 960년, 무라카미천황(村上天皇)이 주
최하여 궁중에서 열렸다. 20번(番)으로 심판자(判者)는 오노노미야좌대신
사네요리(小野宮左大臣実頼)이다. 판사(判詞)가 조금 길어졌다.

가학 · 가론(歌学 · 歌論)

나라(奈良) 시대 이후 한시문(漢詩文)이 융성한 가운데 중국 시학
(詩学)을 적용한 가학(歌学)이 쓰여졌으나, 와카(和歌) 자체의 비평과
표현에 대해서 논한 가론(歌論)의 선구는, 기노츠라유키(紀貫之)의 『고
킨슈』(古今集) 가나서(仮名序)이다. 가학(歌学)에는 미부노타다미네(壬
生忠岑)가 쓴 『와카타이짓슈』(和歌体十種)[12], 후지와라노킨토(藤原公任)
의 『신센즈이노』(新撰髄能)와 『와카구본』(和歌九品)[13], 후지와라노키요
스케(藤原清輔)의 『후쿠로소시』(袋草紙)[14], 후지와라노토시나리(藤原俊
成)의 『고라이후테이쇼』(古来風体抄)[15] 등이 있다.

*후지와라노킨토(藤原公任) (966~1041) 가인(歌人)으로 요리타다(頼忠)의 아

---

12 945년 성립. 가인의 노래를 고가체(古歌体) · 여정체(余情体) 등 10가지 체(体)
   로 분류하고 있다.
13 1009년 이후 성립.
14 1156~1158년 경 성립. 와카에 대한 고사(故事)를 모았다.
15 1197년 성립. 와카의 기원(起源)을 서술하였다.

藤原俊成卿像 愛知県

들. 학식이 뛰어난 당시 가단(歌壇)의 최고 지도자였다. 가론(歌論)에 『신센즈이노』(新撰髓能)와 『와카구본』(和歌九品), 사찬집(私撰集)에 『슈이쇼』(拾遺抄), 『긴교쿠슈』(金玉集) 등이 있다.

*후지와라노키요스케(藤原淸輔) (1104~1177) 가인(歌人)이지만, 가인으로서보다 가학자(歌學者)로서 뛰어났다. 가론(歌論)에 『후쿠로소시』(袋草紙)와 『와카쇼가쿠쇼』(和歌初學抄) 등이 있으며, 중세(中世) 가학(歌學)의 기초를 다졌다. 사찬집(私撰集)에 『쇼쿠시카슈』(続詞花集)가 있다.

*후지와라노토시나리(藤原俊成) (1114~1204) 토시나리는 슌제이(しゅんぜい)라고도 한다. 가인(歌人)으로 『센자이와카슈』(千載和歌集)의 찬자(撰者)이며, 가론(歌論)에 『고라이후테이쇼』(古来風体抄)가 있다. 여정(余情)과 유현(幽玄)의 미(美)를 이상으로 삼았고, 『신고킨』(新古今) 시대의 가인을 육성했다.

가요歌謠

음악이나 무용을 동반하는 노래이다.

神楽

가구라우타(神楽歌)

가구라(神楽)는 가미아소비(神遊)라고도 하며, 신(神)을 제사지낼 때 행해지는 가무(歌舞)를 말한다. 가구라우타(神楽歌)는 그 가사(歌詞)를 말한다.

사이바라(催馬楽)

원래 긴키(近畿) 지방의 민요였던 것이 귀족

사회에 유입(流入)되어, 연회 석상에서 불리게 되었다. 소박한 연애 노래나, 우스꽝스러운 노래 등 서민(庶民)의 생활 감정을 노래한 것이 많다.

催馬楽

로에이(朗詠)

한시(漢詩)나 와카(和歌)에 곡을 부쳐 비파나 피리 등의 반주로 노래하는 것을 말한다. 후지와라노킨토(藤原公任)는 로에이(朗詠)하기에 좋은 시가(詩歌)를 뽑아 『와칸로에이슈』(和漢朗詠集)를 만들었는데, 후의 문학에 큰 영향을 끼쳤다.

이마요(今様)

당세풍(当世風)의 가요란 의미로, 사이바라(催馬楽)나 로에이(朗詠) 등과 같은 고풍(古風)에 비교한 말이다. 주로 7·5조(調)를 네 번 반복하며 음률이 좋기 때문에 서민들 사이에서도 왕성하게 불렸을 뿐만 아니라, 궁중에서도 사용되었다.

3. 모노가타리(物語)

히라가나의 발달과 유포(流布)로 일본어에 의한 사실적 묘사가 가능하게 되자, 전설이나 옛날이야기를 소재로 한, 꾸며 만든 이야기가 생겨났는데 이를 모노가타리(物語)라 한다. 9세기말의 『다케토리모노가타리』(竹取物

宇津保物語

<ruby>語<rt>がたり</rt></ruby>)는 이러한 전승 설화를 소재로 한 최초의 모노가타리로, 『우츠호모노가타리』(<ruby>宇津保物語<rt>うつほものがたり</rt></ruby>)・『오치쿠보모노가타리』(<ruby>落窪物語<rt>おちくぼものがたり</rt></ruby>)가 이 계통에 속한다. 한편 『다케토리모노가타리』(<ruby>竹取物語<rt>たけとりものがたり</rt></ruby>)를 전후하여 노래를 중심으로 하는 우타모노가타리(<ruby>歌物語<rt>うたものがたり</rt></ruby>)인 『이세모노가타리』(<ruby>伊勢物語<rt>いせものがたり</rt></ruby>)가 만들어졌는데, 『야마토모노가타리』(<ruby>大和物語<rt>やまとものがたり</rt></ruby>)・『헤이츄모노가타리』(<ruby>平中物語<rt>へいちゅうものがたり</rt></ruby>)가 이 계통에 속한다. 이러한 두 흐름을 합쳐 뛰어난 모노가타리(<ruby>物語<rt>ものがたり</rt></ruby>)의 완성을 본 것이 『겐지모노가타리』(<ruby>源氏物語<rt>げんじものがたり</rt></ruby>)이다.

竹取物語

다케토리모노가타리(<ruby>竹取物語<rt>たけとりものがたり</rt></ruby>)

모노가타리(<ruby>物語<rt>ものがたり</rt></ruby>)의 최초 작품으로 보여 지며, 성립과 작자 미상이다. 대나무 자르는 노인(たけとりの<ruby>翁<rt>おきな</rt></ruby>)이 대나무 속에서 발견한 작은 아이(かぐや姫)가 아름다운 여성으로 성장하여, 5명의 귀족과 천황의 구혼을 받으나 거절하고 승천한다는 내용이다. 모노가타리의 구성은 가구야희메(かぐや<ruby>姫<rt>ひめ</rt></ruby>)의 성장 과정, 다섯 명의 귀족과 천황의 구혼, 가구야희메의 승천 등의 세 부분으로 되어 있다. 공상적인 세계에 현실이 가미되어 있고, 기만에 찬 상류 귀족을 풍자하고 있다. 후세의 작품에 큰 영향을 끼쳤다.

감상

いまはむかし、たけとりの<ruby>翁<rt>おきな</rt></ruby>といふものありけり。野山にまじりて竹をとりつつ、よろづのことにつかひけり。名をば、さぬきのみやつことなむいひける。その竹の中に、もと光る竹なむ一すぢありける。あやしがりて、寄りて見るに、<ruby>筒<rt>つつ</rt></ruby>の<ruby>中<rt>なか</rt></ruby>光りたり。それを見れば、三寸ばかりなる<ruby>人<rt>ひと</rt></ruby>、いとうつくしうてゐたり。

（『<ruby>竹取物語<rt>たけとりものがたり</rt></ruby>』 서두）

지금은 이미 옛날이야기가 되었지만, 다케토리노오키나라고 하는 자가 있었다. 들이나 산에 들어가 대나무를 잘라서 여러 가지 것에 사용하고 있었다. (노인의) 이름은 사누키노미야츠코라고 했다. (어느 날, 대나무를 자르고 있자) 대나무 중에, 밑 둥이 빛나는 대나무가 한 그루 있었다. 이상하게 생각하여 다가가 보니, 대나무 통 속이 빛나고 있었다. 그것을 보니, 3촌(寸)[16] 정도의 사람이 매우 아름답게 앉아 있었다.

※다섯 명의 귀공자

아름다운 가구야희메에게는 수많은 남자들이 구혼(求婚)했는데, 그 중에서도 열심히 구혼한 것이 다섯 명의 귀공자였다. 가구야희메는 그들에게 각각 어려운 문제를 내어 그것을 해결하는 사람과 결혼하겠다는 약속을 한다. 이시츠쿠리노미코(石作皇子)에게는 부처의 사발을, 구라모치노미코(車持皇子)에게는 불노불사(不老不死)의 땅인 호라이산(蓬莱山)에 있는 옥으로 된 가지를, 아베노미우시(阿倍御主人)에게는 불쥐(火鼠)의 가죽옷을, 오토모노미유키(大伴御行)에게는 용머리에 있는 오색

かぐや姫行列

구슬을, 이소노카미노마로타리(石上麻呂足)에게는 안산(安産)을 돕는다고 하는 제비의 고야스가이(子安貝)를 가져오라고 한다.

이세모노가타리(伊勢物語)

우타모노가타리(歌物語)이며, 작자 미상이다. 아리와라노나리히라(在原業平)를 연상케 하는 옛날 남자(昔男)의 연애, 우정, 이별 등 다방면에 걸친 이야기를 와카(和歌)를 중심으로 풀어 간다. 약 125단

在原業平

16 1촌은 약 3센티.

(段)으로 되어 있고, 몇 단계를 거쳐 지금의 형태로 완성되었다는 것이 일반적인 설(説)이다. 10세기 초에 아리와라노나리히라(在原業平)의 노래만으로 이루어진 『이세모노가타리』(伊勢物語)가 성립되고, 그것이 점차 증보되어 10세기 중반에 지금의 형태로 완성되었다고 보인다.

감상 花橘

　むかし、男ありけり。宮仕へにそがしく、心もまめならざりけるほどの家刀自、まめに思はむといふ人につきて、人の国へいにけり。この男、宇佐の使にていきけるに、ある国の祇承の官人の妻にてなむあると聞きて、「女あるじにかはらけとらせよ。さらずは飲まじ」といひければ、かはらけとりていだしたりけるに、さかななりける橘 をとりて、

　　さつき待つ花たちばなの香をかげばむかしのひとの袖の香ぞする

といひけるにぞ思ひいでて、尼になりて山に入りてぞありける。

　옛날에, 남자가 있었다. 궁중 근무가 바빠서, 아내에 대한 마음이 성실하지 못했던 때의 아내가, 성실하게 사랑하겠다고 하는 사람을 따라, 다른 지방에 가 버렸다. 이 남자가 우사(宇佐)의 사자(使者)가 되어 갔을 때, 어느 지방의 칙사(勅使)를 대접하는 관리의 아내가 되어 있다는 말을 듣고, 「여주인에게 술을 따르게 하시오. 그렇지 않으면 마시지 않겠소」라고 말했기 때문에, (여주인이) 술잔을 들어 내밀자, 술안주로 내어진 홍 귤을 손에 들고,

　　오월을 기다려 피는 홍귤 꽃의 향기를 맡으니, 옛날에 친했던 사람의 소매 향기가 나는구나.

라고 읊었기 때문에 비로소, (전 남편이라고) 기억해 내고, 비구니가 되어 산에 은둔해 살았던 것이었다.

야마토모노가타리(大和物語)

우타모노가타리이다. 10세기 중반 경 원형(原型)이 성립되고, 그 후 증보되어 현재의 형태로 되었다는 것이 일반적인 설(說)이다. 작자 미상으로 173단(段)의 단편으로 구성되어 있다. 전해 내려오는 와카설화(和歌說話)를 모아서 기록한 것으로, 많은 사람들이 실명으로 등장한다.

大和物語

헤이츄모노가타리(平中物語)

다이라노사다후미(平貞文)를 주인공으로 하는 우타모노가타리이다. 성립 시기와 작자 미상으로, 39단(段)으로 되어 있다. 왕가(王家) 출신의 사다후미(貞文)가 세상에 적응치 못하고, 호색한(好色漢)의 길을 걸으며 연애에 실패하는 쓸쓸함이 그려져 있다.

우츠호모노가타리(宇津保物語)

성립 시기와 작자 미상이며 20권으로 되어 있다. 공상적인 줄거리로 시작하여 점차 귀족 생활을 사실적으로 묘사하며, 귀족 사회의 여러 가지 인간상을 그리고 있다.

宇津保物語

오치쿠보모노가타리(落窪物語)

성립 시기와 작자 미상이다. 계모에게 학대를 받아 골방에 살게 된 아름다운 소녀가 행복하게 되는 이야기로, 장면의 구성이나 인물 묘사가 뛰어나다. 당시의 귀족 생활을 사실적으로 그리고 있다.

겐지모노가타리(源氏物語)

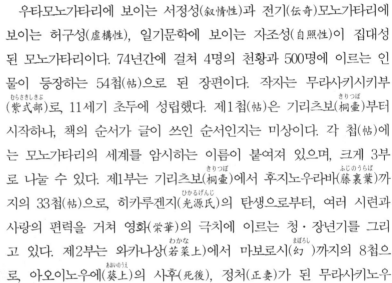

源氏物
語絵巻

우타모노가타리에 보이는 서정성(叙情性)과 전기(伝奇)모노가타리에 보이는 허구성(虛構性), 일기문학에 보이는 자조성(自照性)이 집대성된 모노가타리이다. 74년간에 걸쳐 4명의 천황과 500명에 이르는 인물이 등장하는 54첩(帖)으로 된 장편이다. 작자는 무라사키시키부(紫式部)로, 11세기 초두에 성립했다. 제1첩(帖)은 기리츠보(桐壷)부터 시작하나, 책의 순서가 글이 쓰인 순서인지는 미상이다. 각 첩(帖)에는 모노가타리의 세계를 암시하는 이름이 붙여져 있으며, 크게 3부로 나눌 수 있다. 제1부는 기리츠보(桐壷)에서 후지노우라바(藤裏葉)까지의 33첩(帖)으로, 히카루겐지(光源氏)의 탄생으로부터, 여러 시련과 사랑의 편력을 거쳐 영화(榮華)의 극치에 이르는 청·장년기를 그리고 있다. 제2부는 와카나상(若菜上)에서 마보로시(幻)까지의 8첩으로, 아오이노우에(葵上)의 사후(死後), 정처(正妻)가 된 무라사키노우에(紫上)의 고뇌, 가오루(薫)의 탄생, 무라사키노우에(紫上)의 죽음을 거치며 결국 출가(出家)를 결심하는 히카루겐지(光源氏)의 만년을 그리고 있다. 제3부는 니오우노미야(匂宮)에서 유메노우키하시(夢浮橋)까지의 13첩(帖)으로, 히카루겐지(光源氏)의 사후(死後)에 남은 자식들의 연애 이야기가 그려져 있다.

源氏物語

자연(自然)과 인간사(人間事), 그리고 인물의 뛰어난 심리 묘사는 헤이안(平安) 시대 가나문(仮名文)의 규범적인 문체의 완성을 이루고 있고, 이후의 문학에 커다란 영향을 끼친, 일본 고전(古典)의 최고봉을 이루는 작품이라 할 수 있다.

*무라사키시키부(紫式部) (970경~1014경) 일류 한학자 후지와라노타메토키(藤原為時)의 딸로, 후지와라노노부타카(藤原宣孝)와 결혼해 딸 겐시(賢子)를 낳았다. 어렸을 때부터 총명하고 와카(和歌)와 글, 한문학의 소양이 깊었다. 이치죠(一条)천황의 중궁(中宮)인 쇼시(彰子)를 섬겼으며, 『겐지모노가타리』 외에 『무라사키시키부닛키』(紫式部日記)와 『무라사키시키부슈』(紫式部集)가 있다.

紫式部日記絵巻断簡

겐지모노가타리(源氏物語) 54첩(帖)

제1부 : 1 기리츠보(桐壷) 2 하하키기(帚木) 3 우츠세미(空蝉) 4 유우가오(夕顔) 5 와카무라사키(若紫) 6 스에츠무하나(末摘花) 7 모미지노가(紅葉賀) 8 하나노엔(花宴) 9 아오이(葵) 10 사카키(賢木) 11 하나치루사토(花散里) 12 스마(須磨) 13 아카시(明石) 14 미오츠쿠시(澪標) 15 요모기우(蓬生) 16 세키야(関屋) 17 에아와세(絵合) 18 마츠카제(松風) 19 우스구모(薄雲) 20 아사가오(朝顔) 21 오토메(乙女) 22 다마카즈라(玉鬘) 23 하츠네(初音) 24 고쵸(胡蝶) 25 호타루(蛍) 26 도코나츠(常夏) 27 가가리비(篝火) 28 노와키(野分) 29 미유키(行幸) 30 후지바카마(藤袴) 31 마키바시라

紫式部と貴族たち

(真木柱) 32 우메가에(梅枝) 33 후지노우라바(藤裏葉)

제2부 : 34 와카나상(若菜上) 35 와카나하(若菜下) 36 가시와기(柏木) 37 요 코부에(橫笛) 38 스즈무시(鈴虫) 39 유우기리(夕霧) 40 미노리(御法) 41 마보로시(幻) (雲隱)→제목만 있고 줄거리는 없다.

제3부 : 42 니오우노미야(匂宮) 43 고우바이(紅梅) 44 다케카와(竹河) 45 하시히메(橋姫) 46 시이가모토(椎本) 47 아게마키(総角) 48 사와라비 (早蕨) 49 야도리기(宿木) 50 아즈마야(東屋) 51 우키후네(浮舟) 52 가게 로(蜻蛉) 53 데나라이(手習) 54 유메노우키하시(夢浮橋)

감상 もみぢの賀

源氏の中将は、青海波[17]をぞ、舞ひたまひける。片手には大殿の頭中将、容貌用意人にはことなるを、立ち並びては、なほ花のかたはらの深山木なり。入り方の日影さやかにさしたるに、楽の声まさり、もののおもしろきほどに、同じ舞の足踏面持、世に見えぬさまなり。詠などしたまへるは、これや仏の御迦陵頻伽[18]の声ならむと聞こゆ。おもしろくあはれなるに、帝涙をのごひたまひ、上達部親王たちも、みな泣きたまひぬ。詠はてて、袖うちなほしたまへるに、待ちとりたる楽のにぎははしきに、顔の色あひまさりて、常よりも光ると見えたまふ。

겐지츄죠는 세가이하를 추시는 것이었다. 그 상대는 좌대신가(左大臣家)의 도우노츄죠로, 얼굴이나 마음 씀씀이가 다른 사람들보다 뛰어나지만, 겐지님과 나란히 서 보니, 역시 꽃 옆의 심산(深山) 나무와 같은 모습이다. 서쪽으로 기우는 햇살이 선명하게 비치고, 음악 소리가 한층 아름답게 울리는데, 흥도 절정일 무렵, 같은 춤이라도 겐지님의 발 박자나 표정은 이 세상 것이라고 생각되지 않는 모습이

---

17 아악(雅樂)의 곡명(曲名)으로, 투구를 쓰고 물결모양의 옷을 입은 두 사람이 물결 모양을 모방해서 춤을 춘다.

18 극락정토(極樂淨土)에 산다고 하는 아름다운 소리로 우는 새.

다. 창을 하시는 목소리는 이것이야말로 부처님 나라의 가료
빈가의 목소리인가 하고 들린다. 흥미 깊고 감동적인 춤동작
에 천황은 눈물을 닦으시고 간다치메와 친왕(親王)들도 모두
눈물을 흘리셨다. 창이 끝나고 소매를 고치시자, 그것을 기다
려 연주를 하는 음악소리가 활기찼기 때문에 얼굴빛이 한층
나아 평상시보다 한결 빛나는 것처럼 보이신다.

青海波

말기의 모노가타리

헤이안(平安) 말기에는 『겐지모노가타리』(源氏物語)의 구성이나 인
물을 모방한 작품이 유행하였고, 관능적, 퇴폐적인 헤이안 말기의 세
상을 반영하고 있는 것이 특징이다.

사고로모모노가타리(狭衣物語)

성립과 작자 미상이다. 외모가 준수한 사고로모다이쇼(狭衣大将)가,
사촌인 겐지노미야(源氏の宮)를 사랑하여, 그 이룰 수 없는 사랑에
번민하는 줄거리이다. 『겐지모노가타리』의 영향이 많이 보인다.

하마마츠츄나곤모노가타리(浜松中納言物語)

성립과 작자 미상이다. 하마마츠츄나곤(浜松中納言)이 이룰 수 없
는 사랑에 번민하는 줄거리로, 당(唐)나라도 등장하는 등 다소 환상
적인 요소를 포함하고 있다. 『겐지모노가타리』의 영향이 뚜렷하다.

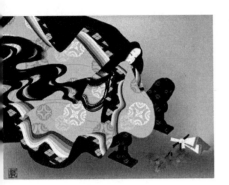

平安時代の手紙

요루노네자메(夜の寝覚)

성립과 작자 미상이다. 요와노네자메(夜半の寝覚)라고
도 한다. 곤츄나곤(権中納言)과 네자메노우에(寝覚の上)는
마음에도 없는 결혼을 했으나, 곤츄나곤의 아내와 네자
메노우에의 남편이 죽은 후에 서로 결합한다는 이야기
이다. 『겐지모노가타리』의 영향은 뚜렷하나 심리 묘사
가 뛰어나다.

도리카에바야모노가타리(とりかへばや物語)

성립과 작자 미상이다. 남자는 여자로, 여자는 남자로 키워지나,
후에 그것이 발각되어 본연의 모습으로 돌아가 각각 결혼하여 잘 산
다는 이야기이다. 노골적인 관능 묘사를 하는 등 헤이안말기의 퇴폐
적인 경향을 나타내고 있다.

츠츠미츄나곤모노가타리(堤中納言物語)

성립과 작자 미상으로, 10편의 단편 소설로 이루어져 있다. 각 단
편 소설은 각각 다른 사람에 의해 쓰인 듯하다.

레키시모노가타리(歴史物語)

헤이안(平安) 말기가 되자 후지와라씨(藤原氏)는 권력을 잃고, 무사
세력이 증가하게 된다. 헤이안말기의 혼란한 세상을 반영하여 화려
했던 옛날을 회상하며 그리워하는 기운이 일어났는데 레키시모노가

타리(歷史物語)가 이것이다. 레키시모노가타리는, 몰락의 운명을 예감한 귀족들의 회고(懷古) 정신과 역사(歷史)의 재인식에 부응하여 생겨난 모노가타리라고 할 수 있다.

에이가모노가타리(栄花物語)

40권으로 이루어진 최초의 레키시모노가타리(歷史物語)로 작자 미상이다. 우다천황(宇多天皇)(887)에서 호리카와천황(堀川天皇)(1092)까지의 약 200년간의 역사를, 궁중을 중심으로 그리고 있다. 편년체로 서술하고 있으며, 후지와라노미치나가(藤原道長)의 영화로운 일생을 기록하는 것에 주안점을 두고 있다. 『겐지모노가타리』(源氏物語)의 영향이 군데군데 보인다.

栄花物語

*레키시모노가타리(歷史物語) 역사를 소재로 한 모노가타리. 『에이가모노가타리』(栄花物語)가 그 시초이다.

감상

　三月二十六日にこの左大臣殿に検非違使うち囲みて、宣命読みののしりて、「朝廷を傾けたてまつらんと構ふる罪によりて、大宰権帥になして流し遣す。」といふ事を読みののしる。今は御位もなき定なればとて、網代車に乗せたてまつりて、ただ行きに率てたてまつれば、式部卿宮の御心地、大方ならんにてだにいみじと思さるべきに、まいてわが御事によりて出で来たることと思すに、せん方なく思されて、われもわれもと出で立ち騒がせたまふ。

　3월 26일에, 이 좌대신(左大臣)댁을 게비이시(検非違使)[19]가 둘러

싸고 조서를 큰 소리로 읽기를, 「조정을 전복하려고 한 죄에 의해 다자이곤노소치(大宰權帥)[20]로 삼아 유형에 처한다.」라고 하는 것을 큰 소리로 읽었다. 지금은 관위(官位)도 없다고 해서 아지로구루마(網代車)에 태워서 강제로 데리고 갔기 때문에, 시키부경(式部卿)의 마음은, 자신과 무관한 세상에 흔히 있는 일이 원인인 것까지 참으로 슬프다고 생각하심에 틀림이 없는데, 하물며 자신의 일이 원인이 되어 일어난 일이라고 생각하시자, 속수무책이라고 생각하셔서, 「나도, 나도 데리고 가」라고, 출발하시려고 소란을 피우신다.

網代車

---

19 불법을 감찰하고 체포・소송 등을 담당했다.
20 중앙고관을 좌천할 목적으로 임명한 관직.

오카가미(大鏡)

레키시모노가타리로 성립, 작자 미상이다. 몬토쿠천황(文德天皇)(850)
에서 고이치죠천황(後一条天皇)(1025)까지의 176년간의 역사를 기전
체로 서술하고 있다. 미치나가(道長)의 영화(栄華)가 중심 내용이지만,
미치나가에 대한 사모의 정을 나타내는 『에이가모노가타리』(栄花物
語)와는 달리, 미치나가의 영화(栄華)에 대한 날카로운 비판이 엿보
인다. 두 노인이, 젊은 무사와 청중들을 상대로 옛 일을 회고하는 희
극적 구성을 하고 있는 점이 새롭다.

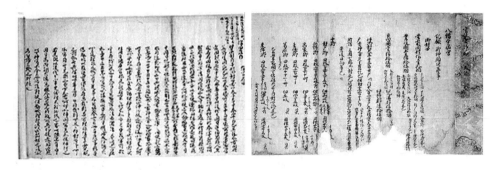

大鏡

이마카가미(今鏡)

레키시모노가타리이다. 성립은 1170년경이며, 후지와라노타메츠네
(藤原為経)가 작자라는 설(說)이 유력하다. 『오카가미』(大鏡)의 뒤를
이어, 고이치죠천황(後一条天皇)(1025)에서 다카쿠라천황(高倉天皇)(1170)
까지를 기전체로 서술하고 있다. 노파가 참배객을 상대로 이야기하
는 형식으로 되어 있다.

平安時代の食事

설화(說話) 문학

불교가 융성해 지면서, 대중에게 폭넓게 침투하자, 불교 교리를 설법하기 위한 설화가 생겨났다. 처음에는 불교 설화가 중심이었으나, 후기의 귀족사회의 쇠퇴와 함께 생활에 기반을 둔 세속 설화가 등장하게 되었다.

삼포에코토바(三宝絵詞)

984년 성립으로 작자는 미나모토노타메노리(源爲憲)이다. 불(仏), 법(法), 승(僧)의 세 권으로 되어 있다. 손시나이신노(尊子内親王)에게 바친 것으로 그림은 전해지지 않는다. 석가의 전기, 고승(高僧)의 사력(事歷) 등으로 이루어져 있다.

우치기키슈(打聞集)

성립, 편자(編者) 미상이다. 인도 관련 5개, 중국관련 8개, 일본 관련 14개의 불교 설화로 구성되어 있다. 현재는 일부밖에 전해지지 않는다. 『곤쟈쿠모노가타리슈』(今昔物語集)와 공통되는 설화가 21개 있다.

고단쇼(江談抄)

1104~1107년경의 성립으로 여겨진다. 오에노마사후사(大江匡房)의 담화(談話)를 후지와라노사네카네(藤原実兼)가 기록한 것이라고 여겨진다. 고사(古事)・시문(詩文)・전설・설화를 한문체로 적고 있다.

고혼세츠와슈(古本説話集)

1130년경 성립으로, 편자(編者) 미상이다. 세속 설화와 불교 설화가 수록되어 있다.

곤쟈쿠모노가타리슈(今昔物語集)

1100가지의 설화로 구성된 설화집으로, 헤이안시대 말기인 12세기 초의 성립으로 여겨진다. 편자(編者) 미상이다. 인도·중국·일본의 3부로 나뉘어져 있고, 일본(本朝) 부분은 불교설화와 세속설화로 나뉜다. 불교 설화가 전체의 3분의 2를 차지하고, 나머지는 귀족·무사·서민들의 생활상을 그린 세속설화이다. 소재가 풍부하며 설화의 무대가 되는 지역의 광대함이나 등장인물의 다채로움은 다른 설화 모노가타리와 구별되는 특색이다. 모든 설화는, 「지금은 옛날이야기가 되었지만」(이마와무카시/이마와무카시)으로 시작한다.

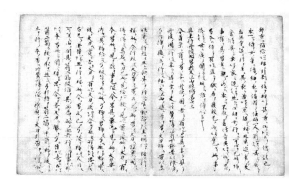

国宝 今昔物語集

감상

今昔、天智天皇ノ御代ニ、義淵僧正卜云フ人在マシケリ。俗姓ハ阿刀ノ□□□□□。是、化生ノ人也。初メ、其父母大和国、□市ノ郡ノ天津守ノ郷ニ住テ年来ヲ経ルニ、子無キニ依テ、其事ヲ歎テ、年来観音ニ祈リ申ス間ニ、夜ル聞ケバ後ノ方ニ児ノ呼ク音有リ。是ヲ怪ムデ出テ見ルニ、柴ノ垣ノ上ニ白キ帖ニ被裹タル者有リ。香薫ジテ馥シキ事無限シ。夫妻是ヲ見テ、心ニ恐ルト云ヘド

モ、取リ下シテ見レバ、端正美麗ナル男子、白帖ノ中ニ有リ。今歳ノ程也。其時ニ夫妻共ニ思ハク、「是ハ、我等ガ子ヲ願テ年来観音ニ祈リ申スニ依テ、給ヘル也」ト喜テ、取テ家ノ内ニ入ルニ、狭キ家ノ内ニ馥キ香満タリ。

지금은 옛날 일이 되었지만, 덴지천황 때에 기엔 승정(僧正)이라고 하는 사람이 계셨다. 속성(俗姓)은 아토노□□□□□이다. 이 사람은 신불의 화신이다. 처음에 그 부모는 야마토지방의 □시군(市郡) 아마츠모리 마을에 오랫동안 살고 있었는데, 아이가 없으므로 그것을 슬퍼하여, 수년간 관음(観音)에게 기원하고 있었는데, 어느 날 밤, 불당 뒤쪽에서 갓난아이가 우는 소리가 들렸다. 이상하게 생각하여 나와 보니, 섶나무울타리 위에 흰 천에 싸인 것이 있었다. 향기가 나고 있는데, 무어라고 말할 수 없는 좋은 향기이다. 부부는 이것을 보고 두려운 생각이 들었지만, 내려서 보니, 단정하고 매우 아름다운 남자아이가 흰 천속에 있다. 올해 갓 태어났을 정도의 갓난아이였다. 그 때 부부는 함께, 「이것은, 우리들이 자식을 원해서 오랫동안 관음에게 기원하고 있었기 때문에 하사하여 주신 것이다」라고 기뻐하며 집안에 들였더니, 좁은 집안에 그윽한 향기가 가득 찼다.

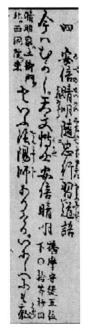

今昔物語集

4. 일기・수필(日記・隨筆)

처음 일기는 비망(備忘)을 위한 실용적 기록이라는 성격을 띠고 있었기 때문에, 공적(公的)인 궁정일기(宮廷日記)나 구츄레키(具注曆)에 기록하는 사적(私的) 일기가 주류를 이루고 있었다. 이들 일기는 한문체나 변체한문체(変体漢文体)로 씌어졌는데, 일기가 기록이라는 실용성을 떠나 개인의 내면세계를 형상하는 문학으로서 자립한 것은 가나(仮名) 문자가 등장하고 나서였다. 가나로 쓰인 최초의 일기문학은 기노츠라유키(紀貫之)의 『도사닛키』(土佐日記)이다. 이것은 남자인 기노츠라유키가 여성의 입장을 빌려 쓴 기행적(紀行的) 요소가 강한 작품이다. 여성 최초의 작품은 미치츠나노하하(道綱母)의 『가게로닛키』(蜻蛉日記)로, 자전적(自伝的) 요소가 강하다. 후지와라씨(藤原氏) 전성기 이후에는 여성이 쓴 뛰어난 일기가 많이 생겨났는데, 『이즈미시키부닛키』(和泉式部日記)·『무라사키시키부닛키』(紫式部日記)·『사라시나닛키』(更級日記) 등이 이에 속한다. 한편, 일기(日記)와 같이 날짜와 장소에 제약받지 않고 자유롭게 자기의 견문이나 경험 등을 써 나간 수필(随筆) 『마쿠라노소시』(枕草子)도 쓰였다. 일기·기행·수필을 합쳐서 자조문학(自照文学)[21]이라고 한다.

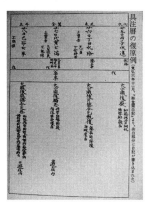

具注歴

도사닛키(土佐日記)

가나문(仮名文)에 의한 최초의 일기 문학으로, 작자는 기노츠라유키(紀貫之)이다. 쇼헤이(承平) 5년(935)경 성립으로, 도사(土佐) 수령의 임기를 끝낸 기노츠라유키(紀貫之)가 쇼헤이 4년(934)12월, 도사를 출발하여 다음 해 2월에 귀경하기까지의 약 55일간의 여행 일기이다. 여성의 손에 가탁(仮託)하여 여성의 입장에서 쓰고 있다. 중심 내용은 도사에서 급사(急死)한 딸에 대한 추모의 정(情)을 기조로 하면서 풍파(風波)나 해적에의 공포, 귀경의 기쁨 등을 다루고 있다.

---

21 자기 자신을 관찰하여 반성하는 문학.

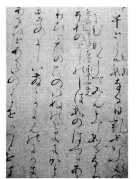

土佐日記

土佐地方

감상

男もすなる日記といふものを、女もしてみむとて、するなり。

それの年の、十二月の、二十日あまり一日の戌の時に門出す。そのよし、いささかに、ものに書きつく。或人、県の四年五年はてて、例のことどもみなし終へて、解由など取りて、住む館より出でて、船に乗るべき所へ渡る。かれこれ、知る知らぬ、送りす。年ごろ、よく比べつる人々なむ、別れ難く思ひて、日しきりに、とかくしつつののしるうちに、夜ふけぬ。

남자가 쓴다고 듣고 있는 일기라고 하는 것을, 여자인 나도 써 보려고 생각하여 쓰는 것이다. 어느 해의 12월 21일 오후 8시에 출발한다. 그 여행 모습을 조금만 종이에 써 둔다. 어떤 사람이 지방 근무 4년인가 5년의 임기가 끝나고, 정해진 사무를 모두 끝내고 해유장(解由状)[22] 등을 받아 살고 있는 관사에서 나와, 배를 타기로 되어 있는 장소로 간다. 이 사람도 저 사람도, 아는 사람도 모르는 사람도 전송한다. 오랫동안 친하게 사귀고 있던 사람들은 참으로 헤어지기 섭섭하게 생각하여 하루 종일 바쁘게 소란을 떨고 있는 사이에 밤이 깊어 버렸다.

※ 오토코데・온나데(男手・女手) 한자는 마나(真名)라고 하며 특히 해서체(楷書体)・행서체(行書体)를 오토코데・오토코모지(男文字)라고 한다. 온나데는 히라가나를 말하며 온나모지(女文字)라고도 하는데, 여성이 와카나 편지를 쓸 때 사용했다.

가게로닛키(蜻蛉日記)

헤이안시대 최초의 여류 일기 문학으로, 작자는 우다이쇼미치츠나

---

22 전임자가 직무를 완전히 수행했음을 증명하여 후임자가 쓰는 공문서.

노하하(右大将道綱母)이다. 성립 시기는 최종 기사(記事)가 있는 덴엔(天延)2년(974)이후라고 생각되어지고 있다. 당시의 허구적인 모노가타리(物語)에서, 개인의 심리를 그리는 산문문학의 발단이 되었다. 후지와라노가네이에(藤原兼家)와의 만족스럽지 못한 결혼생활을 보내고, 외아들 미치츠나(道綱)와 양녀(養女)에 대한 모성애가 눈뜨는 21년간의 자서전적인 글이다. 상, 중, 하 세 권으로 되어 있으며, 상권은 15년간, 중권은 3년간, 하권은 3년간이다.

道綱母と和歌

*미치츠나노하하(道綱母) (936경~995) 『가게로닛키』(蜻蛉日記)의 작자로, 재색을 겸비한 뛰어난 가인(歌人)이기도 했다. 수령(受領) 귀족인 후지와라노토모야스(藤原倫寧)의 딸로, 당대의 권세가 우대신(右大臣)의 아들 후지와라노가네이에(藤原兼家)와 결혼하여 미치츠나(道綱)를 낳게 되어 미치츠나노하하(道綱母)로 불리게 된다.

감상

　さて、年ごろ思へば、などにかあらむ、ついたちの日は見えずしてやむ世なかりき。さもやと思ふ心遣ひせらる。未の時ばかりに、さき追ひののしる。そそなど、人も騒ぐほどに、ふと引き過ぎぬ。急ぐにこそはと思ひかへしつれど、夜もさてやみぬ。つとめて、ここに縫ふ物ども取りがてら、「昨日の前渡りは、日の暮れにし」などあり。いと返りごとせま憂けれど、「なほ、年の初めに、腹立ちな初めそ」などいへば、少しはくねりて、書きつ。かくしもやすからずおぼえいふやうは、このおしはかりし近江になむ文通ふ、さなりたるべしと、世にも言ひ騒ぐ心つきなさになりけり。

　그런데, 몇 년 동안이나 생각하면 어찌된 셈이었는

道綱母

지, 정초는 오지 않는 채로 끝나는 일은 없었다. 오늘은 와 줄지도 모른다고 생각하여 마음이 쓰인다. 오후 두 시 경에 벽제를 하는 시끄러운 소리가 들린다. 그렇다, 그렇다 라며 시녀들도 수선을 피우고 있는 사이에, 홀쩍 지나쳐 버렸다. 서두르고 있는 것이겠지 라고 다시 생각해 보았지만, 밤도 그대로 끝나 버렸다. 다음 날 아침에, 이쪽에 바느질감을 찾으러 심부름꾼을 보낸 참에, 「어제 문 앞을 그냥 지나친 것은, 날이 저물어 버렸기 때문에」라는 등 말해 왔다. 도저히 답장을 할 기분이 들지 않았지만, 「그래도, 신년 초부터 화를 내시지 마시지요」라는 등 시녀들이 말하므로, 조금 빈정거림을 담아 편지를 써 보냈다. 이렇게 평온치 않게 생각하기도 하고 말하기도 하는 것은, 그 추측하고 있던 오미(近江)에게 편지 왕래가 있다. 그렇고 그런 사이가 된 것이겠지, 하고 세간에서도 쉴 새 없이 말하고 있는 불유쾌함 때문이었다.

이즈미시키부닛키(和泉式部日記)

和泉式部

일기 문학이다. 작자는 이즈미시키부(和泉式部) 자신으로 보는 것이 통설이지만, 다른 사람이 썼다고 주장하는 설도 있다. 쵸호(長保)5년(1003)의 아츠미치친왕(敦道親王)과의 만남으로부터 그의 자택으로 들어가기까지의 약 10개월 동안의 이야기이다. 신분의 차이를 초월한 사랑의 과정을 약 150수(首)의 증답가(贈答歌)를 중심으로 서술하고 있다. 작자 자신을 「온나(女)」라는 삼인칭으로 서술한 소설적 구상으로, 한때 「이즈미시키부모노가타리(和泉式部物語)」로 불린 적도 있었다.

*이즈미시키부(和泉式部) 생몰년 미상. 헤이안(平安) 중기의 가인(歌人)으로,

오에노마사무네(大江雅致)의 딸이다. 이즈미노카미(和泉守)인 다치바나노 미치사다(橘道貞)와 결혼했었고, 가인(歌人)인 쇼시키부(小式部)를 낳았다. 후에 중궁(中宮) 쇼시(彰子)를 섬겼다.

무라사키시키부닛키(紫式部日記)

일기 문학이다. 작자는 무라사키시키부(紫式部)이다. 작자가 궁중 생활을 할 때의 이야기로, 간코(寛弘)5년(1008)가을부터 간코(寛弘)7년 1월까지의 기사(記事)가 있다. 작품 말미에 편지문 형식의 글이 있어 순수한 일기와는 다른 양상을 보이고 있다. 이 편지문에는, 세이쇼나곤(清少納言)이나 이즈미시키부(和泉式部)와 같은 당대의 재능 있는 여성들의 비평도 실려 있다.

紫式部

감상

　たちあかしの光の心もとなければ、四位の少将などを呼びよせて、脂燭ささせて人々は見る。内裏の台盤所にもてまゐるべきに、明日よりは御物忌とて、今宵みな急ぎてとりはらひつつ、宮の大夫、御簾のもとにまゐりて、「上達部御前に召さむ」と啓したまふ。

　횃불이 희미해서 4위(位) 소쇼(少将) 등을 불러서 촛불을 밝히게 하여 사람들은 그 장식을 본다. 그것을 궁중 부엌으로 가지고 가야 하는데, 내일부터는 주상(主上)의 모노이미라고 하므로 오늘 밤 동안에 서둘러 치워버린다. 그 사이에 중궁 다이부(大夫)가 발(簾) 아래로 와서 「경(卿) 들을 오게 하시지요」라고 아뢴다.

*무라사키시키부(紫式部)『겐지모노가타리』(源氏物語) 참조

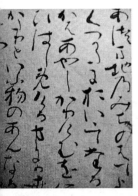

更科日記

사라시나닛키(更級日記)

일기 문학이다. 작자는 스가와라타카스에(菅原孝標)의 딸이다. 고호(康保)2년(1059) 경 성립. 작자가 열세 살 때인 가을부터 약 40년간에 걸친 도시 생활과 궁중 생활, 결혼 생활 등을 회상 적으로 서술하고 있다. 꿈과 환상이 현실 속에서 교차하고 있는 것이 이 작품의 특징이다.

감상

あづま路の道のはてよりも、なほ奥つ方に生ひ出でたる人、いかばかりかはあやしかりけむを、いかに思ひはじめけることにか、世の中に物語といふもののあんなるを、いかで見ばやと思ひつつ、つれづれなるひるま、宵居などに、姉、継母などやうの人々の、その物語、かの物語、光源氏のあるやうなど、ところどころ語るを聞くに、いとどゆかしさまされど、わが思ふままに、そらにいかでかおぼえ語らむ。

동쪽 길 끝에 있는 히타치보다 더 깊은 곳에서 자란 사람인 나는 아주 누추하고 외진 곳에 있었는데, 어쩔 작정이었는지, 「이 세상에는 모노가타리라고 하는 것이 있다고 하는데 어떻게 해서든 그것을 읽고 싶어」라고 자주 생각하게 되었다. 할 일없이 따분할 때나 저녁 나절, 언니나 새어머니와 같은 어른들이 이 모노가타리 저 모노가타리, 끝에는 히카루겐지의 생활모습 등을 군데군데 말하는 것을 들으니 나의 모노가타리에 대한 동경은 커가기만 하는 것이었다. 하지만 어른들이 처음부터 끝까지 암기해서 내가 만족할 만큼 어찌 이야기해 줄 수 있을 것인가.

＊스가와라타카스에노무스메(菅原孝標女) (1008～?) 한학자인 스가와라타카스에

(菅原孝標)의 딸로, 어렸을 때에 모노가타리를 동경한다. 『가게로닛키』(蜻蛉日記)의 작자인 미치츠나노하하(道綱母)는 외숙모에 해당한다.

죠진아자리노하하노슈(成尋阿闍梨母集)

1073년 이후에 성립. 자선가집(自選家集)이지만 일기에 가깝다. 1072년, 83세인 노모(老母)가 61세인 아들 죠진(成尋)의 송(宋)나라 여행에 대해, 자식을 생각하는 심정을 노래를 중심으로 그리고 있다.

사누키노스케닛키(讚岐典侍日記)

1109년 이후의 성립이다. 호리카와(堀川) 천황의 총애를 받았던 사누키노스케가 호리카와천황의 발병(發病)에서 새로 즉위한 어린 토바(鳥羽) 천황의 즉위까지를 서술하고 있다. 천황에 대한 인간적인 감정이 넘치고 있고, 죽음을 다루었다는 점이 특이하다.

마쿠라노소시(枕草子)

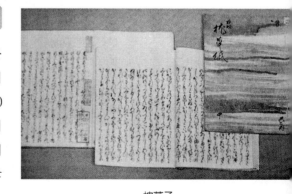

枕草子

최초의 수필문학이다. 작자는 세이쇼나곤(清少納言)이다. 죠호(長保)3년(1001) 경까지 성립했다는 것이 일반적인 설(說)이다. 300여 장단(章段)으로 구성되어 있으며, 그 내용에 따라 유취적장단(類聚的章段)[23] · 일기적장단(日記的章段)[24] · 수상적장단(隨想的章

---

23 「산(山)은」, 「시(市)는」 등으로 시작되는 장단(章段)과, 「흥이 깨지는 것」 「마음에 들지 않는 것」 등으로 시작되는 장단(章段)이 있다.

清少納言

段)²⁵으로 분류된다. 수필 문학의 시초라는 점에서 문학적 의의(意義)가 크다.

*세이쇼나곤(清少納言) 생몰년 미상. 966년생이라는 설(説)도 있다. 기요하라노모토스케(清原元輔)의 딸로, 모토스케(元輔)는 당시를 대표하는 가인(歌人)이었다. 첫 남편 다치바나노리미츠(橘則光)와의 이별과 아버지의 사망 후, 이치죠(一条)천황의 중궁(中宮)인 데이시(定子)를 섬겼다. 중궁이 사망한 후에는 궁중을 나와 후지와라노무네요(藤原棟世)와 결혼했고, 불우한 말년을 보내었던 듯하다.

감상

　春は曙。やうやうしろくなり行、やまぎはすこしあかりて、むらさきだちたる雲のほそくたなびきたる。夏はよる。月のころはさら也、闇もなを、ほたるの多くとびちがひたる。又、たゞ一二など、ほのかにうちひかりて行もをかし。雨などふるも、をかし。秋は夕暮。夕日のさして山のはいとちかうなりたるに、からすの寝所へ行とて、三四、二みつなど、とびいそぐさへあはれなり。まいて雁などのつらねたるが、いとちいさくみゆるは、いとをかし。日入りはてて、風の音むしの音などはた言ふべきにあらず。冬はつとめて。雪のふりたるはいふべきにあらず。霜のいとしろきも、またさらでも、いと寒きに、火などいそぎおこして、炭もてわたるもいとつきづきし。昼になりて、ぬるくゆるびもていけば、火桶の火もしろき灰がちになりて、わろし。(一段)

　봄은 새벽녘이 인상적이다. 점점 희어져 가는 산 근처의 하늘이, 조금 밝아져서 보랏빛을 띠고 있는 구름이 길게 뻗쳐 있는 것이 정

---

24 특정한 장소와 일시에 세이쇼나곤이 보고들은 것을 기록한 것.
25 자연(自然)이나 인간사(人間事)에 대한 감상을 기록한 것.

취가 있다. 여름은 밤이 멋있다. 달이 떠 있는 무렵은 새삼스럽게 말할 필요도 없는 일이다. 캄캄한 밤도 역시, 반딧불이 뒤섞여 날고 있는 모습은 정취가 있다. 또, 한 마리 두 마리가 희미하게 빛을 내며 날아가는 것도 멋있다. 비 등이 내리는 것도 정취가 있다. 가을은 저녁 무렵이 멋있다. 석양이 비쳐 산 능선에 매우 가까워진 무렵에, 까마귀가 보금자리에 돌아가려고 세 마리 네 마리, 두 마리 세 마리가 서둘러 날아가는 그런 것까지도 가슴 저리는 정취가 있다. 더욱이, 기러기 따위가 열을 지어 날아가는 것이 매우 작게 보이는 것은, 정말이지 정취가 있다. 석양이 완전히 서산으로 지고, 바람 소리와 벌레 울음소리 따위는, 이것도 또한 뭐라고 말할 수 없을 정도이다. 겨울은 이른 아침이 멋있다. 눈이 내린 아침은 뭐라고 말할 수 없을 정도이다, 서리가 무척 하얗게 내린 아침도 그렇다, 또 그렇지는 않아도, 매우 추운 아침에 불 따위를 서둘러 지펴서, 숯을 가지고 이쪽저쪽 나르는 것도 정말 어울린다. 점심때쯤이 되어 점점 추위가 풀려가면, 화로의 불도 흰 재가 많아져 좋지 않다.

中世문학

1. 중세(中世)문학 포인트

시대 구분

　　미나모토노요리토모(源 頼朝)가 가마쿠라(鎌倉)에 막부(幕府)를 연, 1192년부터 남북조(南北朝), 무로마치시대(室町時代), 아즈치·모모야마시대(安土·桃山時代)를 거쳐 도쿠가와이에야스(徳川家康)가 천하를 통일하고 1603년 에도막부(江戸幕府)를 열기까지의 약 400년간의 문학을 말한다.

시대적 배경

　　가마쿠라막부(鎌倉幕府) 이래로 무가(武家)들의 세력이 점차 커져, 조정(朝廷)과 가마쿠라막부가 대립한 「죠큐의 난(承久の乱)」[1](1221)을 거쳐, 정치 경제의 실권을 무가(武家)들이 장악하게 되었다.

中世武士

　　교토(京都)에 무로마치막부(室町幕府)가 열리고 부터 무가들 상호간의 세력 다툼이 계속되자 하극상의 풍조가 만연하여 전국시대(戦国時代)[2]에 까지 이르렀다.

　　동란(動乱)과 불안이 계속되었던 중세(中世) 사람들에게 강하게 작용했던 것은 불교로, 정토종(浄土宗)·정토진종(浄土真宗)·시종(時宗)·일연종(日蓮宗)·선종(禅宗) 등의 새로운 불교가 크게 보급되었다.

1　죠큐3년(1221) 고토바천황이 가마쿠라막부의 토벌을 꾀했으나 패배하여 오히려 귀족세력의 쇠퇴를 가져온 반면 무가세력의 강성을 초래한 전란이었다.
2　오닌의란(応仁の乱)에서 오다노부나가(織田信長)가 천하통일에 나서기까지의 시대.

은자 문학

중세는 무가(武家)와 승려로 대표되는데, 문학을 담당한 사람의 대부분이 귀족으로부터의 탈락자나, 봉건 사회의 질서로부터 도피한 지식인이었으므로, 이를 은자(隱者) 문학, 혹은 초암(草庵) 문학이라고 한다.

2. 시가(詩歌)

와카 和歌

중세(中世) 초기에는 귀족들은 정치의 실권을 잃었지만, 여전히 문학을 담당하고 있었다. 가마쿠라막부(鎌倉幕府)가 성립된 후에 즉위한 고토바(後鳥羽)천황은 정치의 실권을 조정에 되돌리려고 정치에 힘을 쏟는 한편 문학에도 열심이었다. 특히 와카(和歌)를 장려했기 때문에 궁정귀족을 중심으로 와카가 크게 융성하여, 육백번우타아와세(六百番歌合) · 천오백번우타아와세(千五百番歌合) 등 대규모 우타아와세가 차례차례로 개최되었다. 이러한 가운데 편찬된 것이 『신고킨와카슈』(新古今和歌集)이다.

*육백번우타아와세(六百番歌合) 겐큐(建久) 4년(1193), 후지와라노요시츠네저택(藤原良経家)에서 행해졌다. 가인(歌人)은 12명으로 판자(判者)는 후지와라노토시나리(藤原俊成)이다. 『신고킨슈』(新古今集)에 34수 실려 있다.
*천오백번우타아와세(千五百番歌合) 겐닌원년(建仁元年)(1201), 후지와라노토시나리저택(藤原俊成家)에서 행해졌다. 일류 가인 30명이 참가하였으며, 판자(判者)는 고토바인(後鳥羽院) · 도시나리(俊成) · 사다이에(定家) 등 10

명이다. 우타아와세 사상 최대 규모로, 약 90수가『신고킨슈』에 실려 있다.

신고킨와카슈(新古今和歌集)

젠큐(元久)2년(1205), 고토바인(後鳥羽院)의 칙명에 의해 성립되었다. 편자는 미나모토노미치토모(源道具), 후지와라노아리이에(藤原有家), 후지와라노이에타카(藤原家隆), 후지와라노사다이에(藤原定家), 후지와라노마사츠네(藤原雅経), 쟈쿠렌(寂蓮)의 여섯 명이다. 전 20권으로 약 2000수의 노래가 실려 있다.『고킨슈』(古今集) 이후의 칙찬집에 있는 노래는 제외시켰으며, 당대 사람들의 노래에 중점을 두어, 신고킨쵸(新古今調)로 불릴 정도로 시대적 특색이 있었다.『신고킨슈』(新古今集)의 가풍(歌風)은 와카(和歌)의 전통을 지키면서도, 상징적 여정(余情)과 유엔(優艶)[3]의 세계를 창조하였으며, 흔히 회화적·음악적·상징적·모노가타리적으로 일컬어진다. 혼카도리(本歌取り)·쇼쿠기레(初句切れ)·산쿠기레(三句切れ)·다이겐도메(体言止め) 등의 표현이 중시된 것도『신고킨슈』의 특징이다. 이러한 가풍은 정치적으로 무력하게 된 귀족들이 현실을 외면하고, 오직 와카에 있어서의 아름다운 세계를 추구하려한 결과라고 할 수 있다. 후세의 와카·렌가(連歌) 등에 큰 영향을 미쳤다.

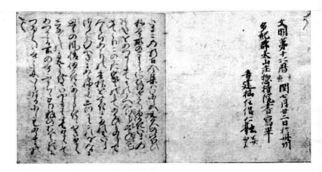

新古今和歌集

*혼카도리(本歌取り) 와카(和歌), 렌가(連歌) 등에서, 고가(古歌)의 말이나

---

3 고상하고 아름다움.

취향 등을 본떠서 짓는 것. 혼카(本歌)가 배경이 되어 여정(余情)을 더해 준다.

감상

西行法師(巻四秋)

こころなき身にも哀はしられけりしぎたつ沢の秋の夕暮

쓸쓸함 따위는 알 리도 없는 내 신세에도 지금 그것을 잘 알겠구나. 오리가 날아오르는 늪가 가을의 저물 무렵은.

　題しらず

寂蓮法師(巻四秋)

さびしさはその色としもなかりけり真木たつ山の秋の夕暮

　제목미상

쟈쿠렌 법사

이 쓸쓸함이란 딱히 어디서랄 것도 없다. 노송나무 우거진 산의 가을 저물 무렵은.

　西行法師すすめて百首歌よませ侍りけるに

藤原定家(巻四秋)

見わたせば花も紅葉もなかりけり浦のとまやの秋の夕暮

사이교법사(法師)의 권유로 100수가(百首歌)를 읊으셨을 때에

후지와라노사다이에

둘러보면 꽃도 단풍도 여기에는 없다. 해변 초가집의 가을 저물 무렵은.

*사이교법사(西行法師) (1118~1190) 『신고킨슈』에 94수 수록되어 있다.
*쟈쿠렌법사(寂蓮法師) (?~1202) 후지와라노토시나리(藤原俊成)의 조카이다. 『신고킨슈』에 35수 수록되어 있다.
*후지와라노사다이에(藤原定家) (1162~1241) 데이카(ていか)라고도 한다. 후지와라노토시나리(藤原俊成)의 아들로, 『신고킨슈』에 94수 수록되어 있다. 가론서(歌論書)에 『긴다이슈카』(近代秀歌)・『마이게츠쇼』(毎月抄)・『에이가타이가이』(詠歌大概)가 있고, 가집(家集)에 『슈이구소』(拾遺愚草), 일기

에 『메이게츠키』(明月記)가 있다.

*후지와라노이에타카(藤原家隆)(1158~1237) 가류(かりゅう)라고도 한다. 『신고킨슈』에 42수가 수록되어 있다.

*고토바인(後鳥羽院)(1180~1239) 다카쿠라(高倉)천황의 황자(皇子). 『신고킨슈』에 34수 수록되어 있다.

산카슈(山家集)

사이교(西行)의 가집(家集)이다. 3권으로 되어 있으며, 약 1600수가 수록되어 있다. 사계(四季)·사랑·잡(雜)으로 분류되어 있다. 자연에 대한 사랑과 독자적인 인생관을 읊은 노래가 많다. 인생의 대부분을 여행으로 보낸 그의 노래에는 실제의 감명이 우러나 있으며 가풍은 평명(平明)·청징(清澄)하다. 당시 가단(歌壇)의 존경을 받았다.

西行上人集

西行法師

긴카이와카슈(金槐和歌集)

미나모토노사네토모(源 実朝)의 가집(家集)으로 겐포 원년(建保元年)인 1213년에 성립했다. 사네토모(実朝)의 22세까지의 노래를 모은 것이다. 춘(春)·하(夏)·추(秋)·동(冬)·사랑(恋)·잡(雜)의 6부(部)로 되어 있다. 신고킨조(新古今調)의 노래도 많으나, 젊고 힘찬 망요조(万葉調)의 독자적인 노래도 있어 이색적이다.

감상

金塊和歌集

箱根路を我が越え来れば伊豆の海や沖の小島に波の寄る見ゆ

하코네 산길을 내가 넘어오자 눈 아래로 넓은 이즈바다가 펼쳐졌다.
그리고 멀리 작은섬에는 파도가 치고 있는 것이 보였다.

*미나모토노사네토모(源 実朝) (1192~1219) 미나모토노요리토모(源 頼朝)의
차남(次男)이다. 삼대장군(三代将軍)으로 28세 때 암살당했다.

신고킨슈이후의 칙찬와카집(勅撰和歌集)

藤原定家像

　신고킨슈 이후에는 후지와라노사다이에(藤原定家)가 가단(歌壇)에
군림하였고, 그 뒤를 이어 아들인 다메이에(為家)가 칙찬집의 편자
가 되는 등 활약이 컸다. 그러나 다메이에의 사후(死後), 상속문제
등으로 아들들의 분쟁이 일어나, 니죠(二条)・교고쿠(京極)・레제이
(冷泉)의 3파(派)로 나뉘어져 극심한 대립을 하게 된다. 칙찬집도
연이어 13개나 편찬되었다. 사다이에가 쓴『신칙찬와카집』(新勅撰和
歌集)을 이상으로 하는 보수적인 니죠파(二条派)[4]와『신고킨슈』를 이
상으로 하는 교고쿠(京極)・레제이파(冷泉派)가 대립되는 가운데 교
고쿠파를 중심으로 하는『교쿠요와카슈』(玉葉和歌集)・『후가와카슈』
(風雅和歌集)만이 서정가(叙景歌)를 특색으로 하는 참신함이 돋보였다.

무로마치기(室町期)의 와카(和歌)

　무로마치기(室町期)에는 무가(武家)와 승려(僧侶) 등 당하관(堂下官)
들이 가인(歌人)으로 활약하게 되었다. 이마가와료슌(今川了俊)・쇼테
츠(正徹)는 레제이파(冷泉派)의 가풍(歌風)을 중시하였으며, 니죠파

---

4 다메우지(為氏)・다메노리(為教)・다메스케(為相).

(二条派)에서는 소기(宗祇)가 활약했으나 고킨전수(古今伝授)가 행해지게 되어 와카는 독창성과 신선미를 잃게 되어 『신쇼쿠고킨와카슈』(新続古今和歌集)를 끝으로 칙찬집의 편찬은 중단되었다.

※ 고킨전수(古今伝授)

　후세의 사람들은 『고킨슈』(古今集)를 와카(和歌)지을 때의 표본으로 삼았는데, 그 『고킨슈』의 어구(語句) 해석을 비밀리에 전수한 것을 말한다. 각 파(派)마다 각기 전수를 했기 때문에, 그 배타적인 자세가 와카 쇠퇴의 한 요인이 되었던 것으로 추측된다.

*이마가와료슌(今川了俊) (1326~1420경) 가학자(歌学者). 아시카가씨(足利氏)의 유력한 무가(武家)였다.
*쇼테츠(正徹) (1381~1459) 가인(歌人). 도후쿠지(東福寺)[5]의 서기(書記)였기 때문에 데츠서기(徹書記)라고 불렸다. 가론서(歌論書)에 『쇼테츠모노가타리』(正徹物語)가 있다.

렌가·連歌

　렌가(連歌)란, 단가(短歌)의 위구와 아래 구를 수명이 교대로 읊어가는 문예를 말하는데, 형식과 내용 면에서 문학으로서 완성되어 유행한 것은 무로마치기(室町期)이다. 렌가가 행해진 것은 헤이안(平安) 중기(中期)로, 칙찬집(勅撰集)으로는 『슈이슈』(拾遺集)에 처음으로 수록되었고, 『깅요슈』(金葉集)에 와서 비로소 렌가부(連歌部)가 생겼다. 당시에는 주로 2구(句)를 연결한 단렌가(短連歌)였지만, 헤이안 말기

---

5 교토(京都)에 있다.

에는 3구, 4구가 계속되는 구사리렌가(鎖連歌)가 생겨났고, 더욱 발전해 50운(韻), 100운으로 계속되는 장렌가(長連歌)로 발달하였다.

가마쿠라기(鎌倉期)의 렌가(連歌)

가마쿠라(鎌倉) 초기에 와카회(和歌会)와 함께 렌가회(連歌会)가 열리는 등 렌가가 융성해지자, 렌가는 와카적인 정취가 있는 「유심파」(有心派)와 우스꽝스러움을 주로 하는 「무심파」(無心派)의 두 양상을 보였다. 유심파는 고위귀족을 중심으로 발전했고, 무심파는 신분이 낮은 무사나 승려·일반 서민에게 보급되었다. 가마쿠라(鎌倉) 말기가 되면 「렌가시」(連歌師)와 같이 렌가를 직업으로 하는 사람들도 나오게 되었다.

連歌会

남북조기(南北朝期)의 렌가(連歌)

남북조기(南北朝期)[6]가 되자 렌가는 점차 융성해졌는데, 그 지도자적 역할을 담당한 것은 니죠요시모토(二条良基)와 그의 스승인 규세(救済)였다. 규세의 협력으로 니죠요시모토는 최초의 렌가집(連歌集)인 『츠쿠바슈』(菟玖波集)를 편찬했는데, 이것은 준칙찬집(準勅撰集)으로 선정되어, 렌가는 와카와 동등한 지위를 얻게 된다. 요시모토는, 렌가의 규칙을 확립한 『렌가신시키』(連歌新式)와 렌가논서(連歌論書)인 『츠쿠바몬도』(筑波問答)를 남겼다.

---

6 1336-1392.

*니죠요시모토(二条良基) (1320~1388) 고다이고(後醍醐) 천황을 섬겼으며, 후에 북조(北朝)의 중신(重臣)이 되었다.
*규세(救済) (1282~1376) 구사이(救済) 라고도 한다. 렌가시(連歌師)로 니죠요시모토의 스승이었다.
*츠쿠바슈(菟玖波集) 1356년 성립. 야마토타케루노미코토(倭建命)로부터 당대의 렌가(連歌)를 모았다. 530명의 작품이 수록되어 있다. 준칙찬집으로 선정되어 렌가의 문학적 지위를 확립하였다.
*렌가신시키(連歌新式) 1372년 성립. 렌가(連歌)의 규칙을 확립하였다.
*츠쿠바몬도(筑波問答) 1368~1374년 사이의 성립으로, 렌가의 기원(起源)·연혁(沿革)·작법(作法) 등이 설명되어 있다.

무로마치기(室町期)의 렌가(連歌)

무로마치기(室町期)[7]가 되자 렌가는 폭넓게 유행했지만, 질적으로 저하하고 비속화하는 경향이 있었다. 이러한 때, 렌가의 가치를 높인 사람이, 이치죠카네라(一条兼良)·소제(宗砌)·신케(心敬)였다. 신케는 렌가논서(連歌論書)인 『사사메고토』(ささめごと)를 썼으며, 와카·렌가·불도(仏道)의 조화에 의한 유현(幽玄)[8]을 제창하여 렌가의 문학성을 향상시켰다.

*이치죠카네라(一条兼良) (1402~1481) 니죠요시모토(二条良基)의 손자(孫子)로, 가인(歌人). 고전(古典) 연구자.
*소제(宗砌) (?~1455)
*신케(心敬) (1406~1475) 렌가논서(連歌論書)에 『사사메고토』(ささめごと)·『히토리고토』(ひとりごと) 등이 있다.

---

7 1336-1573.
8 깊은 정취. 여정.

*ささめごと 렌가서(連歌書). 1463년경 성립이다. 렌가의 연혁, 구풍(句風) 등을 와카에 대비시키고 있다.

*ひとりごと 렌가서. 1468년 성립. 와카·렌가에 대한 견해를 피력하고 있다.

렌가(連歌)의 대성(大成)

소제(宗砌), 신케(心敬) 등에 의해 새롭게 발전된 렌가는 이오소기(飯尾宗祇)에 의해 대성되었다. 소기는 반평생을 전국각지를 돌며 렌가를 보급했으며, 그 동안 렌가논서(連歌論書)인 『아즈마몬도』(吾妻問答)·『오이노스사미』(老のすさみ)와 렌가슈(連歌集)인 『치쿠린쇼』(竹林抄)·『신센츠쿠바슈』(新撰菟玖波集)를 편찬했다. 또한 쵸쿄(長亨)2년(1488), 제자인 쇼하쿠(肖柏)·소쵸(宗長)와 함께 읊은 「미나세산긴백운(水無瀬三吟百韻)」은 렌가의 최고 걸작(傑作)으로 렌가백운(連歌百韻)의 규범이 되었다.

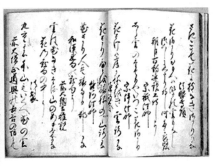

新撰菟玖波集

감상

水無瀬三吟百韻

雪ながら山本かすむ夕べかな　　　　　宗祇

行く水遠く梅にほふ里　　　　　　　　肖柏

川風に一むら柳春見えて　　　　　　　宗長

舟さす音もしるき明けがた　　　　　　宗祇

　　　미나세에서 세 사람이 읊은 백운(百韻)

산꼭대기에는 아직도 눈이 그대로 있는데, 산기슭에는 봄 안개가
길게 뻗어 있는 저녁무렵이로구나　　　　　　　　　　　소기

강은 먼 곳으로 흘러가고, 마을에 매화 향기가 난다　　　쇼하쿠

강바람에 흔들리는 한 무리 버드나무에도 봄이 느껴진다　소쵸

노 젓는 소리가 뚜렷이 들리는 새벽녘이구나   소기

*소기(宗祇 (1421~1502) 렌가시(連歌師). 일찍이 불문(仏門)에 귀의했으나, 와카와 고전(古典)을 가네라(兼良)에게, 렌가를 소제(宗砌), 신케(心敬)에게 배웠다. 전국의 여러 호족들에게 와카와 렌가를 지도했다.

*아즈마몬도(吾妻問答) 렌가서(連歌書). 1467년에 1차적으로 성립되었다고 보인다. 렌가의 성립·작법(作法)·주요 사항 등을 문답체로 서술하고 있다.

*오이노스사미(老のすさみ) 렌가서. 1479년 성립.

*치쿠린쇼(竹林抄) 렌가슈. 1476년 성립. 렌가의 선각자 7인의 작품을 편집했다.

*신센츠쿠바슈(新撰菟玖波集) 준칙찬(準勅撰) 렌가집. 1495년 성립으로, 20권으로 되어 있다. 소기·이치죠후유라(一条冬良) 등이 편찬했다. 약 70년에 걸친 251명의 렌가 2000여구(句)를 수록했다.

*쇼하쿠(肖柏) (1443~1527) 렌가시(連歌師). 소기의 제자이다.

*소쵸(宗長) (1448~1532) 렌가시. 소기의 제자이다.

*미나세산긴백운(水無瀬三吟百韻) 렌가. 1488년 성립으로, 작자는 쇼기·쇼하쿠·소쵸이다. 고토바인(後鳥羽院)의 별궁인 미나세전(水無瀬殿)에서 세 사람이 읊은 백구(百句) 렌가.

飯尾宗祇

하이카이렌가(俳諧連歌)

하이카이렌가(俳諧連歌)는 소기(宗祇) 이후에 렌가가 번거로운 규칙에 얽매여 신선함을 잃어가자 새롭게 나타난 것이다. 하이카이렌가는 해학(諧謔)과 우스꽝스러움을 주로 한 것으로, 야마자키소칸(山崎宗鑑)과 아라키다모리타케(荒木田守武)에 의해 보급되었다. 소칸은 『이누츠쿠바슈』(犬筑波集)를, 모리타케(守武)는 「모리타케도쿠긴센쿠」(守武独吟千句)를 읊어 후세(後世) 하이카이의 규범이 되었다.

*야마자키소칸(山崎宗鑑)(1460~1540?) 렌가하이카이시(連歌俳諧師).

*이누츠쿠바슈(犬筑波集) 1539년경의 성립으로 보인다. 무로마치후기(室町後期)에 읊어진 빼어난 하이카이렌가(俳諧連歌)를 수록. 정통적인 렌가에 비해 문예적으로 경시되었던 하이카이렌가에 주석을 붙여 수록, 그 모습을 전해 남긴 의미는 대단히 크다. 에도시대(江戸時代)의 하이카이에 큰 영향을 끼쳤다.

*아라키다모리타케(荒木田守武)(1473~1549) 렌가하이카이시(連歌俳諧師).

*모리타케도쿠긴센쿠(守武独吟千句) 1540년 성립. 아리키다모리타케 편찬. 최초의 하이카이천구(千句)로, 그 형식의 확립과 함께 후세 하이카이의 규범이 되었다.

가요 歌謡

엔쿄쿠·와산(宴曲·和讃)

엔쿄쿠는 주로 연회 석상에서 불렸던 노래로, 빠른 박자로 불렀기 때문에 소카(早歌)라고도 한다. 무가(武家)를 중심으로 귀족이나 승려들에게도 유행했다. 7·5조(調)로, 대부분이 미치유키분(道行文)[9]이나 모노즈쿠시(物尽し)[10]의 형태를 하고 있다. 한편 와산은 불교나 고승(高僧)의 가르침 등을 칭송하는 내용의 불교가요이다.

고우타(小歌)

고우타(小歌)는 무로마치기(室町期) 후반에 발생했으며, 민간에서 불린 당세풍(当世風)의 유행 가요를 말한다. 주로 남녀의 애정을 내

---

9 여행 도중의 풍경이나 여정(旅情)을 서술함.
10 같은 종류의 것을 열거하기.

용으로 하고 있으나, 해학과 풍자가 엿보이는 등 서민의 생활 감정을 노래하고 있다. 고우타슈(小歌集)에 『간긴슈』(閑吟集)가 있다.

中世建物

＊간긴슈(閑吟集) 1518년 성립. 편자 미상으로, 무로마치기(室町期)의 고우타(小歌) 310여수를 수록하고 있다.

감상 閑吟集

おしやる闇の夜　おしやるおしやる闇の夜　つきもないことを

만나겠다고 말씀하신 밤에, 그렇게 말씀하신 그 밤엔 달도 없는데

なごり惜しさに　出でて見れば　山中に　笠のとがりばかりが　ほのかに見え候

너무도 섭섭해 문밖에 나와 보니, 저쪽 산 속에 삿갓 꼭지만이 멀찌감치 보입니다.

3. 모노가타리(物語)

중세(中世)의 소설은 전대(前代)의 전통을 계승함과 동시에 새로운 형태를 만들어 내었다. 기코모노가타리(擬古物語)·레키시모노가타리(歷史物語)·세츠와모노가타리(説話物語)는 전대의 계승이고, 군키모노가타리(軍記物語)·오토기조시(お伽草子)는 새로운 시대의 소설 형태라고 할 수 있다.

기코모노가타리(擬古物語)

『겐지모노가타리』(源氏物語)를 비롯한 헤이안조(平安朝)의 모노가타리를 모방한 것이 기코모노가타리이다. 『스미요시모노가타리』(住吉物語)·『도리카에바야모노가타리』(とりかへばや物語)·『마츠라노미야모노가타리』(松浦宮物語)·『고케노코로모』(苔の衣) 등이 있다.

住吉物語

★스미요시모노가타리(住吉物語) 성립, 작자 미상이다. 『겐지모노가타리』(源氏物語)와 『마쿠라노소시』(枕草子)에 그 이름이 보이나, 현존하는 것은 가마쿠라기(鎌倉期)에 개작된 것이라고 생각되어 진다. 츄나곤(中納言)의 딸이 계모의 계략을 알고 스미요시(住吉)에 도망치나, 쇼쇼(少将)는 관음에게 빌어 그 딸을 만나 행복하게 되는 줄거리이다.

★마츠라노미야모노가타리(松浦宮物語) 가마쿠라(鎌倉) 초기의 작품으로 여겨진다. 작자는 사다이에(定家)로 보는 것이 일반적이다. 주인공인 벤쇼쇼(辯少將)와 세 여성과의 사랑이야기이다.

★고케노코로모(苔の衣) 1249~1256경에 성립으로 작자 미상이다. 천황가(天皇家) 3대에 걸친 귀족의 사랑과 운명을 그린 것으로 중세적인 무상감이 엿보인다.

오토기조시(お伽草子)

가마쿠라말기부터 에도(江戶) 시대 초기에 걸쳐 만들어진 통속적인 내용의 단편소설이다. 근세(近世) 초기의 가나조시(仮名草子)로 이행하는 과도기적인 작품으로, 그림이 삽입되어 있고, 귀족·무사·승려·서민 등이 주인공으로 등장하는 등 광범위한 독자층이 형성되었다. 대표작에 『잇슨보시』(一寸法師)・『분쇼조시』(文正草子)・『후쿠토미조시』(福富草子) 등이 있다.

一寸法師

*잇슨보시(一寸法師) 키가 매우 작은 잇슨보시(一寸法師)가 재상(宰相)의 딸을 좋아하여 도깨비 섬에 가서 도깨비방망이로 키를 키워 출세하는 이야기.
*분쇼조시(文正草子) 신분이 낮은 평민의 입신출세담(立身出世譚)으로, 민중이 새롭게 등장하는 시대상을 나타내고 있다.
*후쿠토미조시(福富草子) 방귀를 잘 뀌어 큰 부자가 된 노인을 부러워하여 흉내를 하다 큰 실패를 하는 이야기.

설화문학(說話文學)

헤이안 말기부터 왕성하게 편찬되었던 설화는 가마쿠라 전기(前期)에 황금시대를 맞이하였다. 세속 설화집과 불교 설화집이 연이어 생겨나고, 레키시모노가타리(歷史物語)나 군키모노가타리(軍記物語)・오토기조시(お伽草子)・요쿄쿠(謠曲)・수필(隨筆) 등에도 설화가 등장하게 된다. 중세(中世) 문학을 설화적(說話的)이라고 하는 까닭이다. 이들 설화는 계몽적, 교훈적이며 서민 문학적인 성격이 강하다.

세속 설화에는 가마쿠라기(鎌倉期)의 『우지슈이모노가타리』(宇治拾遺物語)・『짓킨쇼』(十訓抄)・『고콘쵸몬쥬』(古今著聞集)와 무로마치기(室町期)의 『요시노슈이』(吉野拾遺)가 있고, 불교 설화에는 헤이안말기의 『센쥬쇼』(撰集抄), 『호부츠슈』(宝物集)와 가마쿠라기(鎌倉期)의 『홋신슈』(發心集)・『샤세키슈』(沙石集) 등이 있다.

宇治拾遺物語

우지슈이모노가타리(宇治拾遺物語)

1212~1221년경의 성립으로 보인다. 작자 미상으로, 196편의 설화가 수록되어 있다. 『곤쟈쿠모노가타리슈』(今昔物語集)와 공통되는 설화가 80여 편 있다.

감상 八 木こり歌の事

今は昔、木こりの、山守に斧を取られて、わびし、心憂しと思ひて、頰杖突きてをりける。山守見て、「さるべき事を申せ。取らせん」といひければ、

悪しきだになきはわりなき世間によきを取られてわれいかにせんと詠みたりければ、山守返しせんと思ひて、「うううう」と呻きけれど、えせざりけり。さて斧返し取らせてければ、うれしと思ひけりとぞ。人はただ歌を構へて詠むべしと見えたり。

지금은 옛날일이 되었지만, 나무꾼이 산을 지키는 사람에게 도끼를 빼앗기고 큰일났다, 어떻게 하지? 라며 턱을 괴고 있었다. 파수꾼이 보고, 「뭔가 재치 있는 노래라도 읊어 보시오 돌려 줄 테니」라고 말하므로,

> 나쁜 것조차 없으면 세상 살기에 곤란한데, 좋은 것을 빼앗겨 버렸
> 으니 나는 어찌할꼬

라고 읊었기에, 파수꾼은 답가를 하려고 생각하여 「우-우-우-우」라고 신음했지만 노래를 읊을 수가 없었다. 그래서 도끼를 돌려주었기에 나무꾼은 잘됐다고 생각했다고 한다. 그러니 사람들은 늘 신경 써서 노래를 읊을 수 있게끔 되어 있어야 한다고 생각하는 것이다.

*짓킨쇼(十訓抄) 1252년 성립. 작자는 로쿠하라지로자에몬뉴도설(六波羅二臈左衛門入道說)이 유력하다. 연소자(年少者)의 수양에 필요한 교훈을 열 개

단(段)으로 나누어 예화를 수록하였다.

*고콘쵸몬쥬(古今著聞集) 1254년 성립. 작자는 다치바나노나리스에(橘 成 季)이다. 고금의 유명한 설화와 함께 당시 항간에 떠도는 이야기 등을 광범위하게 수록하였으며, 구성에 짜임새가 있다.

*요시노슈이(吉野拾遺) 1358년 성립. 작자 미상으로, 요시노조(吉野朝)의 일화가 중심이다.

*센쥬쇼(撰集抄) 성립과 작자 미상으로, 신불(神仏)의 영험이나 은둔에 관한 설화가 많다.

*호부츠슈(宝物集) 성립 년 미상으로, 작자는 다이라노야스노리(平康頼)이다. 일본, 중국, 인도의 불교 설화를 모아, 문답식으로 구성하였다.

*홋신슈(発心集) 1216년 이전의 성립으로 보여진다. 가모노쵸메이작(鴨長明作)라는 설(説)이 일반적이다. 불교 관계인 발심(発心) 설화가 많다.

*샤세키슈(沙石集) 1283년 성립. 작자는 무쥬법사(無住法師)이다. 교훈적인 잡화(雑話)를 수록하고 있다.

레키시모노가타리(歴史物語)

헤이씨(平氏)의 멸망과 가마쿠라막부(鎌倉幕府)의 개설, 남북조(南北朝)의 동란(動乱), 무로마치막부(室町幕府) 개설 등, 정권이 어지럽게 변하는 격동 속에서 사람들의 역사에 대한 인식이 높아져 레키시모노가타리(歴史物語)와 새로운 형태의 사론(史論)이 탄생하게 되었다.

미즈카가미(水鏡)

가마쿠라 초기의 성립으로 작자 미상이다. 편년체로 되어 있으며, 불교 관계의 설화가 많은 것이 특색이다. 평범하고 밋밋한 문장으로, 사경(四鏡) 중에서는 문학적으로 뒤떨어진다.

*사경(四鏡) 오카가미(大鏡) 이마카가미(今鏡) 미즈카가미(水鏡) 마스카가미
(增鏡)

마스카가미(增鏡)

1338~1376년의 성립으로 여겨진다. 작자 미상으로 편년체이며,
연로한 비구니가 이야기하는 형식으로 되어 있다. 황실의 쇠락을 슬
퍼하는 작품으로, 조정(朝廷)과 무가(武家)와의 싸움이 상세히 서술되
어 있다. 모노가타리의 구성은 『오카가미』(大鏡)를 모방하고 있으며
유려(流麗)한 문장은, 사경(四鏡) 중에서는 오카가미의 뒤를 잇는 것
으로 알려진다.

구칸쇼(愚管抄)

1220년 성립으로, 작자는 지엔(慈円)이다. 진무천황(神武天皇)에서
쥰토쿠천황(順德天皇)까지를 편년체로 기술하고 있다. 역사를 이끄는
힘을 「도리(道理)」로 보고, 그 기초 위에서 역사(歷史)를 논(論)하고
있다. 역사 평론, 역사 철학적인 내용도 포함하고 있다.

*지엔(慈円) (1155~1225) 가마쿠라(鎌倉) 초기의 천태종(天台宗) 승려. 가
인(歌人)이며 사론가(史論家)이다.

진노쇼토키(神皇正統記)

1339년 성립이다. 기타바타케치카후사(北畠親房)가 쓴 사론서(史論
書)이다. 건국(建國)에서 고무라카미천황(後村上天皇)까지의 역사를 개

관하고 있다. 국체(国体)의 본질과 남조(南朝)의 정통성을 서술하고 있으며, 간결한 문장은 후세에 영향을 끼쳤다.

*기타바타케치카후사(北畠親房)(1293~1354) 남조(南朝)의 충신. 학문을 하는 집에서 태어나, 학문에 뛰어났다.

군키모노가타리(軍記物語)

헤이안(平安)말기에서 가마쿠라(鎌倉) 초기에 걸친 생생한 동란(動乱)을 경험한 사람들이, 무가(武家)의 흥망성쇠를 주제로 한, 스케일이 큰 새로운 양식의 작품을 내 놓았는데, 이를 군키모노가타리(軍記物語)라고 한다.

호겐모노가타리(保元物語)

성립과 작자 미상이다. 가마쿠라(鎌倉) 초기의 작(作)으로, 호겐원년(保元元年)에 일어난 호겐란(保元乱)을 중심으로, 그 전후의 사건을 서술하고 있다. 부자(父子)・형제・숙부(叔父) 등, 골육간의 항쟁을 그리고 있는 점이 특색 있다.

※ 호겐란(保元乱)

1156년에 일어났다. 스토쿠인(崇徳院)과 고시라카와천황(後白河天皇) 형제에 의한 황위계승을 둘러싼 싸움에 셋칸가(摂関家) 후지와라씨(藤原氏) 내부의 권력투쟁이 얽혀 일어났다. 고시라카와천황의 승리로 많은 사람들이 유배, 처형되었다.

헤이지모노가타리(平治物語)

성립과 작자 미상이다. 가마쿠라 초기의 작(作)으로, 호겐란(保元亂)의 3년 뒤에 일어난 헤이지란(平治亂)을 중심으로 서술하고 있다.

※헤이지란(平治亂)

1159년에 일어났다. 호겐란 후에 고시라카와천황의 총신(寵臣) 후지와라노미치노리(藤原道憲)와 연계한 다이라노키요모리(平淸盛)를 타도하려고 미나모토노요시토모(源義朝)・후지와라노노부요리(藤原信賴)와 함께 거병한 내란. 고시라카와천황을 유폐(幽閉)하고 미치노리를 살해했으나 기요모리에게 패해 요리아사・노부요리는 죽임을 당했다. 겐지(源氏)의 세력이 쇠퇴하고 헤이시(平氏)정권이 출현하게 되었다.

헤이케모노가타리(平家物語)

성립과 작자 미상으로 군키모노가타리 중에서 가장 뛰어난 작품으로 여겨진다. 『츠레즈레구사』(徒然草) 226단(段)에는, 고토바인(後鳥羽院) 때에 시나노노젠지유키나가(信濃前司行長)가 『헤이케모노가타리』를 써서 쇼부츠(生仏)라고 하는 맹인에게 가르쳐 읊게 한 것을, 당시의 비와법사(琵琶法師)가 배웠다고 기술하고 있으나 확증(確証)은 없다. 모노가타리는 헤이케일족(平家一族)의 번영과 멸망 과정을 그리면서, 그와 관련된 여인들의 슬픈 일화를 첨가하고 있다. 갖가지 인간상이 생생하게 묘사되어 있으며, 무상감(無常感)을 축(軸)으로 하고 있다. 13세기경까지 원형(原型)이 만들어져 그것이

琵琶法師

발전하여 지금 형태로 된 것으로 여겨진다. 모노가타리가 한 사람에 의한 것이 아니라, 헤이쿄쿠(平曲)로서 폭넓게 읊어지는 사이에 여러 사람에 의해 첨가, 확대되었다고 보는 것이다.

감상

祇園精舎の鐘の声、諸行無常の響あり。沙羅双樹の花の色、盛者必衰の理をあらはす。おごれる人も久しからず、唯春の夜の夢のごとし。たけき者も遂にはほろびぬ、偏に風の前の塵に同じ。

平家物語

기원정사(祇園精舎)의 종소리는 제행무상(諸行無常)의 여운이 있다. 석가모니가 열반하실 때에 흰색으로 변했다고 하는 사라수 꽃의 색은, 성자필쇠(盛者必衰)의 이치를 나타내고 있다. 오만 불손했던 사람도, 오래오래 오만에 차 있을 수는 없다. 그저 봄밤의 꿈과 같이 허무한 것이다. 용맹한 자도 결국에는 사라지는, 오직 바람 앞의 먼지와 같은 것이다.

祇園社

다이헤이키(太平記)

1372년 전후의 성립으로 보인다. 작자는 고지마법사(小島法師)로 보이며, 많은 사람들의 수정(修正)과 가필(加筆)에 의해 오늘날과 같은 40권 형태로 되었다고 여겨진다. 남북조(南北朝)의 쟁란을 중심으로 그리고 있고, 유교의 도덕관과 불교의 인과론(因果論)이 짙게 깔려 있다. 헤이쿄쿠(平曲)・죠루리(浄瑠璃)・오토기조시(お伽草子)・요미혼(読本) 등 후세의 문학에 큰 영향을 끼쳤다.

太平記よみ

감상

落花の雪に踏み迷ふ、片野の春の桜狩り、紅葉の錦を着て、帰
る、嵐の山の秋の暮れ、一夜を明かすほどだにも、旅寝となればも
の憂きに、恩愛の契り浅からぬ、わが故郷の妻子をば、行くへも知
らず思ひおき、年久しくも住みなれし、九重の帝都をば今を限りと
顧みて、思はぬ旅に出でたまふ、心の中ぞあはれなる。

눈발과 같이 떨어져 흩날리는 벚꽃을 밟으며 돌아다니는 가타노의
벚꽃놀이, 비단같이 아름다운 단풍을 입고 돌아가는 아라시야마 가을
의 저물 무렵, 그런 곳에서 하룻밤을 보내는 것조차도 여행지에서의
숙박이라면 싫은 것인데, 지금, 깊은 사랑의 인연도 깊은 고향의 처
자식을, 앞으로 어떻게 될지도 모르는 채 남겨 두고 오랫동안 살아
정든 구중궁궐을, 이것이 마지막이라고 돌아보면서 예상도 못한 여행
을 떠나시는 그 심경은 참으로 쓸쓸하시다.

기케이키(義経記)

무로마치(室町) 초기의 성립으로 작자 미상이다. 요시츠네(義経)를
주인공으로 하고 있으나, 요시츠네의 전성기가 아닌, 그 전후의 불우
한 성장과정과 비극적인 말로(末路)를 동정적으로 그리고 있다.

*미나모토노요시츠네(源義経) 1159-1189. 미나모토노요리토모(源頼朝)의 배
다른 동생이다. 헤이지란에서 아버지 미나모토노요시토모(源義朝)가 패하
여 죽자, 출가(出家)를 조건으로 목숨이 부지된다. 한때 요리토모를 도우
나 반감을 사서 31세에 요리토모의 자객에게 죽임을 당한다.

소가모노가타리(曾我物語)

무로마치 초기경의 성립으로 작자 미상이다. 소가(曾我) 형제가 부

모의 원한을 갚는다는 복수극을 그렸다. 복수는 성공했지만 둘 다 죽음을 맞이한다.

曾我物語

キリシタン 문학

16세기 중엽부터 약 1세기 간, 기독교 선교사나 신도(信徒)가 포교와 일본어 학습을 목적으로 저술, 번역한 문학을 말한다. 『헤이케모노가타리』(平家物語)·『긴쿠슈』(金句集)·『이솝이야기』(イソポのファブラス) 등이 있다. 당시의 구어(口語)를 로마자로 표기하고 있어 일본어사(日本語史)에 있어 귀중한 자료가 되고 있다.

*헤이케모노가타리(平家物語) 1592년 성립. 로마자로 쓰여 있다.
*긴쿠슈(金句集) 1593년 성립으로 로마자 표기이다. 논어(論語)를 당시의 구어로 번역, 해설하였다.
*이솝이야기(イソポのファブラス) 1593년 성립. '이솝이야기'를 당시의 구어 일본어로 번역하고, 로마자로 표기하였다.

4. 일기·기행·수필(日記·紀行·隨筆)

일기·기행 日記·紀行

가마쿠라기(鎌倉期)에 쓰인 여성의 일기에는 『겐슌몽인츄나곤닛키』(建春門院中納言日記)·『겐레이몽인우쿄노다이부슈』(建礼門院右京大夫集)·『벤노나이시닛키』(辯内侍日記)·『나카츠카사노나이시닛키』(中務

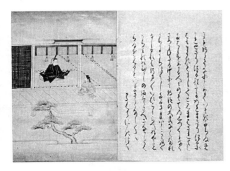

十六夜日記

『内侍日記(かさのないしにっき)』・『도와즈가타리』(とはずがたり) 등이 있다. 또한 가마쿠라에 막부(幕府)가 열리고부터, 교토(京都)와 가마쿠라를 왕래하는 사람들이 많아짐에 따라, 『가이도키』(海道記かいどうき)・『도칸키코』(東関紀行とうかんきこう)・『이자요이닛키』(十六夜日記いざよいにっき) 등, 도카이도(東海道とうかいどう) 기행문이 나타났다.

겐레이몽인우쿄노다이부슈(建礼門院右京大夫集けんれいもんいん うきょうのだいぶしゅう)

1229~1233경의 성립이다. 작자는 후지와라노코레유키(藤原伊行ふじわらのこれゆき)의 딸로, 겐레이몬잉(建礼門院けんれいもんいん)[11]을 섬겼고 우쿄노다이부(右京大夫うきょうのだいぶ)로 불렸다. 연인(恋人)인 다이라노스케모리(平資盛たいらのすけもり)와의 연애가가 중심이 되어 있다.

감상

頭中将実宗(とうのちゅうじょうさねむね)の、常に中宮の御方(かた)へ参(まゐ)りて、琵琶(びは)弾き、歌うたひ遊びて、時々、「琴弾け」など言はれしを、「ことざましにこそ」とのみ申(まう)して過ぎしに、ある折(をり)、文(ふみ)のやうにて、ただかく書きておこせられたり。

　松風の響きも添へぬひとりごとはさのみもつれなき音(ね)もや尽くさむ

도우노츄죠 사네무네가, 언제나 중궁님 계신 곳에 와서 비와를 연주하거나 노래를 부르는 등 음악을 즐기고 때때로 나에게도 「쟁[12]을 연주하시오」라고 했지만 「저 따위가 연주하면 흥이 깨질 터이겠죠?」라고만 말씀드리고 지나치고 있었는데, 어느 날, 연애편지같이 해서

11　다카쿠라(高倉たかくら) 천황의 중궁(中宮).
12　거문고 비슷한 13줄의 현악기.

그저 이렇게만 써서 보냈다.

솔바람의 울림에도 비교되는 그대의 쟁 소리 없이 혼자 쓸쓸하게
연주하는 제 비와는, 저의 호의를 모른 채 하는 그대의 태도를
원망하여 더 이상 우는 소리도 낼 수 없습니다.

도와즈가타리(とはずがたり)

1306년경 성립으로 작자는 고후카쿠사천황(後深草天皇)의 궁녀인
니죠(二条)이다. 사랑과 신앙의 편력을 그린 자전적(自伝的) 일기이다.

감상

吳竹の一夜に春の立つ霞、今朝しも待ち出でがほに、花を折り、
匂ひを爭ひて竝み居たれば、我も人竝々にさし出でたり。

밤사이에 입춘이 되었다고 알리는 안개를 오늘아침은 마치 기다리
고 있다가 출사(出仕)하는 것처럼 뇨보들은 화려하게 치장을 하고 서
로 아름다움을 겨루며 늘어서 있기에 나도 다른 사람과 같이 하여
어전(御前)에 나왔다.

*겐슌몽인츄나곤닛키(建春門院中納言日記) 1219경 성립으로 작자는 사다이
에(定家)의 누이이다. 『겐쥬고젠닛키』(健寿御前日記)라고도 한다. 전반은
겐슌몽인(建春門院)[13]을 향한 추모의 정을 그리고 있으며, 후반은 사다이
에가 유고(遺稿)를 모은 것이다.
*벤노나이시닛키(辯内侍日記) 1252년경 성립. 1246~1251년까지의 일기이다.
작자는 벤노나이시(辯内侍)로 생몰 년 미상이다. 여류가인(女流歌人)으로
고후카쿠사천황(後深草天皇)을 섬겼다. 궁중의 행사가 중심이 되어 있고,
노래가 많이 실려 있다.

---

13 다카쿠라(高倉) 천황의 생모(生母).

*나카츠카사노나이시닛키(中務内侍日記) 성립 년 미상으로 1280~1292년까지의 일기이다. 작자인 나카츠카사노나이시(中務内侍)는 고후카쿠사천황(後深草天皇)의 황자(皇子)인 후시미인(伏見院)을 섬겼고, 생몰 년 미상이다.

*가이도키(海道記) 1223년경 성립으로 작자 미상이다. 교토(京都)를 출발해 가마쿠라에 열흘 정도 머문 뒤 귀경할 때의 기행문이다.

*도칸키코(東関紀行) 1242경 성립으로 작자 미상이다. 은둔자가 가마쿠라에 가서 보고 들은 견문(見聞)과 가마쿠라의 모습을 그린 기행문이다.

*이자요이닛키(十六夜日記) 1280경 성립. 후지와라노타메이에(藤原為家)의 후처(後妻)인 아부츠니(阿仏尼)가, 남편이 아들에게 물려준 저택을 되찾기 위한 소송으로 가마쿠라에 내려갔을 때의 여행 일기이다. 여행 중의 풍물(風物)이나 가마쿠라에서의 동정, 아들에게 쏟는 모성애, 소송에 대한 염려 등이 그려져 있고, 헤이안기(平安期)의 여류 일기에는 볼 수 없는 강한 의지력이 엿보인다.

*아부츠니(阿仏尼) (?~1283) 여류 가인(歌人)으로 후지와라노타메이에(藤原為家)의 후처(後妻).

阿仏尼

수필隨筆

중세(中世)에 수필을 쓴 사람들은 귀족의 말류(末流), 그 중에서도 은둔자가 중심이 되었다. 가마쿠라 초기에는 인간의 고뇌가 엿보이는 『호죠키』(方丈記)가, 가마쿠라후기에는 폭넓은 인간의 지혜가 엿보이는 『츠레즈레구사』(徒然草)가 쓰였다.

호죠키(方丈記)

1212년 성립으로, 작자는 가모노쵸메이(鴨 長明)이다. 전반(前半)은 천재지변과 인생의 변화무상(変化無常)에 대한 한탄, 후반(後半)은 자신의 불우함과 은둔 생활을 서술하고 있다. 무상관(無常観)에 근거한 자기 성찰이 엿보인다. 일한(日漢) 혼용문으로 대구법과 비유법 등을 훌륭하게 구사하고 있다.

감상

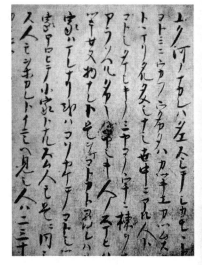

方丈記

ゆく河の流れは絶えずして、しかももとの水にあらず。よどみに浮ぶうたかたは、かつ消え、かつ結びて、久しくとどまりたるためしなし。世の中にある人と栖と、またかくのごとし。たましきの都のうちに棟を並べ、甍を争へる高き賎しき人の住ひは、世々を経て尽きせぬものなれど、これをまことかと尋ぬれば、昔ありし家は稀なり。

강은 마르는 일 없이 언제나 흐르고 있다. 그래서 물은 옛날의 물이 아니다. 고여 있는 물에 떠 있는 물거품도 저쪽에서 사라지는가 하고 생각하면 이쪽에서 생기기도 하니, 언제까지나 그대로 있는 것은 아니다. 세상 사람들을 보고, 그 살고 있는 집을 보아도 역시 마찬가지이다. 웅장하고 아름다운 도읍에 서로 다투어 서 있는 귀하고 천한 사람들의 집은, 영원히 없어지지 않는 것같이 보이지만, 정말로 그런가 하고 한 채 한 채 알아보니, 옛날부터 있었다는 집은 드물다.

鴨長明

*가모노쵸메이(鴨 長明)(1155~1216) 문인(文人). 가인(歌人). 법명(法名)은 렌인(連胤)이다. 가인으로 인정을 받아 와카도코로(和歌所)의 요류도(寄人)가 되었다. 『호죠키』(方丈記) 외에 가론서(歌論書)인 『무묘쇼』(無明抄)와 설화집(説話集)인 『홋신슈』(発心集)가 있고, 가집(家集)에 『가모노쵸메이슈』(鴨 長明集)가 있다.

츠레즈레구사(徒然草) つれづれぐさ

1330년경부터 그 다음 해의 성립으로 여겨진다. 작자는 요시다켄코(吉田兼好)이다. 서(序)와 243단(段)으로 되어 있고, 자연·처세·불도(仏道)·예식과 법전·설화적 내용 등 여러 가지 내용으로 되어 있다. 유교·불교·노장(老莊)사상이 바탕에 깔려 있다.

감상

つれづれなるままに、日くらし硯にむかひて、心にうつりゆくよしなし事を、そこはかとなく書きつくれば、あやしうこそものぐるほしけれ。(序段)

할 일없이 심심하여 온종일 벼루를 향해서 마음에 떠오르고는 사라져가는 두서없는 것을 왠지 모르게 적고 있자니 내가 생각해도 이상해지는 것 같다.

*요시다켄코(吉田兼好) (1283~1352?) 본명은 우라베카네요시(卜部兼好)로, 일본과 중국의 고전·사상에 능통하고 조정이나 무가(武家)의 예식·법전에 밝았다. 또한 가인(歌人)으로도 이름이 높아, 가집(家集)에 『겐코호시슈』(兼好法師集)가 있다

法語

법어(法語)

법어(法語)란 불교의 교의(敎義)를 알기 쉽게 풀이한 것으로, 종교전문가의 저술이다. 호넨(法然)의 『와고토로쿠』(和語灯録), 신란(親鸞)의 『단니쇼』(歎異抄), 잇펜(一遍)의 『잇펜쇼닌어록』(一遍上人語録), 니치렌(日蓮)의

『가이모쿠쇼』(開目抄), 도겐(道元)의 『쇼보겐조』(正法眼藏) 등이 있다.

＊호넨(法然) (1133～1212)
＊신란(親鸞) (1173～1262)
＊잇펜(一遍) (1239～1289)
＊니치렌(日蓮) (1222～1282)
＊도겐(道元) (1200～1253)

5. 극문학(劇文学)

노(能)

합창과 반주가 있는, 춤과 몸짓으로 하는 악극(楽劇)으로, 노멘(能面)과 화려한 의상을 입은 주역(主役)을 중심으로 연기한다.

대중 예능으로서 헤이안(平安) 시대 이후 성장을 거듭해온 사루가쿠(散楽)는 사루가쿠(猿楽・申楽)로 일컬어지며 모내기 행사와 관련된 덴가쿠(田楽)와 함께 유행하였는데, 가마쿠라기가 되자 대화극을 연기하게 되면서, 사루가쿠노노(猿楽能)・덴가쿠노노(田楽能)로 불리게 되었다. 간아미(観阿弥)・제아미(世阿弥) 부자(父子)는, 사루가쿠노노(猿楽能)에 당시 유행하던 덴가쿠노노(田楽能)와 갖가지 가무(歌舞)를 접목시켜 유현미(幽玄美)[14]를 이상으로 하는 노가쿠(能楽)를 대성하였는데, 사루가쿠노노(猿楽能)가 다른 덴가쿠노노(田楽能) 등을 압도하면서, 사루가쿠노노(猿楽能)는 단순히 노・노가쿠(能・能楽)로 불리게 되었다.

能

---

14 표면적이 아닌 여정(余情)이나 그윽한 정적의 미.

観阿弥祭

*강아미(観阿弥)(1333~1384) 오늘날의 노(能)의 기초를 이룩하였고, 창작도 하였다. 장군(将軍) 요시미츠(義満)의 인정을 받아 그의 비호를 받으면서 노(能)는 지방 예능에서 중앙 예능이 되었다.

*제아미(世阿弥)(1363?~1443?) 처음에는 흉내 내기에 중점을 두었으나, 후에 유현미를 중시하여 노(能)를 예술로서 완성시켰다. 만년에는 장군(将軍) 요시노리(義教)에 의해 귀향길에 올랐다.

※ 노(能)의 종류

*와키노(脇能)(신지모노・神事物) 신(神)이나 이에 준하는 것을 주인공(シテ)으로 한 것, 신화나 전설・신사(神社)나 절의 기원(起源)을 주제로 한 것이다. 다카사고(高砂)・츠루카메(鶴亀),・치쿠부시마(竹生島) 등이 이에 속한다.

*니반메(二番目)(슈라모노・修羅物) 무사(武士)가 주인공으로, 전쟁터에서 죽어 망령이 된 무사가 나와, 전투 장면을 이야기하며 명복을 빌어 줄 것을 부탁하는 것이 많다. 대체로 군키모노가타리(軍記物語)에서 소재를 얻고 있다. 다무라(田村)・아츠모리(敦盛)・가네히라(兼平) 등이 있다.

*산반메(三番目)(가즈라모노・鬘物) 여성이 주인공으로, 사랑에 대한 집념을 이야기하는 내용. 유가오(夕顔)・마츠카제(松風)・이즈츠(井筒) 등이 있다.

*욘반메(四番目)(겐자이모노・現在物) 현실의 사건을 소재로 한 것으로, 여자의 광란을 소재로 한 것을 광녀물(狂女物)이라고 한다. 스미다가와(隅田川)・하치노키(鉢木)・아타카(安宅) 등이 있다.

*기리노(尾能)(기치쿠모노・鬼畜物) 귀신이나 짐승이 주인공으로, 칼솜씨나 빠른 춤을 주로 하는 것. 츠치구모(土蜘蛛)・라쇼몬(羅生門)・쇼죠(猩々) 등이 있다.

요쿄쿠(謡曲)

　노(能)의 대본을 말하며, 배우의 대사와, 심경·동작 및 정경(情景)을 이야기하는 지문(地文)으로 이루어져 있다. 요쿄쿠(謡曲)의 작자는 대개 배우 자신으로, 특히 강아미(観阿弥)·제아미(世阿弥)의 작품과 그 개작(改作)이 많다.

감상 道成寺

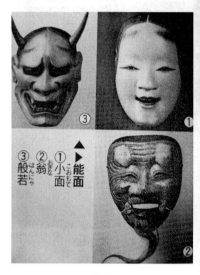

能面

[アシライ]の囃子でシテは一ノ松へ出て、高欄に寄り、鐘を見あげ、脇正面に走り入る。<サシ><次第>と謡い、[乱拍子]を舞う。[道成の卿]以下を謡いながら[乱拍子]を舞い続ける。地謡で、中央へ行き、[急ノ舞]を舞う。舞を中央で留め、<ワカ>を謡い、地謡に合わせて舞い、鐘の内へ飛び入る。[アシライ]

シテ<サシ>あれにまします宮人の、烏帽子をしばしかりに着て、扇押つ取りいろいろに、すでに拍子を進めけり。

シテ<次第>花の外には松ばかり、花の外には松ばかり、暮れそめて鐘や響くらん。[乱拍子]

シテ道成の卿、承り、はじめて伽藍、橘の、道成興業の寺なればとて、道成、寺とは名付けたりや。

[아시라이]음악으로 시테는 첫째 소나무 쪽으로 나와 난간에 다가가 종을 올려다보고, 와키정면으로 달려든다. <사시><시다이>라고 가락을 붙여 노래하고 [란뵤시]를 춤춘다. [미치나리경] 이하를 부르면서 [란뵤시]를 계속 춘다. 지우타이에서 중앙으로 가, [규노마이]를 춘다. 춤을 중앙에서 멈추고, <와카>를 부르고 지우타이에 맞춰 춤추고 종속으로 뛰어 들어간다. [아시라이]

시테<사시> 「거기에 계시는 신관(神官)의 두건을 잠시 빌려 쓰고,

能舞台

부채를 손에 들고는 갖가지 손짓을 해서 빨리도 발 박자를 밟으며 춤추기 시작한 것이었다.」

시테<시다이>「천지에 벚꽃 외에는 소나무가 있을 뿐, 벚꽃 외에는 소나무가 있을 뿐, 벚꽃 외에는 소나무가 있을 뿐, 날도 저물어 와서 저녁을 알리는 종소리가 울리는 것 같구나.」[란보시]

시테「이 절은 미치나리경이 칙명을 받아 처음 건물을 세웠기 때문에, 다치바나미치노리의 절이라는 뜻으로 도죠지(道成寺)라고 이름 붙였다는 것이다.」

※ 요쿄쿠(謠曲) 용어 해설

· **아시라이**(アシライ) 주인공(シテ)이 무대에서 두건을 쓰는 동안의 음악. 큰북과 작은북을 사용한다.

· **시테**(シテ) 주인공을 말한다. 가면을 쓰고 춤추는 것이 원칙이다.

· **와키**(ワキ) 주인공의 상대역. 무대 위의 움직임이 적다.

· **사시**(サシ) 말에 약간 곡조를 붙여 읊는 것.

· **시다이**(次第) 연기자가 등장할 때의 음악.

· **란보시**(乱拍子) 피리를 중심으로 크고 작은 북으로 연주하는 늦고 빠름의 변화가 심한 곡.

· **지우타이**(地謠) 무대 한 쪽에 위치하는 지우타이좌(地謠座)에 앉아 있는 사람들이 부르는 것. 대사(台詞)에 대한 지문(地文)의 역할을 한다. 극 바깥에서, 상황 설명뿐만 아니라, 주인공의 심경 등을 읊는 것이다.

· **규마이**(急舞) 템포가 매우 빠른 춤.

· **와카**(ワカ) 시테가 춤을 마친 직후의 노래. 와카(和歌) 형식이 원칙이다.

· **아게오기**(上扇) 노가쿠(能楽)에서의 한 형식. 펼친 부채를 몸 앞쪽으로 오른손으로 세워 들고, 차츰 오른손을 올리면서 가면 앞을 덮듯이 하여 뒤로 물러나면서 부채를 머리 위로 올려서 오른쪽 옆으로 내리는 것.

교겐(狂言)

노교겐(能狂言)이라고도 하며, 노의 사이사이에 상연되는 희극이다. 사루가쿠(猿楽) 중의 흉내 내기 부분이 갈라져 나와 발달한 것으로, 노가 5막인데 비해 교겐은 4막으로 되어 있다. 독특한 대화와 독백으로 되어 있으며, 당시의 구어체를 사용하고 있다.

狂言

감상 花子

シテ 男(夫) アド 太郎冠者 アド 女(妻)

(男登場。続いて太郎冠者登場。太郎冠者は大小前に座り、男は中央で名乗る)男これは、洛外に住まいいたす者でござる。某、一年東へ下るとて、美濃国野上の宿、長が所に宿を取り、花子と申す女に酌を取らせてござるが、まことに田舎とは申しながら、心、言葉のやさしさ、なかなか都にも、あれ体の女房はござるまいと存じ、上りには必ず連れて上ろうと約束いたいてござれば、某が上った様子を聞いて、この間、都へ上り、北白川に宿を取り、会いたい会いたいと申して、たびたび文をくるれども、例の山の神が、片時の間も離さぬによって、逢いに参ることがならいで迷惑いたす。

(남자 등장. 계속해서 다로간쟈 등장. 다로간쟈는 다이쇼마에에 앉고, 남자는 중앙에서 이름을 알린다) 남 「저는 교외에 살고 있는 사람입니다. 제가 어느 해 동부 지방에 갔을 때, 미노 지방의 노가미 여관에서 그 여관의 여주인 있는 곳에 숙소를 잡고, 하나고라고 하는 여인에게 술 상대를 시켰는데, 이 여인이 참으로 시골이라고는 하지만, 마음씨, 말의 품위, 도회지에서도 그 정도의 여자는 없다고 생각하여, 서울로 돌아갈 때는 반드시 데리고 돌아간다고 약속했기 때문에, 제가 서울로 돌아간 것을 듣고 일전에 서울로 와서 기타시라카와에 숙

소를 정하고, 만나고 싶다, 만나고 싶다고 자주 편지를 보내는 것입니다만, 제 처가 한시도 저를 놓지 않으므로 만나러 갈 수가 없어 곤란한 지경입니다.

大名物

※ 교겐(狂言)의 종류

· **와키교겐(脇狂言)** 축의(祝意)가 있는 내용이다. 스에히로가리(末広がり)・주(酒) 등.

· **다이묘모노(大名物)**(다이묘교겐・大名狂言) 다이묘(大名)[15]가 등장한다. 하기다이묘(萩大名)・이루마가와(入間川) 등.

· **쇼묘모노(小名物)**(쇼묘교겐・小名狂言) 쇼묘(小名)[16]나 지방 호족이 주인공이다. 부스(附子)・치도리(千鳥) 등.

· **무코죠모노(聟女物)** 사위 맞이하기를 그린 내용이다. 후타리바카마(二人袴)・후나와타시무코(船渡聟) 등.

· **오니야마부시교겐(鬼山伏狂言)** 귀신이나 수도자가 주인공이다. 가키야마부시(柿山伏)・가니야마부시(蟹山伏) 등.

· **슛케자토교겐(出家座頭狂言)** 출가(出家)나 맹인을 주로 하는 내용. 사츠마노카미(薩摩守), 츠키미자토(月見座頭) 등.

· **아츠메교겐(集狂言)** 어느 쪽으로도 분류되지 않는 교겐. 우리누스비토(瓜盗人)・고누스비토(子盗人) 등.

※ 교겐 용어 해설

· **시테(シテ)** 주인공을 말한다.

· **아도(アド)** 주인공의 상대역을 말한다.

· **이치노마츠(一ノ松)** 무대와 분장실 사이에 걸친 통로에 있는 세 그루의 어린 소나무 중 무대에서 가까운 쪽으로부터 이치노마츠(一ノ松)・

---

15 넓은 영지를 가진 무사.
16 영지가 다이묘보다 적은 무사.

니노마츠(二ノ松)·산노마츠(三ノ松)라고 한다.

- **와키자(脇座)** 무대를 향해 오른쪽 앞의 기둥 옆. 노에서 와키가 시테 와의 문답을 끝내고 계속 앉아 있는 장소이다.
- **죠자(常座)** 무대 왼편의 안쪽. 노에서 시테가 서는 경우가 많다.

고와카마이(幸若舞)

무로마치(室町) 말기에 유행한 예능으로, 부채로 박자를 맞추면서 모노가타리를 읊고 간단한 춤을 추는 것을 말한다. 무장(武将)이나 영웅에 대한 내용이 많았기 때문에 무인(武人)에게도 호응 받았다. 요쿄쿠(謡曲)에 비해 극적(劇的) 요소가 적고 산문적이다.

幸若舞

近世문학

1. 근세(近世)문학 포인트 2. 시가(詩歌) 3. 소설(小説) 4. 극문학(劇文学)

1. 근세(近世)문학 포인트

시대 구분

　도쿠가와이에야스(德川家康)가 에도막부(江戸幕府)를 연 1603년(慶長 8)부터 15대 장군(將軍) 요시노부(慶喜)가 대정봉환(大政奉還)[1]을 한 1867년(慶応3)까지를 말한다. 정치·경제의 중심이 에도에 있었기 때문에 에도시대라고도 하고, 도쿠가와씨가 정권을 담당하고 있었기에 도쿠가와시대라고도 한다.

시대적 배경

　오랜 전란(戰亂)을 거쳐 에도막부가 열리자 중앙집권적인 봉건체제가 완성되어 약 260년간에 이르는 태평성대가 시작된다. 막부는 유교의 도덕률에 의해 신분세습제를 정비하여 사농공상(士農工商)으로 나누어, 학문·사상·종교·신분에까지 엄격한 통제를 하였다. 1639년 이후에는 외국 문물을 금지하는 등 쇄국을 실시하였으나, 도로가 정비되고 화폐가 주조되자 상업은 눈부신 발달을 하게 되어 공상(工商)에 종사하는 쵸닌(町人)이 신분은 낮지만 경제적인 실권을 쥐게 됨으로서 쵸닌계급이 등장하게 되었다. 막부(幕府)의 문치정책(文治政策)에 의해 민간 교육기관인 데라코야(寺子屋)가 크게 발달하였고, 인쇄술의 발달로 서적을 대량으로 출판하게 되면서 쵸닌도 문학을 향수(享受)하게 되었으며, 그때까지 독자층에 머물러 있었던 쵸닌이 스스로 작품을

寺子屋

---

1 1867년 에도막부가 정권을 메지천황에게 반환한 일.

쓰게 되면서 쵸닌문학(町人文学)의 탄생을 보게 되었다.

상품경제・화폐경제의 발달은 연 공미(年貢米) 징수에 의한 막부 봉건제도에 있어 큰 위협이 되었고, 무사의 몰락과 쵸닌의 태두로 봉건제도는 서서히 무너지고 메지유신(明治維新)을 맞이하게 된다.

近世の人々

江戸時代の民家

가미가타문학(上方文学)

근세(近世) 문학의 전성기는 겐로쿠(元禄/1688~1704) 때로, 가미가타(上方)[2]를 중심으로 행해졌기 때문에 그 때의 문학을 가미가타문학이라고 한다.

에도문학(江戸文学)

에도 쵸닌(町人)이 홍하게 되면서 문예의 중심이 에도로 옮겨졌는데, 분카・분세이시대(文化・文政時代/1804~1830)를 정점으로 한 이 시기의 문학을 에도문학이라고 한다. 대부분의 에도문학은 향락적, 도피적인 경향이 있으며 통속적이다.

---

2 메지유신 이전에는 교토에 황궁이 있었기 때문에 교토와 그 부근을 가미가타라 하였다.

2. 시가(詩歌)

와카和歌·국학国学·한시문漢詩文

근세(近世) 초기에 이조파(二条派) 계통의 호소카와유사이(細川幽斎)가, 고킨전수(古今伝受)를 중심으로 하는 전통적인 가학(歌学)을 집대성해 많은 당상(堂上) 가인을 배출하였으나, 새로운 가풍(歌風)은 생기지 않았다. 겐로쿠기(元禄期)가 되자 무사 출신의 당하관(堂下官)들에 의해 와카의 혁신과 고전(古典) 연구의 기운이 활발해졌다. 에도의 도다모스이(戸田茂睡)는 『나시노모토슈』(梨本集)를, 오사카(大阪)의 시모코베쵸류(下河部長流)는 『망요슈킹켄』(万葉集菅見)을 썼고, 이것은 게이츄(契沖)의 『망요다이쇼키』(万葉代匠記)에 의해 대성(大成)되었다. 게이츄(契沖)는 종래의 비전적(秘伝的)인 연구 방법을 타파하고, 이후의 문헌학적, 실증적인 고전 연구를 지향하는 고쿠가쿠(国学) 수립의 기초를 확립했다. 또한 그는 『기키가요』(紀記歌謡)·『고킨슈』(古今集)·『이세모노가타리』(伊勢物語) 등의 주석(注釈)과 가나(仮名) 표기법의 연구에도 업적을 남겼다.

* 호소카와유사이(細川幽斎) (1534~1610) 산죠니시사네키(三条西実枝)로부터 고킨전수(古今伝受)를 받았다. 가학(歌学)에 조예가 깊어 근세 가학의 선조라고 불렸다.
* 도다모스이(戸田茂睡) (1629~1706) 국학자(国学者). 가인(歌人).
* 나시노모토슈(梨本集) 가론서(歌論書). 1700년 간행. 이조파(二条派)의 고킨전수(古今伝受)나 용어의 제한을 날카롭게 비판하였다.
* 시모코베쵸류(下河部長流) (1626~1686) 학자(学者). 가인(歌人).

*망요슈캉켄(万葉集管見) 『망요슈』(万葉集) 연구서. 1661~1673년경의 성립
으로 보인다.

*케이츄(契沖) (1640~1701) 승려. 국학자(国学者). 가인(歌人). 가학자(歌学
者).

*망요다이쇼키(万葉代匠記) 1690년 성립. 『망요슈』(万葉集)의 모든 노래에 상
세한 주석을 붙인 것으로, 근세(近世) 망요(万葉) 연구의 기초를 확립했다.

국학(国学)의 발전

浜松市立賀茂真淵記念館

　　　가다노아즈마마로(荷田春満)와 그의 문하생 가모노마부치
(賀茂真淵)는, 고전연구를 통한 일본의 고대정신(古代精神)을
연구하려고 하는 국학(国学)을 제창하였다. 마부치(真淵)는
『망요고』(万葉考)라는 뛰어난 업적을 남겼고, 가인(歌人)으로
서는 망요(万葉) 복귀를 주장하는 마스라오부리(ますらをぶ
り)를 주장하였다. 문하생으로, 다야스무네타케(田安宗武)・
가토치카게(加藤千蔭)・무라타하루미(村田春海) 등이 있다. 마
부치의 유파(流波)인 모토오리노리나가(本居宣長)는, 국학(国
学)을 실증적인 태도로 연구하였으며, 일본 고래(古来)의 신도(神道)
를 존중하는 국학(国学)을 완성하였다. 그의 『고지키덴』(古事記伝)은
35년간에 걸친 역작으로, 공전절후(空前絶後)의 『고지키』(古事記) 주
석서이다. 또한 그는 『겐지모노가타리타마노오쿠지』(源氏物語玉の小
櫛)에서 모노가타리(物語)의 본질을 사물의 정취(もののあはれ)로 보는
문학론을 전개하였다.

*가다노아즈마마로(荷田春満) (1669~1736) 국학자(国学者). 가인(歌人). 『망
요슈』(万葉集), 『니혼쇼키』(日本書紀) 등을 연구하여, 유교, 불교에 영향

받지 않는 일본의 고대 정신을 분명히 하려고 하였다.

*가모노마부치(賀茂真淵)(1697~1769) 국학자(国学者). 가인(歌人)으로, 가다노아즈마마로(荷田春満)의 문하생이다. 국학을 제창했으며, 많은 가인을 배출했다. 학문적 연구에 『망요고』(万葉考), 『노리토고』(祝詞考) 등이 있다.

*망요고(万葉考) 1839년 성립. 주석서.

*마스라오부리(ますらをぶり) 마부치(真淵)와 그의 제자들이 와카의 이상으로 삼은 남성적이고 여유 있는 망요적인 가풍(歌風)을 말한다.

*다야스무네타케(田安宗武)(1715~1771) 가인. 국학자. 망요조(万葉調)의 노래를 읊었다.

*가토치카게(加藤千蔭)(1735~1808) 가인. 국학자.

*무라타하루미(村田春海)(1746~1811) 가인. 국학자.

*모토오리노리나가(本居宣長)(1730~1801) 국학자. 실증적인 태도로 고전을 연구하였다.

*고지키덴(古事記伝) 1764~1798년 성립. 고지키 주석서이다.

*겐지모노가타리타마노오쿠지(源氏物語玉の小櫛) 1699년 간행. 모노가타리의 본질을 사물의 정취(もののあはれ)로 보았다.

賀茂真淵

후기의 와카—다다코토우타·시라베설(ただこと歌・しらべ説)

근세 후기가 되자 교토(京都)에서도 와카혁신의 움직임이 일어나, 오자와로안(小沢蘆庵)은 형식화된 가풍(歌風)을 비판하고, 청신한 감정을 평이한 말로 자연스럽게 표현할 것을 주장하는 다다코토우타(ただこと歌)의 실천을 주장하였다. 이것은 『고킨슈』(古今集) 서문(序文)을 모범으로 삼은 것으로, 이에 대해 가가와카게키(香川景樹)는 시라베설(しらべ説)을 제창, 사물에 접했을 때의 참마음이 저절로 노래가 된다고 보았다. 그들 일파(一派)는 게엔파(桂園派)로 불려, 구마가이나

오요시(熊谷直好)·기노시타타카부미(木下幸文)·핫타토모노리(八田知紀)
등을 배출, 에도 말기 가단(歌壇)에 일대 세력을 형성하였다.

　한편, 아무런 유파(流派)에 속하지 않고 독자적으로 활약한 가인(歌
人)으로, 승려 료칸(良寛)을 비롯해, 다치바나노아케미(橘曙覧)·히라
가모토요시(平賀元義)·오쿠마코토미치(大隈言道), 여류 가인(歌人) 오
타가키렌게츠니(太田垣蓮月尼) 등이 있다.

小沢蘆庵宅址

*오자와로안(小沢蘆庵) (1723~1801) 가인(歌人). 가학자(歌学者). 다다코토
우타의 실천을 주장하였다.
*가가와카게키(香川景樹) (1768~1843) 가인(歌人). 가학자. 시라베설을 제
창하였다.
*구마가이나오요시(熊谷直好) (1782~1862) 가인
*기노시타타카부미(木下幸文) (1779~1821) 가인
*핫타토모노리(八田知紀) (1799~1873)
*료칸(良寛) (1757~1831) 승려. 가인. 한시인(漢詩人). 산뜻하고 순수한
감정을 노래하였다.
*다치바나노아케미(橘曙覧) (1812~1868) 가인. 자유로운 소재로 개성을 발
휘해 평이하게 표현하였다.
*히라가모토요시(平賀元義) (1800~1865) 가인. 마부치(真淵)에게 배웠으며,
독학으로 고학(古学)을 공부했다. 노래는 망요(万葉)의 고조(古調)를 띤
참신함이 있다.
*오쿠마코토미치(大隈言道) (1798~1868) 가인.
*오타가키렌게츠니(太田垣蓮月尼) (1791~1875) 여류 가인.

하이카이 俳諧

　하이카이(俳諧)는 하이카이렌가(俳諧連歌)의 준말로, 익살을 주 내

용으로 한다. 하이카이는 원래 렌가회(連歌会)의 여흥으로 행해졌으나 무로마치(室町) 말기에 소칸(宗鑑)과 모리타케(守武)에 의해 렌가로부터 독립하려는 움직임이 일어났다. 하이카이는 작법(作法)이 평이하고 해학적이었기 때문에 서민들에게도 유행하게 되었고, 마츠나가테이토쿠(松永貞徳)는 하이카이를 서민문학으로 독립시켜 전국적으로 보급하게 되었다.

松永貞徳自筆

*마츠나가테이토쿠(松永貞徳) (1571~1653) 가인(歌人). 가학자(歌学者). 하이진(俳人). 하이카이슈(俳諧集)에 『아부라카즈』(油糟)・『요도가와』(淀川)가 있으며, 하이카이 규칙을 쓴 『고산』(御傘)이 있다.

데이몬하이카이(貞門俳諧)

풍부한 고전(古典) 지식을 소유한 데이토쿠(貞徳)는, 하이카이를 확립하기 위해 힘을 쏟았는데, 그 일파(一派)를 데이몬(貞門)이라고 하며, 마츠에시게요리(松江重頼)・야스하라테이시츠(安原貞室)・기타무라키긴(北村季吟) 등이 이에 속한다. 그러나 용어상(用語上)의 지적(知的)인 재미에 치중한데다 법식(法式)이 까다로워 쇠퇴하기 시작하였다.

감상 霞さへまだらに立つや寅の年   松永貞徳(마츠나가테이토쿠)
봄을 맞이한 오늘, 올해는 호랑이해이기 때문에 호랑이 털가죽 무늬같이 안개까지도 얼룩 모양으로 끼었구나.

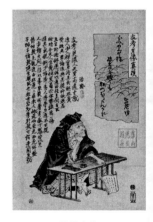

松永貞徳

*마츠에시게요리(松江重頼) (1602~1680) 하이진(俳人). 데이몬(貞門) 일파(一派)였으나, 후에 진보적인 하이론(俳論)으로 새로운 일파를 이루었다.

*야스하라테이시츠(安原貞室)(1610~1673) 하이진. 데이몬 일파.
*기타무라키긴(北村季吟)(1624~1705) 고전학자(古典学者). 하이진. 고전 주석을 집대성하였다. 고전 주석서에 『겐지모노가타리코게츠쇼』(源氏物語湖月抄)・『마쿠라노소시슌쇼쇼』(枕草子春曙抄)가 있다.

句碑

단린하이카이(談林俳諧)

데이몬하이카이가 쇠퇴하자 오사카(大阪)의 니시야마소인(西山宗因)을 중심으로 하는 일파가 등장했는데 이를 단린하이카이(談林俳諧)라고 한다. 데이몬과 경쟁적인 관계에 있었으며 오사카의 신흥 쵸닌(町人) 계급을 대상으로 하여 발생했다. 그들은 하이카이를 와카나 렌가와 같은 고전적 전통의 속박에서 해방시켜, 소재와 용어에 있어서의 자유를 추구했다. 자유분망하고 기발한 발상은 단린하이카이의 특징이었으나 그 특징을 가장 잘 살린 사람은 이하라사이카쿠(井原西鶴)였다. 사이가쿠는 엔포(延宝)5년(1677), 혼자 하루에 1600구를 읊어 출판, 야카즈하이카이(矢数俳諧)를 촉발시켰다. 단린파(談林派)에는 이케니시곤스이(池西言水)・고니시라이잔(小西来山)・우에지마오니츠라(上島鬼貫)・야마구치소도(山口素堂)・마츠오바쇼(松尾芭蕉) 등이 있다.

감상 大晦日定めなき夜の定めかな　　井原西鶴(이하라사이카쿠)
세상은 무상한 것이지만 빚쟁이에 쪼들리는 섣달그믐만은 어김없이 찾아오나니, 이것이 무상한 세상의 법칙이로구나.

枯枝に鳥のとまりけり秋の夕暮　　松尾芭蕉(마츠오바쇼)

문득 보니 마른 가지에 까마귀가 앉아 있었다. 이것이야말로 가을의 황혼녘이라는 것이로구나.

*이하라사이카쿠(井原西鶴) (1642~1693) 에도(江戸) 전기(前期)의 하이카이시(俳諧師). 우키요조시(浮世草子)작자. 야카즈하이카이(矢数俳諧)가 특기였다. 소인(宗因)의 사후(死後), 우키요조시(浮世草子)인『고쇼쿠이치다이오토코』(好色一代男)를 써서 화제를 모았으며, 이후 우키요조시(浮世草子) 작자로서 명성을 떨쳤다.

井原西鶴墓

*야카즈하이카이(矢数俳諧) 교토(京都)의 삼십삼간당(三十三間堂)에서 저녁 무렵부터 다음날 저녁까지 계속하여 활을 쏘아, 그 통과한 화살의 수를 세어 경쟁하는 것을 하이카이에서 모방한 것.
*이케니시곤스이(池西言水) (1650~1723) 하이진(俳人).
*고니시라이잔(小西来山) (1654~1716) 하이진.
*우에지마오니츠라(上島鬼貫) (1661~1738) 하이진. 「하이카이는 참(まこと)이다」는 설(説)을 확립했으며, 그 이론은 하이카이론서(俳諧論書)인『히토리고토』(独言)에 잘 나타나 있다.
*야마구치소도(山口素堂) (1642~1716) 하이진.
*마츠오바쇼(松尾芭蕉) (1644~1694) 하이진. 처음 데이몬하이카이(貞門俳諧)를 배웠으며, 단린파(談林派)의 영향을 받았으나, 점차 독자적인 가풍(歌風)을 심화, 쇼풍(蕉風)을 확립했다.

바쇼(芭蕉)와 쇼몬(蕉門)

바쇼(芭蕉) 문하(門下)를 쇼몬(蕉門)이라 부르고 그들의 하이카이를 쇼풍(蕉風)하이카이라 한다. 바쇼는 기타무라키긴(北村季吟)에게서 해학을 중심으로 하는 데이몬하이카이(貞門俳諧)를 배웠고, 후에 단린파(談林派)의 영향을 크게 받아 하이카이를 국민시(国民詩)로서의 위

奥の細道

치까지 끌어올렸다. 덴나(天和)3년(1683)에 바쇼가 중심이 된 쇼몬 최초의 하이카이슈(俳諧集) 『미나시구리』(虛栗)가 나왔으며, 바쇼는 하이카이 수행(修行)을 힘써, 『노자라시기행』(野ざらし紀行)・『사라시나기행』(更級紀行)・『오쿠노호소미치』(奥の細道) 등의 여행을 거쳐 하이카이관(俳諧観)을 심화시켰다. 만년에는 가루미(軽み)를 주장했으며, 겐로쿠(元禄)7년(1694), 여행지인 오사카(大阪)에서 병사(病死)했다. 쇼몬의 대표적 선집(撰集)에는 『후유노히』(冬の日)・『사루미노』(猿簑)・『스미다와라』(炭俵) 등이 있다. 바쇼의 하이론(俳論)은 그의 사후(死後) 제자들이 편집한 『교라이쇼』(去来抄)・『산조시』(三冊子) 등에 보인다. 쇼몬에는 에노모토키카쿠(榎元其角)・핫토리란세츠(服部嵐雪)・무카이쿄라이(向井去来)・모리카와쿄로쿠(森川許六) 외에도 많은 하이진(俳人)이 배출되어 전국적으로 퍼져 나갔으나, 바쇼의 사후 문인(門人)들이 서로 유파를 만들어 싸우면서 쇠퇴해 갔다.

감상 おくのほそ道　　　　　　　　　　　　芭蕉

月日は百代の過客にして、行かふ年も又旅人也。舟の上に生涯をうかべ、馬の口とらへて老をむかふるものは、日々旅にして旅を栖とす。古人も多く旅に死せるあり。

비쇼

일월(日月)은 영원히 여행을 하는 나그네이고, 와서는 사라지고 사라지고는 오는 세월도 또한 나그네이다. 배 위에서 일하면서 일생을 보내고, 나그네와 짐을 싣는 말을 끌며 평생을 보내고 노년을 맞이하는 사람은 매일의 생활이 여행으로, 여행 그 자체를 자신의 터전으로 삼고 있다. 고고한 길을 걷던 고인(古人)들도 많은 사람이 여행 중에 죽었다.

猿簑
_{さるみの}

市中はもののにほひや夏の月 _{いちなか} 凡兆(본쿄) _{ぼんてう}

한여름 도회지의 밤은 갖가지 냄새가 나고 찌는 듯이 덥지만, 하늘에는 서늘한 달을 쳐다볼 수가 있다.

あつしあつしと門々の声 _{かどかど} 芭蕉(바쇼) _{ばしょう}

어느 집에서나 사람들이 문 앞에 나와 덥다, 덥다라고 이야기하는 소리가 들린다.

二番草取りも果たさず穂に出でて _い 去来(교라이) _{きょらい}

올해는 전에 없이 더워 벼 성장이 빨라, 두 번째 除草(제초)가 끝나기도 전에, 벌써 벼이삭이 열리기 시작했다고 한다.

名月や畳の上に松の影 其角(기카쿠) _{き かく}

한가위 달빛이 휘영청 밝은데 앞뜰의 소나무는 달빛을 받아 그 그림자를 다다미 위에 선명하게 드리우고 있구나.

松尾芭蕉

*미나시구리(虚栗) _{みなしぐり} 1683년 간행(刊行). 하이카이찬집(俳諧撰集). _{はいかい}

*노자라시기행(野ざらし紀行) _の 1685년 성립. 하이카이기행(俳諧紀行). _{はいかい}

*사라시나기행(更級紀行) _{さらしな} 1688년 성립. 하이카이기행

*오쿠노호소미치(奥の細道) _{おく ほそみち} 1702년 간행. 하이카이기행

*후유노히(冬の日) _{ふゆ ひ} 1684년 간행. 하이카이찬집.

*사루미노(猿簑) _{さるみの} 1691년 간행. 하이카이찬집. 쇼풍(蕉風) _{しょう} 완성기의 작(作)이다.

*스미다와라(炭俵) _{すみだわら} 1694년 간행. 하이카이찬집. 신풍(新風) 가루미(かるみ)의 특색이 엿보인다.

*교라이쇼(去来抄) _{きょらいしょう} 1775년 간행. 하이카이론서(俳諧論書)로, 무카이쿄라이작 _{はいかい} (向井去来作) _{むかいきょらい} 이다.

*산조시(三冊子) _{さんぞうし} 1709년까지는 성립했다고 여겨진다. 하이카이론서로, 핫토

리토호(服部土芳)작이다.

*에노모토키카쿠(榎元其角) (1661~1707) 하이진(俳人). 다카라이키카쿠(宝井其角)라고도 한다.

*핫토리란세츠(服部嵐雪) (1654~1707) 하이진

*무카이쿄라이(向井去来) (1651~1704) 하이진

*모리카와쿄로쿠(森川許六) (1656~1715) 하이진

덴메이하이카이(天明俳諧)

앙에이(安永)・덴메이(天明)(1772~1789)경에, 비속화된 하이카이를 혁신하여 쇼풍(蕉風)을 부활하려고 하는 기운이 일어났다. 오시마료타(大島蓼太)・가토교다이(加藤暁台)・미우라쵸라(三浦樗良)・단타이기(炭太祇)・다카쿠와랑코(高桑闌更)・요사노부손(与謝蕪村) 등이 그들인데, 부손(蕪村)을 중심으로 덴메이쵸(天明調)의 하이카이풍(俳風)이 확립되었다.

大島蓼太の句碑

*오시마료타(大島蓼太) (1718~1787) 하이진. 평속(平俗)한 하이카이풍(俳風)이었다.

*가토교다이(加藤暁台) (1732~1792) 하이진. 부손(蕪村)과 친분이 있었고, 우아한 하이카이풍이었다.

*미우라쵸라(三浦樗良) (1729~1780) 하이진. 부손과 친분이 있었고, 담담한 하이카이풍이었다.

*단타이기(炭太祇) (1709~1771) 하이진으로 청아한 하이카이풍이었다. 성실과 열정으로 뛰어난 하이카이를 썼다.

*다카쿠와랑코(高桑闌更) (1726~1798) 하이진. 평속(平俗)한 하이카이풍이었다.

*요사노부손(与謝蕪村) (1716~1783) 하이진. 화가(画家). 40세 이전에는 화

가로서 이름이 높았고, 50세 이후 하이카이에 정열을 쏟았다.

부손(蕪村)

젊은 시절 에도(江戸)로 나와 하이카이를 배웠으나 화가로서의 수업을 쌓아 유명해 졌다. 후에 교토(京都)에 살고부터 하이카이에 전념했고, 바쇼(芭蕉)에의 복귀를 주장했다. 그는 바쇼가 갖는 서민성, 현실성과는 달리, 고전적(古典的), 탈 속세(俗世)적인 경향이 있었고, 낭만적, 유미적(唯美的)이었다.

無村墓

감상

五月雨や大河を前に家二軒　　　　与謝蕪村(요사노부손)

내리는 장마로 큰 강에는 탁류가 흐르고 있는데 둑 위에는 집 두 채가 나란히 서 있다.

白梅に明くる夜ばかりとなりにけり　　　与謝蕪村(요사노부손)

흰 매화가 향기롭게 피기 시작하니 이제부터는 매일 그 매화 주변에서부터 날이 새기 시작하는 것이겠지.

고바야시잇사(小林一茶)

분카・분세이기(文化・文政期)(1804-1830)가 되자 하이카이는 점점 더 보급된 반면, 다시 속화(俗化)된 하이카이가 유행하게 되었다. 그 중에서 고바야시잇사(小林一茶)는 이색적인 하이진으로 주목받았다. 그는 불우한 생애를 보내었는데, 그 생

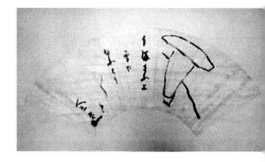

小林一茶自筆

활과 성격이 그대로 작품 속에 나타난 이색적인 작자였다. 그의 작품은 약자에의 동정과 강자에의 비꼼이 나타나 있고, 방언과 속어를 능숙하게 구사하여 인간미가 넘쳤다.

감상

小林一茶

麦秋や子を負ひながら鰯うり　　　　　　　　小林一茶(고바야시잇사)

눈에 들어오는 것이라곤 누렇게 익은 보리밭뿐인데, 그 보리밭 사이를 아이 업은 정어리 장사가 오고 있다.

秋風やむしりたがりし赤い花　　　　　　　　小林一茶(고바야시잇사)

가을바람이 부는데 길가의 빨간 꽃이 흔들리고 있다. 죽은 아이가 눈독 들여 꺾고 싶어하던 꽃이다.

*고바야시잇사(小林一茶) (1763~1827) 세 살 때 어머니가 죽고 계모에게 학대를 받다가 14세 때 에도로 나와 유랑생활을 하였다. 만년(晩年)에는 고향에서 생활하였지만 가정적으로 불행했다. 하이분슈(俳文集)에 『나의 봄』(おらが春)・『아버지의 임종일기』(父の終焉日記)가 있다.

교카・狂歌

와카(和歌)가 하이카이화(俳諧化)한 것으로, 익살과 우스꽝스러움을 주로 하고 있다. 단가(短歌)의 형태와 같은 31글자로 이루어진다.

가미가타(上方)의 교카(狂歌)

오사카(大阪)의 세이하쿠도교후(生白堂行風)가 고금(古今)의 교카를

모은 『고킨이쿄쿠슈』(古今夷曲集)를 간행하고 부터 교카가 유행하게 되었다. 다이야테류(鯛屋貞柳)도 오사카를 기반으로 해서 활약했는데, 그의 유파(流波)는 나니와부리(浪花ぶり)[3]라 하여 많은 문하생이 있었으나, 와카를 변형하는 정도에 머물렀다.

*세이하쿠도교후(生白堂行風)(1615-24~1673-81경) 교카시(狂歌師).
*고킨이쿄쿠슈(古今夷曲集) 1666년 간행. 교카슈(狂歌集). 241명의 작자,
 1510여수의 교카가 수록되어 있다.
*다이야테류(鯛屋貞柳)(1654~1734) 교카시.

에도(江戸)의 교카(狂歌)

테류(貞柳)의 사망 후, 교카의 유행은 에도로 옮겨 가, 재치와 날카로운 풍자를 곁들인 교카가 유행하게 되어, 덴메이조교카(天明調狂歌)라고 일컬어질 정도로 성황을 이루었다. 가라고로모킷슈(唐衣橘州)・요모노아카라(四方赤良)・아케라칸코(朱楽管江) 등이 활약했으며, 아카라(赤良)와 간코(管江)가 편찬한 『만자이교카슈』(万載狂歌集)는 에도 교카(江戸狂歌)의 기조가 되었다. 아카라의 문하생인 시카츠베마가오(鹿都部真顔)와 야도야노메시모리(宿屋飯盛) 등을 중심으로 많은 교카가 쓰였다.

감상　年のはじめによめる　　　　　　　　　　　　　四方赤良
　　生酔の礼者をみれば大道を横すぢかひに春はきにけり

　　신년 초에 읊다　　　　　　　　　　　　　　요모노아카라

四方赤良

---

3 쵸닌풍(町人風)이라는 뜻이다.

신년인사를 하러 예복을 입고 대로를 다니는 사람들이 대접받은 술로 얼큰하게 취해 비틀비틀 걷고 있는데, 생각해 보니 사람들의 정월도 우여곡절 끝에 맞이하는 것이겠지.

風鈴告秋 _{ふうりんあきをつぐ}　　　　　　　　　　　　　　　　唐衣橘州 _{からごろもきっしゅう}

風鈴の音_{おと}はりんきの告口_{つげぐち}かわがのきの妻に秋のかよふを

풍경이 가을 오는 것을 고자질하다　　　　　　가라고로모킷슈

풍경이 메마른 소리로 댕그렁댕그렁 울리고 있는데, 이것은 틀림없이 우리 집 처마 끝에 가을이 다니러 오고 있는 것을 보고 질투가 나서 나에게 고자질하고 있는 것일 게다.

* 가라고로모킷슈(唐衣橘州) (1743~1802) 교카시(狂歌師). 같은 문하생인 아카라(赤良), 간코(管江) 등과 함께 교카의 삼대가(三大家)라고 불린다.
* 요모노아카라(四方赤良) (1749~1823) 본명은 오타난포(大田南畝)이다. 교카(狂歌)・기뵤시(黄表紙)・샤레본(洒落本) 등의 작자.
* 아케라칸코(朱楽管江) (1740~1800) 교카시(狂歌師).
* 시카츠베마가오(鹿都部真顔) (1753~1829) 희작자(戯作者), 교카시.
* 야도야노메시모리(宿屋飯盛) (1753~1830) 국학자(国学者). 기뵤시(黄表紙)・요미혼작자(読本作者), 교카시(狂歌師). 이시카와마사모치(石川雅望)라고도 한다.

센류(川柳)

센류(川柳)는 마에쿠즈케(前句付)에서 출발한 것으로, 17자(字)로 이루어진다. 센류(川柳)라는 명칭은, 마에쿠즈케(前句付)의 덴자(点者)[4]였던 가라이센류(柄井川柳)에서 유래한 것으로, 그가 선정한 구(句)를

---

4 점수를 매겨 그 우열을 판정하는 사람.

센류점(川柳点)이라고 하는데, 센류점(川柳点)만으로 만든 야나기다루
(柳多留)가 크게 유행을 하면서 센류로 불리게 되었다. 교카가 와카
적(和歌的)인 면모를 가지고 있는데 비해, 센류는 전통에서 벗어나
보다 비속(卑俗)하고 날카로운 풍자가 엿보인다.

감상 柳多留

役人の子はにぎにぎをよく覚え

공무원의 아이는 아빠의 뇌물 받는 손을 닮아, 벌써 쥐엄쥐엄
을 할 줄 안다.

柄井川柳

*마에쿠즈케(前句付) 에도(江戸) 중기에 유행한 것으로, 센류(川柳)의
  전신(前身)에 해당한다. 7·7의 단구(短句)를 출제(出題)해, 그 것에
  5·7·5의 장구(長句)를 붙여 31자(字)인 단가(短歌)와 동일 형식
  으로 우열을 가리는 것.
*덴쟈(点者) 원래는 렌가(連歌)나 하이카이(俳諧)의 판정자였지만, 특
  히 센류(川柳)의 우열을 판정하고 비평을 하는 사람을 말한다.
*가라이센류(柄井川柳) (1718~1790) 마에쿠즈케 덴쟈(前句付点者). 그가
  선정한 구(句)를 센류점(川柳点)이라고 하며, 후에 단순히 센류(川柳)로
  불리게 되었다.
*야나기다루(柳多留) 센류구집(川柳句集). 1765년 초편(初編)이 성립하였다.
  전 167편이며, 초대 센류(初代川柳)의 선평(選評)은 24편이다.

3. 소설(小説)

가나조시 仮名草子

가나조시(仮名草子)란 주로 가나(仮名)로 쓰인 책이란 뜻으로 계몽

적인 색채가 강하다. 문학적으로는 미숙하지만, 친근한 문체와 인쇄
술의 발달에 의해 많은 독자층을 형성하였다. 작자는 무사·승려·
유자(儒者) 등 주로 지식 계급으로, 작품성격에 따라 교훈·오락·실용
등 세 부류로 나눌 수 있다. 교훈적인 것에는, 『가쇼키』(可笑記)·『니
닌비쿠니』(二人比丘尼)·『이소호모노가타리』(伊曾保物語)가, 오락적인
것에는 『오토기보코』(伽婢子)·『세스이쇼』(醒睡笑)가, 실용적인 것에
는 『치쿠사이』(竹斎)·『도카이도메이쇼키』(東海道名所記) 등이 있다.

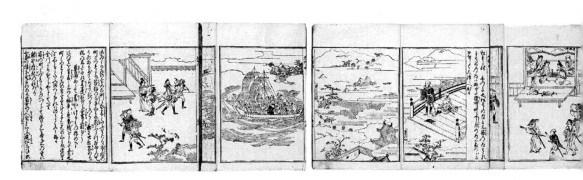

東海道名所記

*가쇼키(可笑記) 1642년 간행. 죠라이시(如儡子)작. 세상을 비평한 것으로
짧은 이야기를 모은 것이다.
*니닌비쿠니(二人比丘尼) 1632년 전후 성립한 것으로 보인다. 스즈키쇼산
(鈴木正三) (1579~1655)작. 불교 교리를 설법하는 내용이다.
*이소호모노가타리(伊曾保物語) 1596~1643년 간행. 일본 최초의 서양문학
번역이다. 역자(訳者) 미상으로, 이솝 이야기를 고어(古語)로 번역한 것이다.
*오토기보코(伽婢子) 1666년 간행. 아사이료이(浅井了意)(?~1691)작. 괴담
물이다.
*세스이쇼(醒睡笑) 1628년 간행. 안라쿠안사쿠덴(安楽安策伝)(1554~1642)

작. 많은 우스개 이야기를 모은 것으로 라구고(落語)에도 큰 영향을 끼쳤다.

*치쿠사이(竹斎) 1624년경 성립. 도야마도야작(富山道冶作)으로, 명소 안내기(名所案内記)이다.

*도카이도메이쇼키(東海道名所記) 1658년 성립. 아사이료이작(浅井了意作). 에도(江戸)에서 교토(京都)로 가는 여행기이다.

우키요조시 浮世草子

우키요조시(浮世草子)란 겐로쿠시대(元禄時代)(1688~1704)에서 메이와(明和)(1764~1772)경까지 약 100년 간, 가미가타(上方)를 중심으로 일어난 서민적이고 현실주의적인 소설을 가리킨다. 우키요(浮世)란 중세까지의 염세적인 우키요(憂き世)―쓰라린 세상―에 대해, 향락적·현세적(現世的)인 것을 나타낸다. 우키요조시는 이하라사이카쿠(井原西鶴)의 『고쇼쿠이치다이오토코』(好色一代男)가 출발점으로, 그때까지의 가나조시(仮名草子)와는 일획을 그은 작품이라고 할 수 있다. 사이카쿠(西鶴)의 『고쇼쿠이치다이오토코』는 쵸닌의 호색 생활(好色生活)을 그린 것으로, 당시 쵸닌들의 향락 생활을 묘사한 것이라고 할 수 있다.

浮世草子

이하라사이카쿠(井原西鶴)와 우키요조시(浮世草子)

사이카쿠(西鶴)의 우키요조시는 일반적으로 호색물(好色物)·쵸닌물(町人物)·무가물(武家物)·잡화물(雑話物)로 나뉜다. 호색물(好色物)에는 『고쇼쿠이치다이오토코』(好色一代男)·『고쇼쿠고닌온나』(好色五人女)·『고쇼쿠이치다이온나』(好色一代女) 등이, 쵸닌물(町人物)에는 『닛폰에이타이구라』(日本永代蔵)·『세켄무네상요』(世間胸算用)·『사이카

井原西鶴像

쿠오키미야게(西鶴置土産) 등이, 무가물(武家物)에는 『부도덴라이키』
(武道伝来記)·『부케기리모노가타리』(武家義理物語) 등이, 잡화물(雑話
物)에는 『사이카쿠쇼코쿠바나시』(西鶴諸国ばなし)·『혼쬬니쥬후코』
(本朝二十不孝) 등이 있다.

好色一代男

감상 好色一代男 巻一

　世之介四阿屋の棟にさし懸り、亭の遠眼鏡を取持ちて、か
の女を偸間に見やりて、わけなき事どもを見とがめゐるこそ
をかし。ふと女の目にかかれば、いとはづかしく、声をもた
てず手を合せて拝めども、なほ顔しかめ指さして笑へば、た
まりかねてそこそこにして、塗下駄をはきもあへずあがれば、

요노스케는 정자 지붕에 와서 용마루에 기대어 정자에 있던
망원경을 꺼내어 목욕을 하는 여자를 노골적으로 들여다보며
실없이 비난하고 있는 것도 우습다. 여자가 문득 그것을 눈치
챘지만 부끄러워서 소리도 내지 못하고 손을 합장하고 절을 했
지만 여전히 얼굴을 찌푸리고 손가락질하며 웃으므로 견딜 수
없어 제대로 닦지도 않고 나막신을 걸치자,

*고쇼쿠이치다이오토코(好色一代男) 우키요조시(浮世草子). 1682년 간행. 요
노스케(世之介)의 7세부터 60세까지의 호색(好色) 생활을 대담하고 생생
하게 그리고 있다.

*고쇼쿠고닌온나(好色五人女) 우키요조시. 1686년 간행. 당시 실제로 있었
던 다섯 가지 사건을 소설화 한 것으로, 다섯 여인의 연애담을 그리고
있다.

*고쇼쿠이치다이온나(好色一代女) 우키요조시. 1686년 간행. 윤락을 하는 한
여인의 생활을, 노파의 고백 형식을 빌어 묘사하고 있다.

*닛폰에이타이구라(日本永代蔵) 우키요조시. 1688년 간행. 쵸닌(町人)이 부

자가 되는 내용을 중심으로 하는 30개의 이야기로 구성되어 있다.

*세켄무네상요(世間胸算用) 우키요조시. 1692년 간행. 20개의 이야기로 구성되어 있다. 전편(全篇)이 당시의 경제생활 최대의 수지 결산일인 섣달 그믐에 생긴 일을 소재로 하고 있다.

*사이카쿠오키미야게(西鶴置土産) 우키요조시. 1693년 간행. 사이카쿠의 유고(遺稿) 15화(話)를 문하생들이 모은 것이다.

*부도덴라이키(武道伝来記) 우키요조시. 1687년 간행. 각 지방에서 일어난 복수극 33화를 모은 것이다.

*부케기리모노가타리(武家義理物語) 우키요조시. 1688년 간행. 의리에 살아가는 무사의 이야기 27화(話)를 모은 것이다.

*사이카쿠쇼코쿠바나시(西鶴諸国ばなし) 우키요조시. 1685년 간행. 전국의 진담(珍談) 35화(話)를 모은 것으로, 날카로운 인간 관찰이 엿보인다.

*혼쵸니쥬후코(本朝二十不孝) 우키요조시. 1686년 간행. 불효자를 소재로 하는 19화(話)와 효자 이야기 1화를 모은 것이다.

사이카쿠(西鶴) 이후의 우키요조시(浮世草子)

사이카쿠(西鶴)의 사후(死後)에도 우키요조시는 유행을 계속했으나, 대부분 흥미 본위로 치달아 우키요조시는 대중화, 상품화되는 경향이 있었다. 그런 가운데 에지마키세키(江島其磧)는 교토(京都)에 있는 하치몬지야(八文字屋)의 하치몬지야지쇼(八文字屋自笑)와 함께 「하치몬지야본」(八文字屋本)을 내놓아 우키요조시에 있어 새로운 국면을 열었다. 그가 개척한 『세켄무스코카타기』(世間子息気質), 『우키요오야지카타기』(浮世親仁形気)와 같은 가타기모노(気質物)는 매우 인기가 높아, 많은 작가와 작품을 배출했다.

八文字屋自笑邸跡

*에지마키세키(江島其磧)(えじまきせき)(1667~1736) 우키요조시(浮世草子)(うきよぞうし) 작자. 처음 하치몬지야(八文字屋)(はちもんじや)를 위해 하치몬지야지쇼(八文字屋自笑)의 이름으로 글을 썼고, 후에 하치몬지야지쇼(八文字屋自笑)(はちもんじ や じしょう)와 공동 이름으로 우키요조시를 내 놓았다.

*하치몬지야본(八文字屋本)(はちもんじ や ぼん) 지쇼(自笑)(じしょう)(?~1745)가 경영한 책방에서 출판된 우키요조시를 말하며, 넓은 의미로는, 동시대, 동일 종류의 작품을 총칭한다.

*가타기모노(気質物)(かたぎもの) 우키요조시의 한 종류. 어떤 특정한 계층, 직업, 신분에 공통적으로 나타나는 인간상을 극단적으로 과장하여 해학적으로 묘사한 것.

요미혼(読本)(よみほん)

요미혼(読本)(よみほん)이란, 읽는 문장을 중심으로 한 책이라는 뜻이다. 중국소설의 번안(翻案)물을 중심으로 일한혼용문(日漢混用文)을 사용한 본격적인 소설이라고 할 수 있다. 하치몬지야본(八文字屋本)(はちもんじ や)이 쇠퇴한 에도(江戸)(えど) 중엽 경에 가미가타(上方)(かみがた)에서 출판되어, 얼마 후 에도로 옮겨 가 분카(文化)(ぶんか)·분쇼기(文正期)(ぶんしょう)(1804~30)에 전성기를 이루었다.

上田秋成墓

上田秋成の石碑

전기(前期)의 요미혼(読本)(よみほん)

츠가테이쇼(都賀庭鐘)(つがていしょう)는 『고킨키단하나부사조시』(古今奇談英草紙)(こきんきだんはなぶさぞうし)를 써, 우키요조시(浮世草子)(うきよ ぞうし)가 쇠퇴한 당시의 문단에 새로운 바람을 불어넣어 요미혼의 시조라고 일컬어졌다. 이어서 다케베아야타리(建部綾足)(たけべあやたり)와 우에다아키나리(上田秋成)(うえだあきなり)가 등장했는데, 특히 아키나리

(秋成)의 『우게츠모노가타리』(雨月物語)는 괴기 소설의 걸작이라 일
컬어진다.

감상 雨月物語

一とせ病に係りて、七日を経て忽ちに眼を閉ぢ息絶て
むなしくなりぬ。徒弟友どちあつまりて歎き惜しみける
が、只心頭のあたりの微し暖なるにぞ、若やと居めぐり
て守りつも三日を経にけるに、手足すこし動き出づるや
うなりしが、忽ち長嘘を吐て、眼をひらき、醒たるがご
とくに起きあがりて、人々にむかひ、「我人事をわすれ
て既に久し。幾日をか過しけん」。衆弟等いふ。

어느 해 병에 걸려 겨우 7일 만에 눈을 감고 숨이 끊
어져 죽고 말았다. 제자, 친구들이 베개머리에 모여서 애
석해하며 한탄했지만 그저 가슴언저리에 아주 조금 온기

雨月物語

가 남아있어서 혹시 살아나지는 않을까하고 베개주위에 앉아 사흘을
지내자 손발이 조금씩 움직이기 시작하는 것 같았는데, 긴 한숨을 쉬고
눈을 뜨고 꿈에서 깬 것 같이 일어나 앉아 사람들에게, 「나는 매우
오랫동안 정신을 잃고 있었다. 며칠이 지난 거지?」 제자들이 말했다.

*우에다아키나리(上田秋成)(1734~1809) 우키요조시(浮世草子)・요미혼(読本)
작가, 가인(歌人), 국학자(国学者).
*우게츠모노가타리(雨月物語) 1776년 간행. 중국 괴기 소설의 번역과 일본
의 설화, 요쿄쿠(謠曲) 등을 소재로 한 9화(話)로 구성되어 있다.

후기(後期)의 요미혼(読本)

산토쿄덴(山東京伝)과 교쿠테이바킨(曲亭馬琴)이 대표적인 작가이다.

교덴(京伝)은 『츄신스이코덴』(忠臣水滸伝), 『무카시바나시이나즈마뵤시』(昔話稲妻表紙) 등을, 교덴의 제자였던 바킨(馬琴)은 『친세츠유미하리즈키』(椿説弓張月), 『난소사토미핫켄덴』(南総里見八犬伝) 등을 써서 스승을 능가하는 재능을 보였다. 난소사토미핫켄덴은 98권으로 되어 있는 장편이야기로 유교적인 권선징악과 불교적인 인과응보가 중심이 되어 있는 후기 요미혼의 대표작이다.

[감상] 南総里見八犬伝 第二輯

山東京伝

　伏姫は沸きかへる、涙をしばしば押し拭ひ、「旧の身にしてあるならば、親のみづから迎へたまふ、仰せをそむきはべらんや。かくまで過世あし引の山の獣に異ならで。火鉋に打たれて身を終りなば、人なみなみに外れたる、罪滅ぼしにはべらんに、それもかなはずはづかしき、この形容を親に見せ、人に見られておめおめと、いづれの里へかへらるべき。

　후세히메는 흐르는 눈물을 자꾸자꾸 닦으며, 「제가 옛날과 같은 아무 일도 없는 몸이라면, 부모가 몸소 맞이해 주시는 말씀을 거역할까요? 지금까지 지내온 전세(前世)의 운명이 하찮아서 산짐승과 마찬가지로 대포를 맞아 죽는 것이라면, 여느 사람과 같이 저의 악업(悪業)에 대한 속죄가 되었을 텐데, 그것도 안 되고, 부끄러운 저의 모습을 부모에게 보이고, 다른 사람에게도 보여, 어떻게 뻔뻔스럽게 사람 사는 곳에 돌아갈 수 있을까요?

*산토교덴(山東京伝) (1761~1816) 사례본(洒落本)・기뵤시(黄表紙)・요미혼(読本)・곳케이본(滑稽本)・고칸(合巻) 작자.
*교쿠테이바킨(曲亭馬琴) (1767~1848) 요미혼, 구사조시(草双紙) 작자.
*츄신스이코덴(忠臣水滸伝) 요미혼. 전편(前篇)은 1799년에, 후편(後篇)은 1801년 간행. 후기 요미혼의 전형을 확립한 작품이다.

*무카시바나시이나즈마뵤시(昔話稲妻表紙) 요미혼. 1806년 간행. 집안 내분을 주제로 한 것으로 복잡한 줄거리이나, 정리가 잘 되어 있다.
*친세츠유미하리즈키(椿説弓張月) 요미혼. 1807~1811년 간행.
*난소사토미핫켄덴(南総里見八犬伝) 요미혼. 1814년~1842년 간행. 98권, 106편으로 되어 있다. 사토미가(里見家)의 재건을 위해 활약하는 인·의·예·지·충·신·효·제의 구슬을 가진 8견사(8犬士)의 활약을 그리고 있다.

샤레본 洒落本

샤레본(洒落本)이란 유곽을 소재로 한 것으로, 유곽의 손님과 기생과의 회화를 중심으로 사실적으로 묘사한 소설을 말한다. 이나카로진타다노지지(田舎老人多田爺)의 『유시호겐』(遊子方言)에 의해 그 양식이 확립되었고, 교덴(京伝)의 『츠겐소마가키』(通言総籬)는 샤레본의 걸작이라 할 수 있다. 그러나 샤레본은 풍기 단속으로 금지되어 이윽고 「닌죠본」(人情本)과 「곳케이본」(滑稽本)으로 옮겨갔다.

洒落本

*유시호겐(遊子方言) 1770년경 간행.
*츠겐소마가키(通言総籬) 1787년 간행.

닌죠본 人情本

남녀의 애정을 중심으로 그린 소설로 에도(江戸) 말기의 퇴폐적이고 무기력한 세태를 반영하고 있다. 가장 활발하게 활동한 작자는 다메나가슌스이(為永

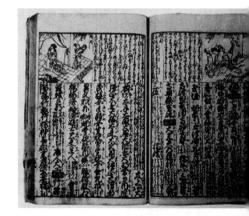

人情本

春水)로, 대표작은 『슌쇼쿠우메고요미』(春色梅児誉美)이다.

*다메나가슌스이(為永春水) (1789~1843) 닌죠본(人情本) 작자.
*슌쇼쿠우메고요미(春色梅児誉美) 1832년 1,2편 간행. 1833년 3,4편 간행. 주
 인공 단지로(丹次郎)와 세 여인의 사랑의 갈등을 화류계를 중심으로 그린
 것으로, 닌죠본의 전성기를 도래시킨 작품이다.

곳케이본 滑稽本

東海道中膝栗毛 1

「곳케이본」(滑稽本)이란 웃음과 익살을 주로 하는 것으로, 교훈을 해학적으로 설명하는 「단기본」(談義本)의 흐름을 이어받았다. 이것은 「닌죠본」(人情本)과 같은 중형(中型) 형식이었기 때문에, 「츄본」(中本)이라고도 불렀다. 짓펜샤잇쿠(十返舎一九)와 시키테삼바(式亭三馬)의 활약이 컸다. 잇쿠(一九)는 『도카이도츄히자쿠리게』(東海道中膝栗毛)로 큰 호평을 받았고, 삼바(三馬)는 『우키요부로』(浮世風呂)와 『우키요도코』(浮世床)에서 서민생활을 웃음으로 생생하게 묘사했다.

東海途中膝栗毛 2

*짓펜샤잇쿠(十返舎一九) (1765~1831) 샤레본(洒落本)・기보시(黄表紙)・곳
 케이본(滑稽本)・고칸(合巻) 작자. 하급 무가(武家) 출신이다.
*시키테이삼바(式亭三馬) (1776~1833) 샤레본・기보시・곳케이본・고칸
 작자.
*도카이도츄히자쿠리게(東海道中膝栗毛) 1802~1823년 간행. 『도츄히자쿠리

게』(道中膝栗毛)라고도 하며, 정편(正編)과 속편(統編)으로 되어 있다. 에도(江戸)에 사는 주인공이 이세(伊勢)에 참배를 하고 오사카(大阪)에 이르기까지가 정편(正編), 그 귀도(帰途)의 이야기가 속편(統編)이다. 여행 도중의 실패담이나 우스개 이야기가 중심을 이룬다.

*우키요부로(浮世風呂) 1809~1813년 간행. 우키요부로(浮世風呂)라고 하는 공중목욕탕을 배경으로, 여러 계급의 남녀의 모습을 사실적으로 그리고 있다.

*우키요도코(浮世床) 1812~1814년 간행. 이발소인 우키요도코(浮世床)에 모이는 사람들의 대화를 통해, 사회의 한 단면을 사실적으로 묘사하고 있다. 초편(初編)과 이편(二編)은 삼바(三馬)가, 삼편(三編)은 류테리죠(竜亭鯉丈)가 썼다.

浮世風呂

감상 東海道中膝栗毛

其訳といふは、相役の横須賀利金太かたより、此いんもふとを、婦妻に貰ひたきよし媒をもつて申こした。身にとつては過分の聟ゆへ、早速に同心して結納まで受おさめた所に、いんもふとめは一筋に、こなたと夫婦の契約をした上は、たとへ親兄弟の差図でも、ほかへ縁につかずこたアいやだといふ。

그 이유라는 것은, 가신(家臣)인 요코스카리킨다댁에서 이 임모후토를 아내로 얻고 싶다는 뜻을 중매쟁이를 통해서 전해왔다. 자신으로서는 과분한 사윗감이었기에 즉시 동의를 하고 약혼예물까지 받았는데, 임모후토는 한결 같이, 이쪽과 부부의 계약을 한 이상은 비록 부모형제의 지시라할지라도 다른 곳에 시집가는 것은 싫다고 한다.

구사조시草双紙

「구사조시」(草双紙)란 그림이 삽입된 소설로, 아카혼(赤本)·구로혼

(黒本)·아오혼(青本)·기뵤시(黄表紙)·고칸(合巻)의 순서로 전개되었다. 아카혼·구로혼·아오혼은 어린이와 여성을 대상으로 한 것이고 기뵤시·고칸은 성인용이다.

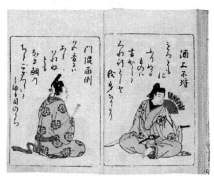

恋川春町

기뵤시(黄表紙)

성인용으로 써진 해학적인 내용의 소설로, 노란 표지로 되어 있다. 아오혼(青本)과 일획을 그은 작품으로, 고이카와하루마치(恋川春町)의 『긴킨센세에이가노유메』(金々先生栄華夢)가 있고, 교덴(京伝)의 『에도우마레우와키노카바야키』(江戸生艶気樺焼)는 당시 젊은이들의 기질을 훌륭하게 묘사해 호평을 얻었다.

恋川春町墓

*고이카와하루마치(恋川春町)(1744~1789) 기뵤시(黄表紙), 샤레본(洒落本) 작가. 교카시(狂歌師).
*긴킨센세에이가노유메(金々先生泳華夢) 1775년 간행. 시골 출신 주인공이, 꿈속에서 부잣집 양자가 되어 유곽에서 유랑하다가 의절 당하고 꿈을 깨는 이야기이다.
*에도우마레우와키노카바야키(江戸生艶気樺焼) 1785년 간행. 에도(江戸) 사람들의 유희적, 향락적인 모습이 그려져 있다.

고칸(合巻)

복수극을 중심으로 하는 교훈적 경향이 있는 소설. 분량을 늘여 합본(合本)으로 했기 때문에 고칸(合巻)으로 불린다. 대표 작가는 류테타네히코(柳亭種彦)로 『니세무라사키이나카겐지』(偐紫田舎源氏)로 명성을 얻었으나, 당국의 명령으로 절판(絶版)되어 미완성으로 끝났다.

★류테타네히코(柳亭種彦) (1783~1842) 고칸(合巻)·요미혼(読本)·샤레본
(洒落本)·곳케이본(滑稽本), 닌죠본(人情本)작자.
★니세무라사키이나카겐지(偐紫田舎源氏) 1829~1842년 간행. 『겐지모노가타리』
(源氏物語)를 무로마치(室町) 시대로 옮겨 번안한 것. 와카(和歌) 대신 하
이쿠(俳句)로 바꾸고, 권선징악을 염두에 두었다.

4. 극문학(劇文学)

죠루리 浄瑠璃

「죠루리」(浄瑠璃)의 기원은, 무로마치(室町) 말기에 낭
독용 연애이야기 「죠루리모노가타리」(浄瑠璃物語)라고 일
컬어진다. 처음에는 부채 박자와 비와(琵琶)로 낭독하는
단순한 것이었는데 샤미센(三味線)과 인형이 합쳐져 인형
죠루리(人形浄瑠璃)가 완성되었다. 즉, 죠루리는 이야기로
서의 죠루리와 반주하는 악기인 샤미센과 조종하는 인형
의 세 요소를 합친 종합 연극이라고 할 수 있다.

浄瑠璃

신죠루리(新浄瑠璃)

다케모토좌(竹本座)를 설립한 다케모토기다유(竹本義太夫)는 가부키
(歌舞伎)작자인 치카마츠몬자에몬(近松門左衛門)과 제휴해, 「슛세카게
키요」(出世景清)를 공연, 그 때까지의 줄거리적인 것을 한층 극적(劇
的)인 것으로 끌어올렸는데, 이 공연 이후로 그전의 죠루리를 「고죠

近松門左衛門

루리」(古浄瑠璃), 그 이후의 것을 「신죠루리」(新浄瑠璃)로 부르게 되었다. 역사상의 사건이나 전설, 설화 등을 소재로 뛰어난 시대물을 쓴 치카마츠(近松)는, 겐로쿠(元禄)16년(1703)의 『소네자키신쥬』(曾根崎心中)로, 「세와모노」(世話物)라고 하는 죠루리의 새로운 분야를 확립했다. 대표작으로, 『메이도노히캬쿠』(冥途の飛脚)·『신쥬텐노아미지마』(心中天網島)·『온나고로시아부라지고쿠』(女殺油地獄) 등이 있다.

*세와모노(世話物) 현대물(現代物)이란 뜻으로, 당시 죠닌(町人)의 사회적인 비극을 간결한 형식과 유려한 문장으로 서술한 것.

*다케모토기다유(竹本義太夫)(1651~1714) 죠루리다유(浄瑠璃太夫)[5].

*치카마츠몬자에몬(近松門左衛門)(1653~1724) 죠루리 및 가부키(歌舞伎) 각본(脚本) 작자. 다케모토기다유와 제휴해 죠루리의 새로운 국면을 열었다.

*슛세카게키요(出世景清) 1686년 초연(初演). 치카마츠몬자에몬작. 현대물(現代物). 오단(五段).

*소네자키신쥬(曾根崎心中) 1703년 초연. 치카마츠몬자에몬작. 세와모노(世話物). 일단삼장(一段三場). 초연 당시에 실제로 있었던 남녀의 정사(情死)사건을 소재로 한 것.

*메이도노히캬쿠(冥途の飛脚) 1711년 초연. 치카마츠몬자에몬작. 세와모노. 삼단(三段). 두 남녀의 연애를 다룬 비극물.

*신쥬텐노아미지마(心中天網島) 1720년 초연. 치카마츠몬자에몬작. 세와모노. 삼단. 초연 당시에 있었던 정사(情死)사건을 소재로 하였다.

*온나고로시아부라지고쿠(女殺油地獄) 1721년 초연. 치카마츠몬자에몬작. 세와모노. 삼단. 초연 당시에 있었던 살인 사건을 소재로 한 것.

---

5 죠루리다유란 죠루리를 낭독하는 연기자를 말한다.

죠루리(浄瑠璃)의 전성기

인형죠루리(人形浄瑠璃)는 기다유(義太夫)의 다케모토자(竹本座)와 그의 문하생인 도요타케와카다유(豊竹若太夫)가 창설한 도요타케자(豊竹座)가 경쟁하던 교호·호레키(享保·宝暦)(1716~1764)에 전성기를 맞이하였다. 작자로서는, 도요타케자(豊竹座)의 기노카이온(紀海音)과 나미키소스케(並木宗輔), 치카마츠(近松)의 사후(死後) 다케모토자(竹本座)에 들어온 다케다이즈모(竹田出雲)가 활약하였다. 다케다(竹田), 나미키(並木) 등이 합작으로 쓴『스가와라덴쥬테나라이카가미』(菅原伝授手習鑑)·『요시츠네센본자쿠라』(義経千本桜)·『가나데혼츄신구라』(仮名手本忠臣蔵)는 죠루리의 3대 걸작으로 일컬어진다.

仮名手本忠臣蔵

*기노카이온(紀海音)(1663~1742) 죠루리(浄瑠璃)작자. 교카시(狂歌師). 하이진(俳人).

*나미키소스케(並木宗輔)(1695~1751) 죠루리작자.

*다케다이즈모(竹田出雲)(1691~1756) 죠루리작자. 20세 경부터 지카마츠(近松)의 지도를 받았다. 현대물(時代物)에 뛰어났고, 합작을 포함해 33편의 작품을 썼다.

*스가와라덴쥬테나라이카가미(菅原伝授手習鑑) 1746년 초연(初演). 죠루리. 현대물. 오단. 죠루리 3대 걸작 중의 하나이다.

*요시츠네센본자쿠라(義経千本桜) 1747년 초연. 죠루리. 오단. 죠루리 3대 걸작 중의 하나이다.

*가나데혼츄신구라(仮名手本忠臣蔵) 1748년 초연. 죠루리. 현대물. 11단. 죠루리 3대 걸작 중의 하나이다.

죠루리(浄瑠璃)의 쇠퇴

호레키(宝曆)(1764) 이후 죠루리는 쇠퇴를 거듭해, 메이와(明和) 년 간(1764~72)에는 다케모토좌(竹本座)와 도요타케좌(豊竹座)가 몰락하고, 가부키(歌舞伎)가 점차 유행하기 시작하였다. 죠루리의 쇠퇴기에 활약한 대표적 작가는 치카마츠한지(近松半二)로, 대사(台詞)와 지문을 구별한, 가부키와 비슷한 작품을 썼다.

*치카마츠한지(近松半二) (1725~1783) 죠루리 작자. 치카마츠(近松)에게 배워 치카마츠(近松) 성(姓)을 물려받았다. 33년간 50여 편의 작품을 썼다.

감상 冥途の飛脚

「地色あれあれ、あれへ見えるがおやぢ様。」「あの綾の肩衣が孫右衛門様か。ほんに目もとが似たわいの。」「それほどよう似た親と子の、ことばをも交はされぬ、これも親の御罰ぞや。お年も寄る、足ともも弱った。今生のお暇。」と手を合はすれば、梅川は、「見初めの見納め。わたしは嫁でござんする。夫婦は今をも知らぬ命、百年の御寿命過ぎてのち、未来でお目にかかりましよ」と、口の内にて独り言、もろともに手を合はせ、フシむせび、入りてぞ嘆きける。

「地色あにあにに, 저기에 보이는 것은 아버님이 아닌가.」「저 삼베 겉옷을 입은 분이 마고에몬이에요? 정말 눈언저리가 닮았네요.」「이렇게 닮은 부자(父子)가 이야기도 나눌 수 없는 상태라니. 이것도 불효의 벌이겠지. 연세도 들고 다리도 약해 졌구나. 이 세상에서의 이별.」이라고 합장을 하자, 우메카와는, 「처음이자 마지막 만남이군요. 저는 며느리입니

冥土の飛脚

다. 우리 부부는 지금 어떻게 될지 모르는 목숨이지만, 백 세나 장수
하신 뒤에 저 세상에서 뵙지요.」라고 입안에서 한 마디. 두 사람은
함께 손을 합장하고 フシ목메어 울며 한탄한 것이었다.

※ 죠루리 용어 해설

***기다유부시(義太夫節)** 죠루리 대본에는 기다유부시(義太夫節)라는 가
락이 붙여져 있는데, 고토바(詞), 지(地)를 기본으로 하고 있다.

***고토바(詞)** 인물의 대화나 독백을 극의 대사로서 말한다.

***지(地)** 샤미센(三味線)의 반주로 가락을 붙여 말한다.

*フシ 지(地) 중에서 음악성이 농후한 가락.

***지이로(地色)·이로(色)** 지(地) 중에서 약간의 음악성이 가미된 것.

*ハル·ハルウ·ウ·中ウ·中 음의 고저(高低)를 나타낸다. 고음에서
저음의 순(順)이다.

가부키 歌舞伎

お国

가부키(歌舞伎)의 기원

가부키(歌舞伎)는 게이쵸(慶長)(1596~1615)경에 이즈모(出雲)
의 무녀(巫女) 오쿠니(阿国)가 교토(京都)에 나와 가부키오도
리(かぶき踊り)를 춘 것에 기원한다고 일컬어진다. 이 춤은 오
쿠니가부키(阿国歌舞伎)로 불리며 큰 인기를 끌었으나, 풍기문
란으로 금지되자, 미소년이 춤추는 와카슈가부키(若衆歌舞伎)
가 등장하게 되었다. 이윽고 와카슈가부키도 금지되자, 남자
배우가 연기하는 야로가부키(野郎歌舞伎)가 등장, 기량을 닦고
줄거리가 있는 가부키(歌舞伎)를 연기하게 되었다.

初期歌舞伎座

가부키(歌舞伎)의 발달

젠로쿠(元禄)(1688~1704) 이후 가부키는 크게 발달하였는데, 가미가타(上方)의 사카타토쥬로(坂田藤十郎)는 사실적이고 부드러운 연기로 와고토(和事)의 명인(名人)으로 일컬어졌다. 치카마츠몬자에몬(近松門左衛門)은 그를 위하여 작품을 썼는데, 『게세호토케노하라』(傾城仏の原)는 그 대표작이다. 한편, 에도(江戸)의 초대(初代) 이치카와단쥬로(市川団十郎)는 늠름한 연기로 평판을 얻어 아라고토(荒事)의 토대를 확립했다. 그는 『산카이나고야』(参会名護屋) 등을 쓰기도 했으나, 당시의 가부키는 작가보다는 배우 중심적이었고 죠루리 명작이 가부키 무대에서 상연되기도 했다.

9代 市川団十郎

＊사카타토쥬로(坂田藤十郎)(1645~1709) 가부키(歌舞伎) 배우.
＊와고토(和事) 가부키에서, 남녀 간의 외설적인 장면을 볼거리로 하는 것.
＊게세호토케노하라(傾城仏の原) 1699년 초연(初演). 3막 6장.
＊이치카와단쥬로(市川団十郎)(1660~1704) 가부키 배우.
＊아라고토(荒事) 가부키에서 무인(武人)이나 귀신 등의 난폭한 행위를 볼거리로 하는 것.
＊산카이나고야(参会名護屋) 1697년 초연. 3막 7장.

가부키(歌舞伎)의 융성

죠루리(浄瑠璃)가 쇠퇴하면서 호레키(宝暦)(1751~1764) 이후 가부키는 크게 융성하였고, 작가의 지위도 향상되었다. 가미가타(上方)의 나미키쇼조(並木正三)는 죠루리의 작법 및 무대 장치를 가부키에 도입하여, 시대물(時代物)의 완성자라고 일컬어졌다. 가미가타의 대표 작가인 나미키고헤이(並木五瓶)는 에도(江戸)에서 활약, 사실적인 작풍(作風)으로 에도 가부키에 영향을 끼쳤다. 에도의 사쿠라다지스케(桜田治助)는 쇼조(正三), 고헤이(五瓶)와 동시대에 활약했으며, 경쾌하고 소탈한 작풍을 보였다. 고헤이의 『산몽고산노키리』(楼門五三桐), 지스케(治助)의 『고히이키칸진쵸』(御摂勧進帳)가 유명하다.

* 나미키쇼조(並木正三) (1730~1773) 가부키 작자.
* 나미키고헤이(並木五瓶) (1747~1808) 가부키 작자.
* 사쿠라다지스케(桜田治助) (1734~1806) 가부키 작자.
* 산몽고산노키리(楼門五三桐) 1778년 초연(初演). 5막.
* 고히이키칸진쵸(御摂勧進帳) 1773년 초연. 6막 8장.

가부키(歌舞伎)의 난숙(爛熟)과 쇠퇴

분카・분세이기(文化・文政期)(1804~1830)에 에도 가부키(江戸歌舞伎)는 난숙기를 맞이했는데, 지스케(治助)의 문하생인 츠루야난보쿠(鶴屋南北)의 활약이 컸다. 그는 당시 사람들의 심리를 꿰뚫은 기제와모노(生世話物)를 완성, 큰 인기를 끌었다. 그의 도카이도요츠야카이단(東海道四谷怪談)은 특히 유명하다.

歌舞伎

歌舞伎座弁当

덴포(天保)(1830~1844)년간 이후가 되자 가부키는 쇠퇴기를 맞이하여 이렇다 할 작가가 없는 가운데, 가와타케모쿠아미

(河竹黙阿弥)의 활약이 커, 전래 가부키의 기교를 구사하고 세련된 대사를 모색, 에도 가부키의 미(美)를 집대성하였다. 『산닌키치사쿠루와노하츠가이』(三人吉三廓初買)・『아오토조시하나노니시키에』(青砥稿花紅彩画)는 그의 시라나미모노(白浪物)의 걸작이다.

並木正三

*츠루야난보쿠(鶴屋南北) (1755~1829) 가부키 작자.
*기제와모노(生世話物) 가부키쿄겐(歌舞伎狂言)의 세와모노(世話物) 중에서도 사실적인 경향이 두드러지는 것.
*도카이도요츠야카이단(東海道四谷怪談) 1825년 초연(初演).
*가와타케모쿠아미(河竹黙阿弥) (1816~1893) 가부키 작자. 360 작품을 썼으며, 에도 가부키의 미(美)를 집대성하였다. 특히 도적을 주인공으로 하는 시라나미모노(白浪物)에 뛰어났다.
*산닌키치사쿠루와노하츠가이(三人吉三廓初買) 1860년 초연(初演). 7막.
*아오토조시하나노니시키에(青砥稿花紅彩画) 1862년 초연. 5막 8장.
*시라나미모노(白浪物) 가부키에서, 도적을 주인공으로 하는 작품.

감상 三人吉三廓初買

ト、時の鐘、端唄の合方、かすめて通り神楽をかぶせ、向かふより、前幕の夜鷹のおとせ、手拭ひをかむり、莫蓙を抱へて、出て来たり、花道にて、[金を落とした昨夜の客を案じる独台詞。]思ひ入れあって、場幕の方を、もしや訪ねて来ぬかと身かへるこなし。向かふより、お嬢吉三島田鬘、振り袖、お七の拵にて出て来たり、[道を聞く。おとせ、お嬢吉三、舞台へ来たり、おとせの稼業についての問答のあと、]おとせ、お嬢吉三の背中をたたく。この折、懐の財布を落とす。手早くお嬢吉三取り上げ、ぎつくり、思ひ入れあって、

お嬢「モシ、なにやら落ちましたぞへ。」(ト、出す)とせ「オオ、こり

や大切のお金。」お嬢「エエ、お金でござりますか。」とせ「あい。しか
も大枚、小判で百両。」お嬢「たいそうお商ひがござりましたな。」と
せ「御冗談ばつかり、ホホホホ。」お嬢「アレエ。」(卜、仰山に、お嬢
吉三、おとせに抱き付く)とせ、「ア、モシ。どうなされました。」お
嬢「いま、向かふの家の棟を、光り物が通りましたわいな。」とせ「そ
りやおほかた、人魂でござりませう。」お嬢「アレエ。」(卜、また、し
がみ付く)

　　卜, 때를 알리는 종소리, 샤미센 연주, 작은 소리로 악기를 합주.
저쪽에서 앞 막의 매춘부 오토세, 수건을 쓰고 돗자리를 안고 나온
다. 하나미치에서, [돈을 떨어뜨린 지난밤의 손님을 염려하는 독백]
말없이 몸짓을 하고, 막이 오르는 쪽을 혹시 찾아왔는가 하고 돌아
보는 몸짓. 저쪽에서 오죠키치사가 머리를 틀어 올리고, 나들이옷
을 입고 오시치 모습으로 꾸며서 나온다. [길을 묻는다. 오토세, 오
죠키치사, 무대로 와서 오토세의 직업에 대한 문답 후에,] 오토세,
오죠키치사의 등을 두드린다. 이 때 품속의 지갑을 떨어뜨린다. 재
빨리 오죠키치사가 주어 들고, 매섭게 노려보는 몸짓을 하고,

お嬢「여보세요, 무언가 떨어졌어요.」(卜, 내민다) とせ「오오, 이것은

三人吉三廓初買

소중한 돈.」お嬢「예? 돈이란 말입니까?」とせ「예. 더욱이 거금, 금화로 백 냥.」お嬢「매춘부치고는 꽤 장사가 되었군요.」とせ「농담 마세요 호호호호」お嬢「아니?」(卜, 과장되게, 오죠키치사, 오토세를 부둥켜안는다)とせ「아, 여보세요, 왜 그러세요?」お嬢「지금 저쪽 집 위를 빛나는 것이 지나갔어요.」とせ「그건 대부분 도깨비불일 거예요.」お嬢「그래요?」(卜, 또 달라붙는다)

近代문학

1. 근대(近代)문학 포인트

시대 구분

　도쿠가와막부(徳川幕府)의 막번(幕藩)체제가 붕괴하고 메이지(明治) 정부가 탄생한 메이지 원년(明治 元年)인 1868년부터 오늘날까지를 근대라고 한다. 시대명으로 말하자면 메이지(明治), 다이쇼(大正), 쇼와(昭和), 헤이세이(平成)가 이에 해당한다. 또한 이 시기를 근대와 현대로 구분하기도 하는데, 프롤레타리아문학·신감각파(新感覚派) 이전을 근대, 그 이후를 현대로 보는 경우와, 제2차 세계대전 이전을 근대, 그 이후를 현대로 보는 경우가 있다.

시대적 배경

　막번체제 붕괴 후 메이지 신정부는 신분제도의 폐지, 폐번치현(廃藩置県), 학제(学制)의 발포, 태양력의 채용 등 새로운 체제 확립에 주력했다. 그리고 오랜 쇄국정책(鎖国政策)으로 인한 뒤처짐을 만회하기 위해 서구문명의 급속한 유입과 부국강병책의 강화를 도모했다. 그 때문에 자유민권운동 또는 반대로 국수주의가 일어났다. 이윽고 청일전쟁(1894~95)과 러일전쟁(1904~05)을 거쳐 자본주의가 발전하여 국력의 신장을 이루게 되나 급속한 발전에 따른 내부적 모순을 안게 되어 여러 가지 사회문제가 발생하게 된다.

　다이쇼기에 들어서자 제1차 세계대전에 의한 경제적 번영을 배경으로 데모크라시(democracy)가 발달하여 정당내각의 수립, 보통선거법의 공포가 이루어졌다. 한편 노동자와 농민의 생활이 압박을 받게 되어 노동운동이 대두되게 된다.

　제1차 세계대전의 불황과 관동대지진에 의하여 쇼와기에 들어서자 금융공황이 시작되어 사회불안이 심각해진다. 정치면에서는 파쇼적인 군국주의화가 이루어져 중일전쟁과 태평양전쟁으로 돌입하게 된다.

　이처럼 자본주의와 시민사회를 목표로 한 일본의 근대화는 외국의 압력에 의한 것으로, 너무 성급히 서구열강을 따라잡는 것을 목표로 하였기 때문에, 일본 내의 근대화를 위한 조건이 미비한 가운데 여러 가지 모순과 문제점을 안고 있었다. 태평양전쟁의 발발은 근대 일본의 상징이며, 집약이라고도 할 수 있다. 이러한 시대적 배경은 문학의 당사자였던 지식층에 지대한 영향을 끼쳐, 문학의 동향을 좌우해 왔다고 할 수 있다. 한편, 근대화의 일원이었던 교육제도의 확충은 국내의 독자층을 증가시켜, 매스미디어의 발달과 함께 출판문화의 융성에 큰 역할을 하였다.

메이지(明治) 문학

　메이지 초기에 계몽가들의 활동이 있었으나 문학에는 반영되지 않고 근세 이후의 통속 문학이 답습되는 가운데, 메이지10년대에는 유럽문학의 번역과 소개가 활발해지고 정치소설이 유행하게 된다. 이어서 쓰보우치 쇼요(坪内逍遥)는 『소설신수』(小説神髄)를 통해 사실주의(写実主義)를 제창했고, 후타바테이 시메이(二葉亭四迷), 야마다 비묘(山田美妙) 등은 언문일치를 실천하는 등 새로운 문학의 동향이 엿보였다.

　메이지30년대가 되자 모리 오가이(森鴎外)의 번역이나 창작의 영향에 의한 낭만주의와 오자키 고요(尾崎紅葉)나 고다 로한(幸田露伴)을 중심으로 한 의고전주의(擬古典主義)운동이 거의 동시기에 일어나게 된다. 이어서 기타무라 도코쿠(北村透谷), 시마자키 도손(島崎藤村) 등이 주축이 된 『문학계』(文学界)를 통해 개성을 존중하고 자아의 해방을 주장하는 낭만주의의 전성기가 시작되게 된다.

메이지40년대에는 청일전쟁후의 반봉건적인 사회의 모순을 지적하는 관념소설과 심각(深刻)소설이 나타난다. 러일전쟁 후에는 자본주의의 급격한 발전에 수반하여 나타난 사회모순을 직시하는 가운데 근대과학정신과 결부된 프랑스의 자연주의운동이 유입된다. 그러나 일본에서는 적나라한 자아의 고백을 통하여 인생의 진실을 그리는 독자적인 자연주의문학운동으로 전개되었다. 시마자키 도손, 다야마 가타이(田山花袋) 등이 중심작가이다.

다이쇼(大正) 문학

다이쇼기의 문학은 반자연주의의 입장을 취한 작가들에 의해 전개되었다. 서양문화의 교양을 바탕으로 윤리적이고 지성적인 개인주의 문학을 추구한 나쓰메 소세키(夏目漱石)와 모리 오가이(森鴎外)는 젊은 세대에 큰 영향을 끼쳤다.

또한 자연주의가 인생의 어두운 면을 지나치게 묘사하는 것에 대해서 예술지상주의의 입장에서 관능에 의한 미적향락을 이상으로 삼는 나가이 가후(永井荷風), 다니자키 준이치로(谷崎潤一郎) 등의 탐미파(耽美派)운동이 일어났다.

한편 제1차 세계대전 후의 데모크라시 사조의 영향을 받아 개성적인 자아와 인간성의 긍정을 주장하는 인도주의 입장을 표방한 무샤노코지 사네아쓰(武者小路実篤), 시가 나오야(志賀直哉) 등의 시라카바파(白樺派)운동이 일어났다. 이윽고 제1차 세계대전 후 사회정세가

변화하여 노동운동의 발생 등으로 시라카바파의 이념상의 문제가 지적받게 되자 현실을 응시하고 그 속에 있는 인간성이나 인간심리를 이지적으로 분석하고자 하는 아쿠타가와 류노스케(芥川龍之介)를 중심으로 한 신현실주의문학이 발생하게 된다.

쇼와(昭和) 문학

쇼와기의 문학은 모더니즘문학과 프롤레타리아문학을 중심으로 전개되었다. 쇼와10년대는 '근대문학의 응달'이라고 할 정도로 뚜렷한 문학 운동이 적었으나, 기성 작가들의 활약이 컸다. 전후에는 기성 작가들과 전후파(戰後派)라고 불리는 젊은 작가들의 활약으로 출발했는데, 이들은 전쟁과 패전의 체험에서 오는 무거운 주제의 작품을 발표하였다. 쇼와 2,30년대에는 전후 사회의 안정화와 함께 일상생활에 밀착, 개인의 본연의 자세를 파악하려고 하는 '제3의 신인'(第三の新人) 그룹이 등장하였다. 쇼와40년대가 되자, 고도성장 단계에 접어든 일본 사회를 배경으로, 불확실한 일상이나 인간관계를 치밀하게 묘사하려고 하는 '내향의 세대'(内向の世代) 작가들이 등장하게 되어 문학은 더욱 다양화되게 된다.

2. 소설과 평론

계몽기 啓蒙期

막부 말에서 메이지시대로의 이행은, 봉건 사회로부터의 탈피를 지향하고 서양 문명을 급격히 수입하여, 국가의 기본적인 제도나 조직을 혁명적으로 변혁해 가던 시기였다. 그러나 문학에 있어서는 신문학의 탄생에는 이르지 못하고 한동안 에도(江戸) 희작문학이 계승되어갔다.

희작(戯作) 문학

메이지유신 후 한동안 근세말기의 희작문학이 그 대로 계승되었다. 이 시기의 대표적인 작가인 가나가키 로분(仮名垣魯文)[1]은 『서양여행기』(西洋道中膝栗毛[2], 1870~76)와 『아구라나베』(安愚楽鍋[3], 1871~72)에서 당시의 문명개화의 신풍속을 풍자적이고 해학적으로 묘사하였다. 그러나 이들 작품은 스토리나 주제가 뚜렷하지 않아 문학적인 완성도에서 볼 때 문제점을 안고 있다.

『安愚楽鍋』の挿絵

계몽기의 평론

메이지6년(1873) 기관지 『메이로쿠잡지』(明六雑誌)를 통해 모인

---

1 仮名垣魯文(1829~94): 희작자. 막부말에서 메이지초기에 활약하였다.
2 西洋道中膝栗毛: 야지(弥次)・기타(喜多) 두 주인공의 런던만국박람회 구경을 그린 여행기.
3 安愚楽鍋: 전골집을 무대로, 그곳에 출입하는 손님들의 화제나 풍속을 사실적으로 그리고 있다.

福沢諭吉

진보적 학술단체인 메이로쿠샤(明六社)의 학자들은 각 분야에 걸쳐 계몽적인 의견을 발표했다. 그 중에서도 후쿠자와 유키치(福沢諭吉)[4]는 『학문의 권장』(学問のすすめ[5], 1872~76)을 통해 천부인권론의 입장을 표명하였으며 개인주의와 실리주의에 입각하여 실용적인 학문을 제창하였다. 『학문의 권장』은 메이지초기의 최대 베스트셀러로 당시의 교육정책에도 큰 영향을 끼쳤다. 또한 나카무라 마사나오(中村正直)역 『서국입지편』(西国立志編[6], 1870~71)은 메이지시대 청년들에게 큰 영향을 주었다.

번역 소설

메이지 10년대가 되자, 유럽 문학의 번역과 소개가 활발해졌다. 니와 준이치로(丹羽純一郎)가 번역한 『화류춘화』(花柳春話[7], 1878~79)는 소년의 출세담에 연애를 곁들여서 크게 환영받았다. 한편, 가와시마 주노스케(川島忠之助)가 번역한 『팔십일간의 세계일주』(八十日間世界一週[8], 1878~80)와 같이 서양문명의 과학적 진보를 다룬 소설도 지

---

4 福沢諭吉(1834~1901): 계몽사상가이자 평론가이며 교육자였다. 게이오의숙(慶応義塾) 창립자. 공리주의에 기초한 실학으로 일본인들의 계몽과 교육에 공헌했다.

5 学問のすすめ: 전17권의 평론. "하늘은 사람 위에 사람을 만들지 않았고, 사람 아래에 사람을 만들지 않았다"는 모두로 시작하여, 인간평등, 학문의 존중 등을 주창하였으며, 합리성과 실증성에 뒷받침된 실용적 학문을 권장했다.

6 西国立志編: 영국의 사무엘 스마일즈(Samuel Smiles)의 『자조론』(Self-Help)을 번역한 것. 유교윤리를 가미하면서 서양적인 자주정신을 설명하여 당시 청년들에게 '메이지의 성서'로 널리 읽혀졌다.

7 花柳春話: 영국의 정치가이며 소설가인 에드워드 블워 리튼(Edward Bulwer-Lytton)의 원작 Ernest Maltraverse의 번역. 런던에 유학한 소년이 정치가가 되어 유럽을 편력하는 이야기.

8 八十日間世界一週: 프랑스의 쥘 베른(Jules Verne) 원작. 80일간의 세계일주

지를 얻었다.

정치 소설

정치소설은 자유민권운동의 정치적 계몽과 선전을 목적으로 전개되었다. 정치적 이상이나 꿈을 담은 야노 류케이(矢野龍渓)의 『경국미담』(経国美談[9], 1883~84), 도카이 산시(東海散士)의 『미인의 기구한 운명』(佳人之奇遇[10], 1885~97), 스에히로 뎃초(末広鉄腸)의 『설중매』(雪中梅[11], 1886) 등이 대표적인 작품으로 당시 정치에 열중해 있던 청년층과 지식층의 마음을 사로잡았다. 그러나 정치소설은 메이지20년대에 들어서서 헌법발포와 의회개설이 이루어진 후 차츰 소멸되어갔다.

사실주의 写実主義[1]

메이지 10년대 후반의 문화개량 움직임 속에서 소설의 개량을 최초로 시도한 것이 쓰보우치 쇼요(坪内逍遙)였다. 그는 『소설신수』(小説神髄)를 통해 소설의 방법으로서의 사실(写実)을 제창했다. 쇼요의

를 놓고 내기를 하여 성공하는 이야기. 증기선, 기차, 기구, 잠수함 등에 의한 모험이 당시 독자들에게 큰 반향을 일으켰다.
9 経国美談: 그리스의 내란을 소재로 한 것. 정의의 투사들이 악당을 무찔러 민주 정치를 회복하고 외적을 격파하기까지를 그렸다.
10 佳人之奇遇: 작자 자신을 주인공으로 하여 각국의 민족독립 지사를 등장시켜 자유와 독립을 주장한 이야기.
11 雪中梅: 고학하는 청년이 활약하여, 그가 속한 자유당이 선거에 대승하는 이야기.
1 写実主義: 19세기후반에 프랑스의 작가 발작과 플로베르 등에 의해 수립된 문학운동으로, 인생이나 사회의 현실을 작자의 주관을 배척하고 있는 그대로 그리는 방법을 말한다.

자극을 받은 후타바테이 시메이(二葉亭四迷)는 『소설총론』(小説総論)을 썼으며 그 이론을 『뜬 구름』(浮雲)으로 구체화했다.

坪内逍遥

쓰보우치 쇼요(坪内逍遥)2

　메이지 18년(1885)부터 이듬해에 걸쳐 쓰보우치 쇼요는 서구 근대문학에 입각한 일본최초의 소설론인 『소설신수』(小説神髄)3를 발표하였다. 그는 이 소설론 속에서 문학의 중심을 소설에 두고 근세의 권선징악적 가치관을 부정하였으며, 있는 그대로의 인간심리의 분석을 주안으로 한 사실주의를 제창하였다. 쇼요는 『소설신수』의 이론을 구체화하기 위한 일환으로 『당대서생기질』(一読三歎当世書生気質, 1885~86)을 발표하였다. 『당대서생기질』은 피상적이고 사상성이 결여되는 등의 문제점이 있었으나, 새로운 시대의 문학을 촉발하였다는 점에서 그 계몽적 의의는 크다고 할 수 있다.

　　小説の主脳は人情なり、世態風俗これに次ぐ。人情とはいかなるものをいふや。曰く、人情とは人間の情慾にて、所謂百八煩悩是れなり。(中略)此人情の奥を穿ちて、賢人、君子はさらなり、老若男女、善悪正邪の心の中の内幕をば洩す所なく描きいだして周密精到、人情を灼然として見えしむるを我が小説家の務めとはするなり。(『小説神髄』)

---

2 坪内逍遥(1859~1935): 문예 잡지 『와세다문학』(早稲田文学)을 창간하여 번역, 창작, 평론, 연극에 업적을 남겼다. 소설에 『당대서생기질』(当世書生気質) 『아내』(細君) 등이 있다.
3 小説神髄: 종래의 문학의 권선징악주의를 배척하고 사실주의를 제창한 선구적인 근대 문학 이론. 후타바테이 시메이(二葉亭四迷), 오자키 고요(尾崎紅葉) 등과, 후일의 자연주의 문학에까지 큰 영향을 끼쳤다.

소설에서 무엇보다 가장 중요한 것은 인정이다. 세태풍속에 대한 묘사는 그 다음이다. 인정이란 어떤 것을 말하는가? 인정이란 인간의 욕망이며 속되게 말하는 백팔번뇌이다. (중략) 이러한 인정의 내부를 파헤쳐서, 현자나 군자는 말할 것도 없이 남녀노소, 선악정사의 심중의 내막을 세세히 남김없이 묘사하여, 인정을 분명히 나타내는 것이 우리 소설가들의 임무인 것이다.

후타바테이 시메이(二葉亭四迷 ふたばていしめい)[4]

二葉亭四迷

시메이는 쇼요의 결점을 보완하면서 자신의 이론을 추구하여 『소설총론』(小説総論 しょうせつそうろん[5], 1886)을 쓰고 그 실천으로 『뜬 구름』(浮雲 うきぐも[6], 1887~89)을 발표하였다. 이 소설은 근대적 자아에 눈뜬 주인공이 현실사회에서 소외되고 고립될 수밖에 없는 고뇌와 회의를 묘사함으로써 근대지식인의 내면심리를 대변하여 일본근대소설의 선구적 작품으로 손꼽히고 있다. 또한 『뜬 구름』은 혁신적인 언문일치의 문장으로 그려짐으로써 문장사상에 있어서도 선구적 작품으로 평가받고 있다.

文三が食事を済して縁側を廻(ま)はり、窃(ひそ)かに奥の間を覗(のぞ)いて見れば、お政ばかりで、お勢の姿は見えぬ。お勢は近属早朝(せい)(ちかごろ)より、

『浮雲』の表紙

---

4 二葉亭四迷(1864~1909): 러시아문학의 번역인 『밀회』(あひびき) 등에서 참신한 자연 묘사와 구어체를 선보이기도 했던 그는 『뜬 구름』 외에도 『평범』(平凡) 등의 작품을 발표했다.

5 小説総論: 러시아의 베린스키 이론에 영향을 받아, "묘사라고 하는 것은 실상을 빌어 허상을 비추는 것이다"라고 하는 사실주의 이론을 주장.

6 浮雲: 보수적이지만 성실하게 살아가고자 하는 주인공 우쓰미 분조(内海文三)가 연애와 출세에 패배자가 되어가는 과정을 그린 작품으로, 초기지식계급의 고뇌와 관료주의에 대한 비판 등 많은 문제를 다루고 있다. 언문일치의 새로운 문체로 그려진 근대리얼리즘소설의 선구적 걸작.

駿河台辺へ英語の稽古に参るやうになツたことゆゑ、偖は今日も最う出かけたのかと恐る恐る座舗へ這入ツて来る。(『浮雲』)

분조가 식사를 마치고 툇마루를 돌아 살그머니 거실을 들여다보니, 오마사만 혼자 있고 오세이의 모습은 보이지 않는다. 오세이는 요즈음 이른 아침부터 스루가다이 근처로 영어를 배우러 가게 되었으니, 그럼 오늘도 벌써 나간 것인가 하고 쭈뼛쭈뼛 객실로 들어온다.

의고전주의 擬古典主義 1

메이지18년(1885)에 오자키 고요(尾崎紅葉)² · 야마다 비묘(山田美妙)³ 등이 일본 최초의 문학결사인 겐유샤(硯友社)를 결성하여 기관지 『잡동사니문고』(我楽多文庫)를 발간했다. 그들은 『소설신수』의 영향을 받았지만 문장의 수사적인 기교나 각색 면에서 새로운 시도를 하는데 그쳤으며 사이카쿠(西鶴)를 지향했지만 인간의 전형을 그려내지는 못하고 표현상의 모방수준을 벗어나지 못했다. 그러나 나중에 이와야 사자나미(巖谷小波), 가와카미 비잔(川上眉山), 오구리 후요(小栗風葉), 이즈미 교카(泉鏡花), 도쿠다 슈세이(徳田秋声) 등이 잇달아 가담함으로써 메이지 20년대의 문단의 중심세력이 되었다. 동인들 가운데에서도 가장 빨리 인정받은 것은 야마다 비묘(山田美妙)로, 「です」조의 언문일치 단편집 『나쓰코다치』(夏木立, 1888)는 대단한

---

1 擬古典主義: 구화주의에 대한 반동으로 복고적 경향을 배경으로, 일본의 고전 문학을 의식적으로 재평가한 문학경향.
2 尾崎紅葉(1867~1903): 사이카쿠의 영향을 받아 아속절충체(雅俗折衷体)의 작품을 발표, 평판을 얻었다.
3 山田美妙(1868~1910): 고요와 겐유샤를 조직하고, 메이지 최초의 문예 잡지인 『미야코노하나』(都の花)를 주관하여 소설 비평에도 활약했으나 후에 겐유샤와 결별하고 불우한 만년을 보냈다.

호평을 받았다. 그 밖에 고다 로한(幸田露伴), 히구치 이치요(樋口一葉) 등도 의고전적 경향을 지닌다.

오자키 고요(尾崎紅葉)

사이카쿠(西鶴)의 영향을 받은 오자키 고요는 아속절충체(雅俗折衷体)[4]의 『두 비구니의 참회』(二人比丘尼色懺悔[5], 1889)를 성공시켜 겐유샤를 통솔하는 지위에 올랐다. 이후 그는 『다정다한』(多情多恨, 1896) 『곤지키야샤』(金色夜叉[6], 1897~1902) 등을 발표하여 문체의 개량과 심리묘사 등으로 평판을 얻게 되었으나 사실(写実)의 피상성을 비판받기도 하였다.

尾崎紅葉

「呀、宮さん恁して二人が一処に居るのも今夜限だ。お前が僕の介抱をしてくれるのも今夜限、僕がお前に物を言ふのも今夜限だよ。一月の十七日、宮さん、善く覚えてお置き。来年の今月今夜は、貫一は何処で此月を見るのだか！再来年の今月今夜‥‥‥十年後の今月今夜‥‥‥一生を通して僕は今月今夜を忘れん、忘れるものか、死んでも僕は忘れんよ！可いか、宮さん、一月の十七日だ。来年の今月今夜になつたらば、僕の涙で月は曇らして見せるから、

『金色夜叉』前編木版口絵

---

4 雅俗折衷体: 왕조풍의 우아한 문체와 현대의 속어체를 혼합한 문체.
5 二人比丘尼色懺悔: 젊은 두 비구니의 산중에서의 기이한 만남을 그린 작품.
6 金色夜叉: 실연한 나머지 돈에 눈이 먼 청년을 주인공으로 하여 권력보다도 애정을 긍정한 작품으로 극화, 영화화되었다. 우리나라에서 『장한몽』(1913)으로 번안되었다.

月が‥‥‥月が‥‥‥月が‥‥‥曇つたらば、宮さん、貫一は
何処かでお前を恨んで、今夜のやうに泣いて居ると思つてくれ。」
　宮は挫ぐばかりに貫一に取着きて、物狂しう咽入りぬ。
（『金色夜叉』前篇）

　"아아, 미야. 이렇게 둘이 함께 있는 것도 오늘밤뿐이오 당신이
내 곁에 있어 주는 것도 오늘밤뿐, 내가 당신에게 말하는 것도 오늘
밤뿐이오. 1월 17일, 미야 잘 기억해 두오 내년 1월 17일 밤은 내가
어디서 이 달을 볼 것인지! 내후년 1월 17일 밤‥‥‥십년 뒤 1월
17일 밤‥‥‥평생토록 난 1월 17일 밤을 잊지 못할 거요. 어찌 잊
을 수 있겠소 죽어도 난 잊지 못할 거요! 이보오, 미야. 1월 17일이
오. 내년 1월 17일이 되면 내 눈물로 달을 흐릿하게 만들어 보일 테
니. 달이‥‥‥달이‥‥‥달이‥‥‥어두워지면 미야, 나는 어디선
가 당신을 원망하며 오늘밤처럼 울고 있을 거라 생각해 주오"

　미야는 거의 무너지듯 간이치에게 매달려 미친 사람처럼 목메어
울었다.

고다 로한(幸田露伴)[7]

　고다 로한도 사이카쿠의 영향을 받았는데, 한학의 교양과 더불어
유교적이며 무사도적인 정신과 불교적 체념이 섞인 작품을 남겼다.
그는 『풍류불』(風流仏, 1889)을 써 평판을 얻고, 이어서 『오층탑』(五
重塔[8], 1891~92)에서 예술의 영원성과 그것에 몰입하는 장인의 강
렬한 신념을 박력 있는 문장으로 그렸다. 사실적인 여성 심리묘사에

幸田露伴

---

7 幸田露伴(1867~1947): 동양적, 남성적인 독자적 미적 세계를 구축, 고요와 함
　께 고로시대를 이루었다.
8 五重塔: 불굴의 의지를 관철하여 오층탑을 건립하기에 이르는 명인의 기질을
　그린 작품.

탁월했던 고요와 이상주의적인 남성상의 조형에 특색이 있었던 로한이 활약했던 시기를 일컬어 고로(紅·露)시대라 일컫기도 한다.

히구치 이치요(樋口一葉)[9]

樋口一葉

히구치 이치요는 최초의 여류 직업작가로, 자신의 궁핍한 생활 속에서 밑바닥 생활을 하는 빈민의 삶을 예리하게 관찰하여 극한 상황에서도 필사적으로 살아가는 인간의 모습을 그렸다. 생활고 속에서도 『흐린 강』(にごりえ, 1895) 『십삼야』(十三夜[10], 1895) 『키 재기』(たけくらべ[11], 1896) 등의 수작을 잇달아 발표한 그녀는 24세의 젊은 나이에 요절했다. 대표작 『키 재기』는 사춘기를 맞이한 소년소녀의 미묘한 심리를 서정적으로 그린 작품으로 당시 문단으로부터 극찬을 받았다.

美登利は障子の中ながら硝子ごしに遠く眺めて、あれ誰れか鼻緒を切つた人がある、母さん切れを遣つても宜う御座んすかと尋ねて、針箱の引出しから友仙ちりめんの切れ端をつかみ出し、庭下駄はくも鈍かしきやうに、馳せ出でゝ、椽先の洋傘さすより早く、庭石の上を伝ふて急ぎ足に来たりぬ。(『たけくらべ』)

미도리는 장지 안쪽에서 유리 너머로 멀리 바라보고, 저런 누군가 나막신 끈이 끊어진 사람이 있네, 엄마, 헝겊을 줘도 괜찮아요? 라고 묻고, 반짇고리 서랍에서 유젠치리멘 자투리를 끄집어내어 나막신을

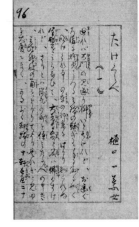

『たけくらべ』の原稿

---

9 樋口一葉(1872~96): 부친의 사후 생계를 위해 대중소설가 나카라이 도스이(半井桃水)에게 사사 받고 소설을 쓰기 시작한다. 후에 『문학계』동인의 낭만적 정열에 자극을 받아 작가적 기질을 발휘하게 된다.

10 十三夜: 싹트는 자아를 덧없이 묵살 당하는 소녀의 비극이 그려져 있다.

11 たけくらべ: 소년소녀의 사춘기심리를 서민색이 짙은 정취로 그리고 있다.

신는 것도 애가 타는 듯이 달려 나가, 툇마루 끝의 우산을 쓰는 것보
다도 빨리 정원석 위를 따라 잰걸음으로 왔다.

낭만주의 浪漫主義[1]

사실주의가 전개되었던 시기와 동일한 메이지 20년대에 낭만주의
운동이 일어났다. 낭만주의의 선구자로는 초기의 모리 오가이(森鷗外)
를 들 수 있으나, 실제로 활약을 한 것은 기타무라 도코쿠(北村透谷)
와 같은 『문학계』의 젊은이들이었다. 그들은 봉건성을 배척하고 인
간성의 해방을 추구해, 연애나 예술의 절대성을 주장하였다. 한편,
청일전쟁의 승리는 자본주의를 본격화하고 빈부의 격차를 높여 사회
나 도덕 문제에 대한 관심으로 이어져, 문학도 관념소설, 심각소설
등이 등장하게 되었다. 그러나 이런 소설들은 오래 가지 않고, 메이
지 30년대(1897~1906)에는 후기 낭만주의 작가들이 활약하게 된다.

초기의 모리 오가이(森鷗外)[2]

4년간의 독일유학을 마치고 귀국한 모리 오가이는 일본의 문화를
유럽과 동일한 근대 문명으로 바꾸고자 하여 다방면에 걸친 계몽 활
동을 하였다. 메이지22년(1889)에 문예잡지인 『시가라미조시』(しがら
み草紙)[3]를 창간, 평론을 통한 문예의 계몽에 전력을 다했다.

---

1 浪漫主義: 영어의 'romanticism'의 음역. 유럽에서 17세기 이후의 고전주의나
  18세기의 합리주의에 대한 저항으로 일어난 문예사조로, 자아의 해방과 개성의
  존중 등 인간의 자유로운 생을 추구하는 정신에 입각했다.
2 森鷗外(1862~1922): 본명은 린타로(林太郎). 의대를 졸업 후 육군 군의관이
  되어 독일 유학을 하며 미학, 문학 등의 학식은 높인다. 후에 군의총감이 되고,
  퇴임 후에는 제국박물관장・제국미술원장이 되었다.

이윽고 『무희』(舞姫[4], 1890) 『덧없는 사연』(うたかたの記, 1890) 『편지심부름꾼』(文づかひ, 1891) 등을 발표하게 되는데, 아문체(雅文体)[5]로 쓰여진 이들 삼부작은 낭만적인 이국정서를 잘 묘사하여 당시의 젊은이들에게 깊은 감명을 주었다. 특히 『무희』는 근대적 자아에 눈뜬 청년의 고뇌를 그려 후타바테이 시메이의 『뜬 구름』과 더불어 일본근대문학의 선구적 작품으로 평가받고 있다.

그는 번역활동도 왕성하게 전개하였는데, 안데르센 원작의 번역소설 『즉흥시인』(即興詩人)은 낭만적인 심정을 잘 표현하여 원작보다 뛰어나다는 평가를 받고 있다. 또한 『와세다문학』(早稲田文学)지상을 통해 쇼요와의 사이에서 벌인 '몰이상논쟁'(没理想論争)[6]은 일본근대문학사상 중요한 논쟁으로 유명하다.

森鷗外

　余が病は全く癒えぬ。エリスが生ける屍を抱きて千行の涙を灑ぎしは幾度ぞ。大臣に隨ひて帰東の途に上りしときは、相沢と議りてエリスが母に微なる生計を営むに足るほどの資本を与へ、あはれなる狂女の胎内に遺しゝ子の生れむをりの事をも頼みおきぬ。
　　　　　　　　　　　　　　　　　　　　　　　　　　　（『舞姫』）

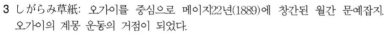

나의 병은 전혀 낫지 않는다. 산송장인 엘리스를 안고 천 갈래 눈물을 흘렸던 것이 몇 번이었던가. 장관을 따라 귀경길에 올랐을 때는

---

3 しがらみ草紙: 오가이를 중심으로 메이지22년(1889)에 창간된 월간 문예잡지. 오가이의 계몽 운동의 거점이 되었다.
4 舞姫: 독일유학생인 주인공 오타 도요타로(太田豊太郎)는 무희인 엘리스와 사랑에 빠지게 되나, 입신출세와 사랑을 놓고 선택의 기로에 서서 고뇌하던 끝에, 엘리스를 남겨두고 귀국길에 오르게 된다.
5 雅文体: 헤이안 시대의 가나(仮名)문 또는 이를 본뜬 의고문(擬古文)을 일컬음.
6 没理想論争: 1891년부터 이듬해에 걸쳐 오가이가 쓰보우치 쇼요와 주고받은 논쟁. 쇼요가 사실주의의 입장에서 '몰이상'을 주장한데 대해, 오가이는 이상과 미를 중시하는 입장에서 반론하였다.

아이자와와 의논하여 엘리스의 모친에게 약간의 생계비를 건네고는 가련한 광녀의 태내에 남겨진 아이가 태어날 무렵의 일도 부탁해 두었다.

『문학계』(文学界)[7]와 기타무라 도코쿠(北村透谷)[8]

『文学界』創刊号

北村透谷

메이지26년(1893)에 창간된 잡지 『문학계』는 기타무라 도코쿠를 지도자로 하여 시마자키 도손(島崎藤村)[9], 히라타 도쿠보쿠(平田秃木), 도가와 슈코쓰(戸川秋骨) 등이 참가하였다. 그들은 기독교적 인간관의 영향을 받아 인간성의 해방과 예술의 절대적 가치를 내세워, 당시 문단을 지배하고 있었던 겐유사의 반봉건적인 문학에 대항하였다.

『문학계』는 낭만주의 운동의 거점이 되어 반향은 빈약했지만, 초기에는 도코쿠의 평론, 중기에는 히구치 이치요의 소설, 후기에는 시마자키 도손의 시 등 각각 시대를 대표하는 평론가, 시인, 작가에게 중요한 활약 무대를 제공하였다.

도코쿠는 『염세시인과 여성』(厭世詩家と女性, 1892) 『내부생명론』

---

7 文学界(1893~98): 문예 잡지. 『여학잡지』(女学雑誌)를 모태로 한 것으로, 후에 독립. 동인에 도가와 슈코쓰(戸川秋骨), 바바 고초(馬場孤蝶), 우에다 빈(上田敏) 등이 있다.

8 北村透谷(1868~94): 자유 민권 운동에 좌절하여 문학으로 전향; 대표작 『초수의 시』(楚囚之詩) 『호라이쿄쿠』(蓬莱曲) 외에 문예평론 『내부생명론』(内部生命論) 등을 남겼다.

9 島崎藤村(1872~1943): 『문학계』에 참여하여 평론과 극시를 썼고, 시집 『와카나슈』(若菜集)로 큰 평판을 얻었다. 『파계』(破戒) 이후에는 자연주의 작가로 변모한다.

(内部生命論, 1893) 등의 평론을 통해 자아의 확립과 생명감의 확충, 연애예찬 등을 부르짖으며 일본 낭만주의운동의 선구자로 활약했다. 그러나 이러한 낭만적 정신은 개인을 억압하려는 시대의 봉건성 앞에 좌절하게 되어 그는 결국 25세의 젊은 나이에 스스로 목숨을 끊고 만다.

다카야마 조규(高山樗牛)10

낭만적 역사 소설 『다키구치뉴도』(滝口入道, 1894)로 문단에 진출했으나, 청일전쟁 승리 이후 국가주의사상이 고양되는 가운데 '일본주의'를 주장하였다. 그 후 니체의 영향을 받아 극단적인 개인주의를 주장하여, 본능의 충족을 인생 최대의 목적으로 삼는다는 내용을 담은 평론 『미적 생활을 논하다』(美的生活を論ず, 1901)를 발표하였다. 활발한 평론 활동을 하였으나 31세로 요절하였다.

심각소설(深刻小説)과 관념소설(観念小説)

청일전쟁 후 급격한 자본주의의 발전과 더불어 차츰 심각해져가는 사회적 모순 속의 어두운 면에 주목하여 히로쓰 류로(広津柳浪)11는 『헤메덴』(変目伝, 1895)『검은 도마뱀』(黒蜥蜴, 1895) 등을 발표한다. 그는 이들 작품에서 신체적인 약점이 있는 주인공을 등장시켜 학대

---

10 高山樗牛(1871~1902): 『다키구치뉴도』(滝口入道, 1894) 발표 후 두 번 다시 소설을 쓰지 않고 『태양』(太陽) 기자로서 많은 평론을 발표했다. 평론에 『일본주의』(日本主義)『미적 생활을 논하다』(美的生活を論ず) 등이 있다.
11 広津柳浪(1861~1928): 겐유샤 동인으로, 심각소설로 불리는 독특한 작풍을 지녔다.

받는 가난한 사람들의 생활을 그렸는데, 이를 '심각소설'(深刻小説)[12]
이라 한다. 한편, 여러 사회 현상에 대해 작자의 항의나 주장을 노골
적으로 표현한 '관념소설'(観念小説)[13]이 등장, 이즈미 교카(泉鏡花)[14]
의 『야행순사』(夜行巡査, 1895), 가와카미 비잔(川上眉山)[15]의 『서기관』
(書記官, 1895) 등이 유행하였다. 그러나 심각소설은 작풍의 부자연스
러움으로, 관념소설은 작자의 관념이 지나치게 강하였기 때문에 단
순한 낭만주의적 경향 소설로서 끝이 났다.

이즈미 교카(泉鏡花)

泉鏡花

고요의 문하생인 이즈미 교카는 관념소설에서 출발하여 메이지33
년(1900)에는 신비적, 환상적인 작풍을 나타내는 『고야히지리』(高野
聖)를 발표, 당시 소설계의 제1인자가 되었다. 『고야히지리』는 깊은
산 속으로 잘못 들어 간 승려가, 사람을 짐승으로 바꾸는 이상한 힘
을 가진 여인을 만나는 이야기로, 남녀의 사랑과 욕망을 훌륭하게
묘사하고 있다. 『고야히지리』 이후, 베스트셀러인 『온나케이즈』(婦系
図, 1907) 『우타안돈』(歌行灯, 1910) 등을 남겼다.

---

12 深刻小説: 인생이나 사회의 어두운 면을 그린 소설로, 비참소설(悲惨小説)이라고
   도 불렸다.
13 観念小説: 사회의 불합리에 대한 작가의 관념을 노골적으로 표현한 소설을 말
   한다.
14 泉鏡花(1873～1939): 고요의 문하생으로 출발하여 관념소설로 인정받게 된다.
   초기의 관념소설에 『야행순사』(夜行巡査) 『외과실』(外科室) 등이 있다. 이후
   일관되게 낭만적인 작품을 발표했다.
15 川上眉山(1869～1908): 겐유샤 동인이었던 그는 후에 『문학계』 동인과도 교유
   를 맺게 된다. 만년에는 회의와 고뇌 끝에 자살한다.

さあ、然うやって何時の間にやら現とも無しに、恁う、其の不思議な結構な薫のする暖い花の中へ柔らかに包まれて、足・腰・手・肩・頸から次第に天窓まで一面に被ったから吃驚、石に尻餅を搗いて、足を水の中に投げ出したから落ちたと思う途端に、女の手が背後から肩越しに胸をおさえたので確りつかまった。(『高野聖』)

자, 그리하여 어느 샌가 멍하게 이렇게, 그 이상한 좋은 향기가 나는 따뜻한 꽃 속에 부드럽게 싸여, 다리, 허리, 손, 어깨, 목으로부터 차츰 머리까지 온통 덮어썼기 때문에 깜짝 놀라 돌 위에 엉덩방아를 찧고, 다리를 물속에 뻗었기에 빠졌다고 생각한 순간, 여자의 손이 등 뒤에서 어깨너머로 가슴을 잡은지라 꽉 붙들었다.

구니키다 돗포(国木田独歩)[16]

시인으로 출발한 돗포는 메이지30년(1897)에 발표한 『겐 아저씨』(源叔父) 이후 소설가로 변모했다. 『잊을 수 없는 사람들』(忘れえぬ人々, 1898), 『강 안개』(河霧, 1898) 등을 발표하여 낭만적 서정문학의 장을 연 그는, 이후 이들 초기 단편을 엮은 최초의 창작집 『무사시노』(武蔵野, 1901)를 간행했다. 『쇠고기와 감자』(牛肉と馬鈴薯), 『운명론자』(運命論者, 1903) 등의 사실주의에 입각한 소설을 발표하기도 한 그는 제3소설집 『운명』(運命, 1906)에 의해 일본 자연주의 문학의 선구자적 작가로 일컬어지기에 이른다.

国木田独歩

---

16 国木田独歩(1871~1908): 돗포의 문예적 생애는 『무사시노』(武蔵野)로 대표되는 낭만적 서정의 제1기, 『운명론자』(運命論者) 등으로 대표되는 이지적 낭만주의의 제2기, 『대나무 문』(竹の木戸) 등으로 대표되는 자연주의적 경향의 제3기로 나눌 수 있다.

도쿠토미 로카(德富蘆花)[17]

기독교신자이며 자유주의자였던 도쿠토미 로카는 톨스토이의 인도주의의 영향을 받은 작가였다. 그는 봉건적 가족생활의 불합리성을 고발한 『불여귀』(不如帰, 1898~99)로 인기를 누렸으며, 이후 신선한 낭만적 시각으로 자연을 묘사한 『자연과 인생』(自然と人生, 1900) 등으로 독자적인 지위를 구축했다.

> ほのかなる笑は浪子の唇に上りしが、たちまち色なき頬のあたり紅をさし来たり、胸は波うち、燃ゆばかり熱き涙はらはらと苦しき息をつき、
> 「ああつらい！つらい！もう――もう婦人なんぞに――生まれはしませんよ。――あああ！」
> 眉をあつめ胸をおさえて、浪子は身をもだえつ。急に医を呼びつつ赤酒を含ませんとする加藤夫人の手にすがりて半ば起き上がり、生命を縮むるせきとともに、肺を絞って一盞の紅血を吐きつ。
> (『不如帰』)

희미한 웃음이 나미코의 입술에 떠오르고 빛깔 없던 뺨 언저리에 순식간에 붉은 기운이 돌더니, 가슴이 요동치고 활활 타오를 듯한 뜨거운 눈물 주르르 흘리고 괴로운 숨을 쉬며,

"아아 괴로워! 괴로워! 이제―― 이제 두 번 다시 여자로―― 태어나진 않을 거예요―― 아아아!"

눈썹을 찌푸리고 가슴을 억누르며 나미코는 몸부림쳤다. 급히 의사를 부르며 붉은 술을 머금게 하려는 가토부인의 손에 매달려, 거의

---

17 德富蘆花(1868~1927): 도쿠토미 소호(德富蘇峰)의 동생으로, 형이 관계하는 민유사(民友社)에 들어가 주로 번역을 맡아오다가 『불여귀』(不如帰) 이후 유행작가가 되어 자립했다.

반쯤 일어나서 멎을 재촉하는 기침과 함께 폐를 쥐어짜듯 한 잔의 홍혈을 토해냈다.

자연주의 自然主義1

19세기 말 프랑스를 중심으로 일어났던 자연주의는 에밀 졸라(Emile Zola)를 중심으로 전개되었다. 자연주의는 인간이나 사회의 현실을 과학적으로 추구하여 그것을 객관적으로 묘사함으로써 사회의 병폐를 폭로하고자 한 문학운동이었다. 메이지30년대 중반에 자연과학적 방법을 문학에 응용시켜 유전과 환경을 중시하는 이른바 졸라이즘(Zolaism)의 방법이 메이지 30년대 중반에 도입되어, 고스기 덴가이(小杉天外)의 『유행가』(はやり唄, 1902), 나가이 가후(永井荷風)의 『지옥의 꽃』(地獄の花, 1902) 등을 통해 작품화가 시도된다.

그러나 서구의 자연주의가 과학자와 같이 냉정한 눈으로 현실을 있는 그대로 기록하는 점에 비해, 일본의 자연주의는 작자 개인의 내면의 진실을 객관적으로 그리는 것을 목표로 하였다. 그런 까닭에 일본 자연주의 문학은 허구를 배척하며 현실을 폭로하고 적나라한 고백을 존중하였다. 진실을 그리기 위하여 낡은 도덕이나 풍속을 비판하고 터부를 두려워하지 않고 본능의 세계를 파헤쳤던 것이다.

자연주의문학의 최초의 성공작이었던 시마자키 도손(島崎藤村)의 『파계』(破戒)는 사회성과 자기고백성을 통일한 본격적인 근대소설로, 명확한 허구성이 의도된 작품이었다. 그러나 자기 체험적 사실을 그

---

1 自然主義: 19세기말 프랑스의 소설가 졸라를 중심으로 일어난 문학운동. 사실주의의 전통을 이어 과학적 정신에 의해 보다 실증주의적 입장에서 체계적으로 진실을 파악하고자 했다. 일본의 자연주의는 이러한 문학운동과는 무관한 낭만주의로부터 시작되어 보다 자아에 충실한 형태로 계승되었다.

대로 묘사한 다야마 가타이(田山花袋)의 『이불』(蒲団)의 성공으로, 이
후 일본의 자연주의문학은 자전과 사생활의 고백으로 흘러가게 된다.
자연주의는 메이지말년까지 근대문학의 주류를 차지하고 문학계에
지대한 영향을 끼쳤다.

島崎藤村

시마자키 도손(島崎藤村)

　『문학계』의 동인으로 『와카나슈』(若菜集, 1897) 등의 시집을 발표
하여 낭만적 서정시인으로 명성을 높였던 시마자키 도손은, 메이지30
년대에 들어서자 산문에 의한 새로운 표현방법을 모색하게 된다. 이
윽고 그는 메이지39년(1906)에 『파계』(破戒)[2]를 발표하여, 자연주의
문학의 대표적 소설가로 변모하기에 이른다. 『파계』는 사회적 편견
이 강했던 메이지시대를 배경으로, 피차별 지구 출신의 청년 교사를
주인공으로 하여, 지방색이 풍부한 신슈(信州)의 풍토를 배경으로 그
린 작품이다. 신분을 감추고 세상과 타협하며 살아가는 자신의 허위
와 비굴함을 자각하고 나서 고백을 결심하기까지의 주인공의 심리가
파헤쳐져 있다. 이처럼 사회소설적인 측면과 자기고백적인 측면을
겸비한 『파계』는 근대문학의 가능성을 충분히 제시한 작품이었다.

　그러나 『문학계』의 동인들과 자신의 청춘을 그린 『봄』(春[3], 1908)
이후는 자기고백을 위주로 한 자전적 작품을 쓰게 된다. 『집』(家[4],

---

2 破戒: 소학교 교원인 세가와 우시마쓰(瀬川丑松)는 아버지의 엄명을 받아들여
　신분을 감추며 살아가던 중, 사회적 편견과 싸우는 선배의 영향을 받아 자기의
　신분을 고백, 진실하게 살 것을 결심한다.
3 春: 작가 자신을 모델로 하여, 이상과 현실의 모순이나 연애에 번민하는 청년들
　의 청춘을 그렸다.
4 家: 가부장적 집안의 중압감에 시달리는 모습을 적나라하게 그린 작품.

1910)에서는 일본의 전통적 가족제도 속에서 고뇌하는 인간과 몰락 해가는 집의 문제를 도손 자신의 체험을 바탕으로 그렸으며, 다이쇼 기에 들어서서는 자신과 조카딸과의 연애문제를 대담하게 파헤친『신생』(新生[5], 1918)으로 반향을 불러일으켰다. 또한 아이들의 성장을 지켜보는 작가의 심경소설『폭풍』(嵐, 1926) 등 화제작이 많다. 만년의 역사소설『동트기 전』(夜明け前, 1929~35)에서는 자신의 아버지를 모델로 한 아오야마 한조(青山半蔵)의 생애를 중심으로 메이지유신이라는 역사를 다루었다.

> 今の下宿にはこういう事が起った。半月程前、一人の男を供に連れて、下高井の地方から出て来た大日向という大尽、飯山病院へ入院の為とあって、暫時腰掛に泊っていたことがある。入院は間もなくであった。もとより内証はよし、病室は第一等、看護婦の肩に懸って長い廊下を往ったり来たりするうちには、自然と豪奢が人の目にもついて、誰が嫉妬で噂するともなく、「彼は穢多だ」ということになった。忽ち多くの病室へ伝って、患者は総立。「放逐して了え、今直ぐ、それが出来ないとあらば吾儕挙って御免を蒙る」と腕捲りして院長を脅すという騒動。(『破戒』)

『破戒』の表紙

> 지금의 하숙집에서는 이런 일이 일어났다. 반달쯤 전에 한 사내를 시종으로 데리고, 시모타카이 지방에서 온 오히나타라고 하는 부자가 이야마병원에 입원하기 위해 한동안 임시로 머문 적이 있었다. 입원은 얼마 후였다. 원래부터 생활이 넉넉했으므로 병실은 일등실이었으며 간호사의 어깨에 기대어 복도를 오갈 때에는 자연스레 호사스러움이 사람들 눈에 띄어, 누가 질투심에 소문낸 것도 아닌데, "그

---

5 新生: 작가 자신과 조카딸과의 불륜을 소재로 한 고백소설. 사건과 소설이 동시에 진행된 점에서 철저한 형태의 '사소설'의 면모를 발견할 수 있다.

자는 백정이야'라고 하는 것이었다. 소문은 순식간에 많은 병실로 퍼져서 환자들이 모두 듣고 일어났다. "내쫓아버려, 지금 당장. 그렇지 않으면 우리들이 모두 나가겠어"라고 소매를 걷어붙이고 원장을 협박하는 소동이 일어났다.

田山花袋

다야마 가타이(田山花袋)

처음에 『문학계』에 기고하기도 하며 낭만적 경향의 서정시인으로 출발했던 다야마 가타이는 프랑스의 자연주의 작가 모파상의 영향을 받아 메이지 35년(1902) 『주에몬의 최후』(重衛門の最後)를 쓴 후 메이지37년(1904)에는 평론 『노골적인 묘사』(露骨なる描写)를 발표했다. 그 후 도손의 『파계』에 자극을 받아 『이불』(蒲団6, 1907)을 발표, 도손과 더불어 자연주의문학을 대표하는 작가가 되었다. 이 작품은 작가 자신을 모델로 하여 미모의 여제자에 대한 애정을 적나라하게 폭로함으로써 이후의 자연주의문학의 방향을 결정지어, '사소설'(私小説)7을 낳는 계기가 되었다. 이어서 그는 『생』(生, 1908) 『처』(妻, 1908~09) 『연』(縁, 1910)의 자전적 삼부작을 발표, 그의 신변과 가정 내부를 거리낌 없이 썼다. 그는 일체의 주관을 배척하고 대상이나 사건의 경과의 표면만을 있는 그대로 묘사하는 '평면묘사'(平面描写)8를 역설하였는데, 『시골교사』(田舎教師9, 1909) 등이 그 대표작이다.

---

6 蒲団: 중년작가의 젊은 여제자에 대한 사랑을 통해, 사회의 관습에 구애되어 고뇌하는 인간의 모습을 그린 작품. 일본의 자연주의의 방향을 결정한 문제작이다.

7 私小説: 작가 자신을 주인공으로 하여 그 체험을 고백하는 형태로 쓰여진 소설. 허구를 배제하고 사실 속에 진실을 추구하고자 한 것으로, 심경소설(心境小説)이라 불리기도 했다.

8 平面描写: 메이지 40년대에 가타이가 주장한 소설의 묘사법. "단순히 작자의

芳子が常に用いて居た蒲団 —— 萌黄唐草の敷布団と、綿の厚く
入った同じ模様の夜着とが重ねられてあった。時雄はそれを引出し
た。女のなつかしい油の匂いと汗のにおいとが言いも知らず時雄の
胸をときめかした。夜着の襟の天鵞絨の際立って汚れて居るのに顔
を押付けて、心のゆくばかりなつかしい女の匂いを嗅いだ。(『蒲団』)

　요시코(芳子)가 항상 쓰던 이불—— 연두 빛 당초무늬 요와, 솜이
두텁게 들어간 같은 모양의 잠옷이 포개져 있었다. 도키오(時雄)는
그것을 끄집어내었다. 여인의 그리운 기름 냄새와 땀 냄새가 무어라
말할 수 없을 정도로 도키오의 가슴을 두근거리게 하였다. 잠옷 옷깃
의 비로드가 눈에 띄게 더럽혀져 있는 곳에 얼굴을 대고, 마음껏 그
리운 여인의 체취를 맡았다.

도쿠다 슈세이(德田秋声)10

　겐유샤의 동인이었던 도쿠다 슈세이는 자연주의문학운동의 발흥과
더불어 메이지41년(1908) 『신혼 가정』(新世帯)11 이후 냉정한 인생
관조와 객관묘사를 특징으로 하는 작풍을 확립해나갔다. 그는 『발자
취』(足迹, 1910)『곰팡이』(黴, 1911)『진무름』(爛, 1913)『억센 사람』(あ
らくれ, 1915) 등의 작품을 통해 인생에 대한 '무이상·무해결'을 표

주관을 배제하는 것뿐만 아니라, 대상물에 대해 조금도 그 내부에 들어가지 아
니하고 또 인물의 내부 정신세계에도 들어가지 아니하며, 보고 듣고 접촉한 대
로의 현상을 자연스럽게 그린다"고 하는 것으로, 방관적, 객관적 태도와 작중
인물의 내면에 들어가지 않는 묘사의 평면성을 특징으로 한다.

9 田舎教師: 다감한 청년인 하야시 세이조(林清三)가 가난 때문에 허무하게 시골
대용교사로 죽어간다는 비운의 일생을 인상적으로 그린 작품.

10 德田秋声(1871~1943): 이즈미 교카(泉鏡花), 오구리 후요(小栗風葉), 야나가
와 슌요(柳川春葉)와 함께 겐유샤의 사천왕이라고 불렸고, 후에는 일본 자연주
의 문학의 완성자로 불리기도 하였다.

11 新世帯: 자기 자신의 가정생활을 심리적으로 투영한 작품.

방하는 자연주의를 잘 체현했다. 만년의 『가장인물』(仮装人物, 193
5~38)『축도』(縮図, 1941)에 이르기까지 냉정한 사실묘사로 일관하여
일본의 자연주의문학의 완성자로 불리기도 하였다.

마사무네 하쿠초(正宗白鳥)12

출세작 『어디로』(何処へ, 1908)는 입신출세를 꿈꾸면서도 한편으로
는 인생에 대한 회의로 인해 고뇌에 빠져드는 주인공의 모습을 그린
작품으로, 허무적, 염세적 사상이 잘 드러나고 있다. 그는 평론가로
도 활약하여, 『문단인물평론』(文壇人物評論) 등을 통해 개성적인 대
상파악과 날카로운 비판정신을 선보였다.

그 밖의 자연주의 작가

『탐닉』(耽溺, 1909)으로 주목을 받은 이와노 호메이(岩野泡鳴)13는
분방하고 노골적인 묘사로 자연주의 작가 중에서도 특이한 존재로
평가받고 있다. 특히 다이쇼기에 들어서서 발표한 '일원묘사'(一元
描写)14는 주목할 만한 방법론이다.

그 밖에, 자신의 체험을 바탕으로 남자의 고뇌를 그린 『헤어진 아
내에게 보내는 편지』(別れたる妻に送る手紙, 1910)로 특이한 사소설의
세계를 전개해나간 지카마쓰 슈코(近松秋江)15나, 도호쿠(東北) 농민

---

12 正宗白鳥(1879~1962): 도쿄전문학교 졸업후 요미우리신문사에 입사한 그는 『어
　디로』(何処へ) 등으로 작가적 지위를 확립한 뒤 퇴사하여 작가활동에 들어간다.
　한 때 기독교 신앙을 가졌으나, 후에 무신론, 자연주의로 옮겼다.
13 岩野泡鳴(1873~1920)
14 一元描写: 주인공을 통하여 작가의 주관에 의한 시점으로 모든 것을 묘사하는
　방법.

의 가난한 삶을 비정한 필치로 그린 『미나미고이즈미무라』(南小泉村, <ruby>南小泉村<rt>みなみこいずみむら</rt></ruby>)
1907~09)의 마야마 세이카(眞山靑果)[16], 당시 농민의 사실적 묘사가
돋보이며 일본의 농민문학을 확립한 작품으로 손꼽히는 『흙』(土, <ruby>土<rt>つち</rt></ruby>)
1910)의 나가쓰카 다카시(長塚節)[17] 등이 있다.

자연주의의 평론

자연주의문학운동의 이론적 지도자는 시마무라 호게쓰(島村抱月)[18]
와 하세가와 덴케이(長谷川天溪)[19]였다. 호게쓰는 『와세다문학』(早稲
田文学)에 의해 '무이상 무해결주의'(無理想無解決主義)를 제창하며 자
연주의문학운동의 계몽과 지도에 주력했다. 또한 덴케이는 「현실폭
로의 비애」(現実暴露の悲哀, 1908) 등으로 자연주의문학을 체계화하고
발전시켰다.

여유파 余裕派

자연주의가 문학의 주류가 되었던 메이지 40년대에 윤리적이고 이
지적인 작품을 발표하며 독자적인 입장을 수립했던 작가에 나쓰메
소세키(夏目漱石)와 모리 오가이(森鴎外)가 있다. 그들은 외국 유학을

---

15 近松秋江(1876~1944): 『의혹』(疑惑)『검은 머리카락』(黒髪) 등이 있다.
16 真山青果(1878~1948): 소설가, 극작가. 사적 고증에 입각한 다수의 희곡을 남
   겼다.
17 長塚節(1879~1915): 가인, 소설가.
18 島村抱月(1871~1918): 잡지 『와세다문학』(早稲田文学)을 주재. 평론집 『근대
   문학의 연구』(近代文学之研究)는 일본 자연주의의 경전으로 여겨지고 있다. 신
   극운동으로도 활약했다.
19 長谷川天渓(1876~1940)

하여 서구 문화에도 조예가 깊었으며, 날카로운 비판 정신으로 시대
와 문명을 비판, 근대 문학의 최고봉을 이루었다. 많은 작가들에게
영향을 끼쳤으며 현재에도 여전히 폭넓은 독자층을 확보하고 있다.
고답파(高踏派)라고도 불렸다.

夏目漱石

나쓰메 소세키(夏目漱石)[1]

　영문학자로 출발하여 하이쿠(俳句)나 단문(短文)을 발표하던 소세
키는 런던 유학에서 귀국 후, 다카하마 교시(高浜虚子)의 권유로 하
이쿠 잡지 『호토토기스』(ホトトギス)에 『나는 고양이로소이다』(吾輩は
猫である[2], 1905~06)를 연재, 뜻밖의 호평을 얻게 된다. 고양이의 눈
을 통해 인간 사회를 날카롭게 비판한 이 작품은 참신한 풍자와 세
련된 문체로 당시 독자들을 사로잡았다. 이어서 마쓰야마(松山)중학
교 시절의 체험을 소재로 한 『도련님』(坊っちゃん, 1906)[3], 유유자적
한 시정이 넘치는 『풀베개』(草枕, 1906) 등을 발표한다.

　이후 그는 도쿄제국대학 교수직을 사퇴하고 아사히신문사에 입사,
직업작가의 길을 걷게 되는데, 그 첫 작품으로 『양귀비』(虞美人草,
1907)를 발표했다. 이어서 전기삼부작인 『산시로』(三四郎[4], 1908)『그

1　夏目漱石(1867~1916): 본명은 긴노스케(金之助). 도쿄대 영문과 졸업 후 영국
　유학을 했다. 교사로 재직하던 중, 메이지33년(1900)에 런던에 유학하여 3년뒤
　귀국한다. 도쿄대 강사를 하던 중 『나는 고양이로소이다』(吾輩は猫である)로
　평판을 얻어, 아사히신문사에 입사, 본격적인 작가활동에 들어선다.
2　吾輩は猫である: 중학교 교사 구샤미(苦沙弥)선생의 집에 드나드는 지식인들의
　담론을 고양이의 눈을 통해 풍자적으로 그린 작품.
3　坊っちゃん: 도련님으로 불리는 행동적 정의파인 중학교 교사의 활약을 그린 초
　기 대표작.
4　三四郎: 규슈(九州)에서 상경한 청년이 학문의 세계와 연애의 세계에 접하면서
　점차 자의식에 눈 떠가는 청춘소설.

후』(それから[5], 1909)『문』(門[6], 1910)을 발표했는데, 이들 작품들에는 연애와 사회의 테두리 속에서 인간의 근원적인 존재의 불안을 탐구하려는 자세가 엿보인다.

1910년 위궤양의 악화로 슈젠지(修善寺)에서 요양하던 중 다량의 피를 토하며 가사상태에 빠지는 체험을 하게 된다. 이후 인간내면에 대한 추구가 더욱 심화되어 후기삼부작인 『추분이 지날 때까지』(彼岸過迄, 1912)『행인』(行人, 1912~13)『마음』(こころ[7], 1914)에서는, 인간 내면의 추악한 에고이즘에 심각하게 접근하는 자세가 보인다. 또한 자전적인 소설 『노방초』(道草, 1915) 이후, 근대인의 에고이즘을 부부간의 갈등으로 그린 『명암』(明暗[8], 1916)을 집필하게 되나 그의 죽음으로 미완성으로 그쳤다.

소세키의 문하에는 스즈키 미에키치(鈴木三重吉), 기쿠치 간(菊池寛), 구메 마사오(久米正雄), 아쿠타가와 류노스케(芥川龍之介) 등이 모여들어 이른바 소세키산맥을 형성하였다.

　　吾輩は猫である。名前はまだ無い。
　　どこで生れたか頓と見當がつかぬ。何でも薄暗いじめじめした所でニヤーニヤー泣いて居た事丈は記憶して居る。吾輩はこゝで始めて人間といふものを見た。然もあとで聞くとそれは書生といふ人間中で一番獰惡な種族であつたさうだ。(『吾輩は猫である』)

---

5 それから: 룸펜인 주인공이 옛 애인과 재회하여 불륜관계로 일관하는 이야기.
6 門: 불륜에 의해 맺어진 부부의 불안한 모습을 통해 근대인의 사랑과 고독의 문제를 추구하였다.
7 こころ: 연인을 빼앗아 친구를 자살로 몰고 간 선생의 고뇌를 통해, 지식인의 에고이즘을 그렸다.
8 明暗: 주인공과 그 아내를 중심으로 인간의 에고이즘과 허영 등을 집요하게 추구한 작품으로 형식과 내용, 묘사 면에서 뛰어난 미완의 절필.

『吾輩は猫である』の表紙

나는 고양이다. 이름은 아직 없다.

어디서 태어났는지 전혀 짐작이 가지 않는다. 잘은 모르나 어두침 침하고 축축한 곳에서 야옹야옹하며 울었던 것만은 기억하고 있다. 나는 여기서 처음으로 인간이라는 것을 봤다. 게다가 나중에 듣자하 니 그것은 서생이라 하는 인간 중에서 가장 영악한 종족이었다고 한다.

美禰子は三四郎を見た。三四郎は上げかけた腰を又草の上に卸し た。其時三四郎は此女にはとても叶はない様な気が何処かでした。 同時に自分の腹を見抜かれたといふ自覚に伴ふ一種の屈辱をかすか に感じた。(『三四郎』)

미네코는 산시로를 보았다. 산시로는 들어올리던 허리를 다시 풀 위에 내렸다. 그 때 산시로는, 이 여자에게는 도저히 당할 수 없을 것 같은 기분이 왠지 들었다. 동시에 자기의 속마음을 들켜버렸다고 하는 자각에 따르는 일종의 굴욕을 어렴풋이 느꼈다.

私は仕舞にKが私のようにたった一人で淋しくて仕方がなくなっ た結果、急に自決したのではなかろうかと疑い出しました。そうし て又慄としたのです。私もKの歩いた路を、Kと同じように辿って いるのだという予覚が、折々風のように私の胸を横過り始めたから です。(『こころ』)

나는 마지막으로 K가 나처럼 그저 혼자서 외로워서 어쩔 수 없어 진 결과, 갑자기 자결한 것이 아닐까하고 의심하기 시작했습니다. 그 래서 또 전율한 것입니다. 나도 K가 걸었던 길을 K와 같이 걷고 있 는 것이라고 하는 예감이, 때때로 바람처럼 나의 가슴을 가로지르기 시작했기 때문입니다.

모리 오가이(森鷗外)[9]
<ruby>森鷗外<rt>もりおうがい</rt></ruby>

낭만주의 이후 오랫동안 문단에서 멀어져 있던 오가이는 자연주의의 발흥과 소세키의 활동에 자극을 받아 메이지42년(1909), 탐미주의 잡지 『스바루』(スバル) 창간과 더불어 왕성한 창작 활동을 재개하였다.

『이타·섹스아리스』(ヰタ·セクスアリス, 1909)에서는 유년기로부터 청년기에 이르기까지 성적인 동요를 냉철하게 분석하였으며, 소세키의 『산시로』에 자극받아 발표하게 된 『청년』(青年[10], 1910~11)에서는 본능을 극복하는 이성의 강인함을 묘사하였다. 또한 한 여성의 자아의 각성과 운명에 농락당하는 인간생활의 단면을 묘사한 『기러기』(雁[11], 1911~13) 등을 발표했다.

그러나 메이지천황의 죽음과 노기 마레스케(乃木希典)의 순사를 계기로 오가이는 현대를 그리는 것을 단념하고 역사소설로 전향하여, 객관적 역사소설인 『오키쓰야고에몬의 유서』(興津弥五衛門の遺書, 1912) 『아베일족』(阿部一族[12], 1913)을 발표했다. 이어서 『산쇼다유』(山椒大夫, 1915)『다카세부네』(高瀬舟[13], 1916) 등의 작품을 통해 주관적 역

---

9 森鷗外(1862~1922): 메이지 20년대에 『무희』 등의 낭만주의소설을 발표 후 40년대에 들어서면서 작품 활동을 재개하였다. 『청년』(青年)『기러기』(雁) 등의 현대를 제재로 한 소설 이후 역사소설로 전향, 『아베일족』(阿部一族)『다카세부네』(高瀬舟) 등을 발표했다.

10 青年: 작가 지망생인 주인공이 여러 가지 사상에 접하면서 성장해 가는 이야기. 소세키의 『산시로』와 더불어 현대 교양소설의 대표작 중 하나이다.

11 雁: 고리 대금업자의 첩 오타마(お玉)는 의대생 오카다(岡田)를 짝사랑하지만, 우연의 장난에 의해 영원히 만날 기회를 잃어버린다. 오가이의 대표작으로 일컬어지는 서정적인 작품이다.

12 阿部一族: 순사를 허락 받지 못한 일족의 비극을 통해 무사도 정신을 추구하였다.

사소설을 선보였다. 특히 『다카세부네』는 '만족함을 아는 것'과 '안락사'의 문제를 주제로 한 소설로, 역사상의 소재에 구애되지 않고 윤리적 행위를 사회적 습관으로부터 묻는다고 하는 그의 이 시기의 역사소설의 특징을 엿볼 수 있다.

　만년에는 자료와 사실(史実)을 존중하여 상상을 될 수 있는 대로 배제한 사전(史伝)의 방법을 이용하여 『시부에 주사이』(渋江油斎, 1916) 『이자와 란켄』(伊沢蘭軒, 1916~17) 등의 작품을 썼다.

　　無縁坂を降り掛かる時、僕は「おい、ゐるぜ」と云つて、肘で岡田を衝いた。「何が」と口には云つたが、岡田は僕の詞の意味を解してゐたので、左側の格子戸のある家を見た。家の前にはお玉が立つてゐた。お玉は羹れてゐても美しい女であつた。(『雁』)

　무엔자카를 내려가기 시작했을 때 나는 "어이, 있어"라고 말하며 팔꿈치로 오카다를 찔렀다. "뭐가?"라고 입으로는 말했지만, 오카다는 내 말의 의미를 알고 있었기에 왼쪽의 격자문이 있는 집을 보았다. 집 앞에는 오타마가 서 있었다. 오타마는 가냘프긴 해도 아름다운 여자였다.

　　庄兵衛は其場の様子を目のあたり見るやうな思ひをして聞いてゐたが、これが果して弟殺しと云ふものだらうか、人殺しと云ふものだらうかと云ふ疑が、話を半分聞いた時から起つて来て、聞いてしまつても、其疑を解くことが出来なかつた。(『高瀬舟』)

　쇼베에는 그 곳의 모습을 눈앞에 보는 듯한 생각으로 듣고 있었지만, 이것이 과연 동생을 죽인 것일까, 살인자라고 하는 것일까라는 의심이 이야기를 반쯤 들었을 때부터 생겨서, 다 듣고 나서도 그 의

---

13 高瀬舟: 다카세부네로 호송되는 죄인과 동생의 형제애 이야기.

심을 풀 수가 없었다.

탐미파·耽美派¹

자연주의문학이 추악한 현실폭로의 방향으로 흘러갔던 것에 대한 반발로, 자유롭고 향락적인 인생관을 배경으로 한 탐미주의적인 경향의 문학이 일어났다. 탐미주의문학은 『스바루』(スバル)² 창간을 계기로 하여 나가이 가후(永井荷風)가 주재한 『미타문학』(三田文学)³을 무대로 전개됐다. 가후의 지지를 받은 다니자키 준이치로(谷崎潤一郎)는 독자적인 관능미의 세계를 구축하여, 가후와 더불어 탐미파의 대표작가가 되었다. 이 밖에 탐미적 경향의 작가로 사토 하루오(佐藤春夫), 구보타 만타로(久保田万太郎) 등을 들 수 있다.

나가이 가후(永井荷風)⁴

졸라이즘의 감화를 받아 『지옥의 꽃』(地獄の花, 1902) 등의 작품으로 자연주의를 실천했던 가후는, 미국과 프랑스 유학생활을 통해 서구근대문학의 진수와 합리주의 정신을 체득하여, 귀국 후 『미국이야기』(あめりか物語, 1908)『프랑스이야기』(ふらんす物語, 1909)로 유명작

永井荷風

---

1 耽美派: 19세기후반에 나타난 문예사조로, 영국의 페이터, 와일드 등이 대표작가로, 미의 창조를 유일한 목적으로 하여 인공미와 감각을 중요시하였다. 일본에서의 탐미파는 반자연주의운동의 일환으로 일어났으며 점차 관능적, 향락적 경향을 띠게 되었다.

2 スバル: 『묘조』(明星)의 뒤를 이어 모리 오가이가 중심이 되어 창간된 문예잡지. 『미타문학』(三田文学)과 더불어 탐미파 운동의 거점이 되었다.

3 三田文学: 메이지43년(1910), 자연주의문학의 『와세다문학』(早稲田文学)에 대항하여 창간된 잡지.

4 永井荷風(1879~1959)

가가 되었다. 또한 에도의 전통미를 그린 『스미다강』(すみだ川[5], 1909)
『냉소』(冷笑, 1909) 등을 발표하였다. 대역사건(大逆事件)[6] 이후 작가
로서의 무력감을 절감한 뒤로는 『솜씨 겨루기』(腕くらべ, 1916~17)
『오카메자사』(おかめ笹, 1918) 등의 화류계를 무대로 한 작품을 쓰며
근대사회에 등을 돌리게 된다.

谷崎潤一郎

다니자키 준이치로(谷崎潤一郎)[7]

원래 자연주의로부터 출발했던 가후가 문명비평가로서의 의식이
있었던 것에 비해 다니자키 준이치로는 여성의 관능미를 철저하게
추구했던 작가였다. 그는 처녀작 『문신』(刺青[8], 1910)과 『기린』(麒麟,
1910) 등으로 가후에게 인정을 받고 명성을 얻었는데, 포우와 와일
드의 영향의 받아 도착적이고 퇴폐적인 미를 추구했던 초기의 작풍
은 '악마주의'라 불리기도 했다.

1923년의 간토대지진 이후 간사이로 이주한 다니자키는 그의 초기
문학의 집대성이라 불리는 『치인의 사랑』(痴人の愛[9], 1924~25)을 발
표했다. 이후, 그때까지의 서양적 현대취향으로부터 작풍이 일변하여
『슌킨 이야기』(春琴抄, 1933)『사사메유키』(細雪, 1943~48) 등의 일
본의 고전적 분위기를 지닌 작품을 발표하게 된다.

---

5 すみだ川: 사라져 가는 에도 정서를 그렸다.
6 大逆事件(1910~11): 사회주의자와 무정부주의자들이 메이지천황 암살계획 용
　의로 체포되어 고토쿠 슈스이(幸德秋水) 등 12명이 증거 없이 처형된 사건
7 谷崎潤一郎(1886~1965): 메이지43년(1910)에 제2차 『신사조(新思潮)』 창간에
　참가하여, 『문신』(刺青)과 『기린』(麒麟) 등을 발표했다. 여성의 관능미를 숭배
　하는 페미니즘과 마조히즘이 그의 특이한 문학 세계를 지탱하고 있다.
8 刺青: 문신을 새기는 주인공이 새겨 준 문신으로 요염하게 변신한 여인이, 주
　인공을 지배하는 이야기.
9 痴人の愛: 여성의 관능미의 노예가 되는 남자의 마조히즘적 세계를 그린 작품.

「己はお前をほんたうの美しい女にする為めに、刺青の中へ己の
魂をうち込んだのだ、もう今からは日本国中に、お前に優る女は居
ない。お前はもう今迄のやうな臆病な心は持つて居ないのだ。男と
云ふ男は、皆なお前の肥料になるのだ。……」(『刺青』)

"나는 너를 진정한 아름다운 여자로 만들기 위해 문신 속에 내 영
혼을 담아 넣은 거야. 이제 앞으로 이 일본에서 너보다 뛰어난 여자
는 없을 거야. 너는 이제 지금까지와 같은 겁쟁이의 마음은 갖고 있
지 않아. 남자란 남자는 모두 너의 거름이 되는 거야.……"

사토 하루오(佐藤春夫)[10] 등

사토 하루오는 『전원의 우울』(田園の憂鬱[11], 1918)『도회의 우울』
(都会の憂鬱[12], 1922) 등에서 근대인의 상처입기 쉬운 섬세한 신경으
로 전원과 도시생활의 심상과 의식을 묘사했다. 그 밖에 구보타 만
타로(久保田万太郎), 스즈키 미에키치(鈴木三重吉) 등이 있다.

시라카바파白樺派

어두운 자연주의적 인생관과는 대조적으로, 개성적인 자아의 존중
과 인간의 존엄성 회복을 지향하는 이상주의, 인도주의 입장을 취한
것이 시라카바파였다. 메이지43년(1910), 잡지 『시라카바』(白樺)[1]로

---

10 佐藤春夫(1892~1964): 시인, 소설가, 평론가.
11 田園の憂鬱: 전원생활을 통해 마음의 위로를 얻으려고 했던 시인이 그 생활에
　서도 만족을 얻지 못하는 이야기.
12 都会の憂鬱: 『전원의 우울』과 같은 인물을 주인공으로 하여, 동경에 돌아온 뒤
　의 대인관계 등의 심정을 그렸다.
1 白樺(1910~23): 동인들은 주로 가쿠슈인(学習院) 학생들과 그 동료들이었다.
　소세키에 대한 친애감에서 출발하였으며 반자연주의의 일익을 담당하였다.

『白樺』創刊号

활동을 시작하여 무샤노코지 사네아쓰(武者小路実篤)를 중심으로 시
가 나오야(志賀直哉), 아리시마 다케오(有島武郎), 나가요 요시로(長与
善郎), 사토미 돈(里見弴) 등이 참가했다. 그들은 러일 전쟁 후 자본
주의가 더욱 발전하여 빈부의 차가 점점 커지는 가운데 국가와 사회
문제를 매우 낙관적으로 파악하며 자기의 개성을 발휘하였다.

또한 시라카바파는 고호나 세잔 등의 후기인상파를 비롯한 서구미
술의 소개에도 기여하며 다이쇼기 문단의 중심적인 존재가 되었다.

무샤노코지 사네아쓰(武者小路実篤)[2]

武者小路実篤

무샤노코지 사네아쓰는 시라카바파의 리더로서 『시라카바』에 평론
과 소설을 계속 써, 인간의 내부에 있는 생명력의 확충을 주장하였
다. 메이지44년(1911), 『어리숙한 사람』(お目出たき人)으로 문단에 등
장한 무샤노코지의 인생관은, 이 소설의 주인공의 삶에 잘 나타나
있다. 『어리숙한 사람』은 소녀에 대한 짝사랑의 감정을 일기체로 솔
직하게 그린 것으로, 인간은 어떤 타격을 받아도 항상 희망을 지닐
수 있다는 낙천적인 자기 긍정을 나타내고 있다. 그 후 무샤노코지
는 미야자키현(宮崎県)에 자신의 인도주의적 정신을 실천하기 위한
유토피아 집단인 '새마을'(新しき村)[3]을 창설했다. 그 이후의 작품 『행
복한 사람』(幸福者[4], 1919)『우정』(友情, 1919) 등에는 인도주의를 굳

---

2 武者小路実篤(1885~1976): 가쿠슈인 재학 시절 톨스토이의 평화주의에 심취
하였다. 대담한 자기 긍정이 그의 휴머니즘의 기저에 있었다.
3 新しき村: 다이쇼7년(1918) 무샤노코지 사네아쓰에 의해 미야자키현(宮崎県)에
창설된 이상주의적 집단. 아리시마 다케오의 '공생농원'(共生農園)과 더불어 큰
반향을 불렀다.
4 幸福者: 작자가 이상으로 하는 스승의 모습을 제자의 입장에서 쓴 작품.

게 믿은 그의 신념이 반영되어 있다.

시가 나오야(志賀直哉)[5]

志賀直哉

무샤노코지가 작품 속에서 노골적으로 주장했던 시라카바의 사상을 문학작품으로 결실을 맺은 것이 시가 나오야였다. 그는 예리한 시적 감수성을 기조로 한 강렬한 자아긍정의 정신으로, 간결한 문체와 탁월한 리얼리즘의 기법에 의해 단편소설을 위주로 뛰어난 심경소설(心境小説)[6]을 발표했다. 『기노사키에서』(城の崎にて, 1917)『화해』(和解[7], 1917) 등이 대표작으로, 자기 주변이나 가족 사이에서 일어난 사건을 냉철하게 그려내고 있다. 특히 『기노사키에서』는 교통사고 후 요양지인 기노사키온천에서 목격하게 된 소동물들의 죽음을 소재로 하여 삶과 죽음을 응시하는 작자의 심경을 철저하게 그린 작품으로, 심경소설의 대표작으로 일컬어지고 있다. 유일한 장편 『암야행로』(暗夜行路, 1921~37)는 무려 십여 년에 걸쳐 완결된 작품으로, 그의 사상의 변화와 발전의 면모를 엿볼 수 있다. '소설의 신'(小説の神様)이라 불리기도 했다.

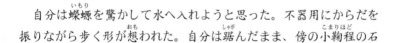
自分は蠑螈を驚かして水へ入れようと思った。不器用にからだを
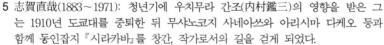
振りながら歩く形が想われた。自分は踞んだまま、傍の小鞠程の石

---

5 志賀直哉(1883~1971): 청년기에 우치무라 간조(内村鑑三)의 영향을 받은 그는 1910년 도쿄대를 중퇴한 뒤 무샤노코지 사네아쓰와 아리시마 다케오 등과 함께 동인잡지 『시라카바』를 창간, 작가로서의 길을 걷게 되었다.

6 心境小説: 사소설의 일종으로 작가의 심경을 보다 깊이 파악하여 그린 소설. 시가 나오야의 작품이 대표적이다.

7 和解: 오랜 세월에 걸친 작자 자신과 아버지와의 불화가 해소되는 과정을 그린 작품.

を取上げ、それを投げてやった。自分は別に蠑螈を狙わなかった。
狙っても迚も当らない程、狙って投げる事の下手な自分はそれが当
る事などは全く考えなかった。(『城の崎にて』)

　나는 영원을 놀라게 만들어서 물속에 빠뜨리려고 생각했다. 어색하
게 몸을 흔들면서 걷는 모습이 상상되었다. 나는 쭈그린 채 주위에
있는 작은 공 크기의 돌을 집어 들어 그것을 던졌다. 나는 특별히 영
원을 겨냥하지는 않았다. 겨냥해도 도저히 맞지 않을 만큼, 겨냥해서
던지는 것이 서툰 나는 그것이 명중하리라고는 전혀 생각지 않았다.

有島武郎

아리시마 다케오(有島武郎)[8]

　시라카바파에서 사상적으로 가장 고뇌했던 작가가 아리시마 다케
오였다. 독실한 기독교신자였던 그는 미국 유학 중 신앙에 대한 회
의에 빠지고 점차 무정부적인 사회주의에 관심을 갖게 되었다. 귀국
후 『시라카바』 동인으로 활동하며 『카인의 후예』(カインの末裔[9],
1917)『어린 것들에게』(小さき者へ, 1918)『탄생의 고뇌』(生れ出づる悩
み[10], 1918)『어떤 여자』(或る女, 1919) 등을 발표했다. 특히 『어떤 여
자』는 근대적 자아에 눈 뜬 여주인공이 반봉건적 사회 속에서 비극
적인 삶을 종용받게 되는 과정을 그린, 본격적인 리얼리즘의 걸작으
로 평가받고 있다.

　그는 생활개조를 지향하여 사유농장을 해방, 공생농원을 건설하기

---

8 有島武郎(1878~1923): 삿포로농학교(札幌農学校) 재학 중 기독교적 휴머니즘
　에 감화를 받으나, 졸업 후의 미국 유학을 계기로 기독교를 떠나 사회주의에
　몰입한다. 『시라카바』의 창간과 함께 문학 활동을 개시하였다.
9 カインの末裔: 홋카이도의 자연을 배경으로 패배해 가는 야성적인 남자의 모습
　을 그린 작품.
10 生れ出づる悩み: 힘든 노동일을 하면서도 한편으로 그림을 계속 그리는 남자
　가 예술과 실생활 중 어떤 길을 선택해야 할지를 놓고 고뇌하는 모습을 그렸다.

도 했으나, 사회주의적 풍조 속에서 지식인이 감당해야 할 역할에 고뇌하며 점차 현실과의 내부모순에 빠지게 된 끝에, 1923년 『부인공론』(婦人公論)의 여기자와의 정사로 생을 마감한다.

평론에 『사랑은 아낌없이 빼앗는다』(惜しみなく愛は奪ふ, 1917~20) 『선언 하나』(宣言一つ, 1922) 등이 있다.

그 밖의 작가

아리시마 다케오의 동생인 사토미 돈(里見弴)[11]은 마음 속 깊은 곳으로부터 간절한 요구가 있는 한 모든 것은 긍정될 수 있다는 입장에서 『다정불심』(多情仏心, 1922~23)을 썼다. 또한 나가요 요시로(長与善郎)[12]는 『시라카바』폐간 후에도 시라카바파의 명맥을 유지한 작가였다. 『청동의 그리스도』(青銅の基督, 1923)『다케자와 선생이라는 사람』(竹沢先生と云ふ人, 1924~25) 등을 발표하여 동양적 조화의 세계를 그렸다.

신현실주의 新現実主義

다이쇼 중기에, 시라카바파의 낙천적 경향과 자연주의의 현실에 밀착하는 무해결의 태도에 문제의식을 갖고, 현실과 인간을 이지적으로 파악하여 근대인의 이념과 사상을 표현하고자 했던 작가들에 신사조파(新思潮派)와 신와세다파(新早稲田派)의 작가들이 있는데, 이들의 문학을 신현실주의라 총칭한다.

---

11 里見弴(1888~1983)
12 長与善郎(1888~1961)

신사조파(新思潮派)

신사조파는 동경제국대학에 다니는 사람들을 중심으로 한 잡지 『신사조』(新思潮, 제3차·제4차)에 의해 활약한 사람들이다. 『신사조』의 아쿠타가와 류노스케(芥川龍之介), 기쿠치 간(菊池寬), 구메 마사오(久米正雄), 야마모토 유조(山本有三) 등이 그들이다. 그들은 냉철한 관찰에 의해 파악한 인생의 현실을 개성적인 해석을 덧붙여 이지적이고 기교적으로 그렸다. 이들은 이지파(理知派)라고도 불렸는데, 그 중에서도 대표적인 작가는 아쿠타가와 류노스케였다.

『羅生門』の表紙　　　芥川龍之介

아쿠타가와 류노스케(芥川龍之介)[1]

아쿠타가와는 대학 재학 중이던 다이쇼4년(1915) 『라쇼몬』(羅生門)[2]을 발표하고 이듬해 『코』(鼻, 1916)[3]를 발표, 소세키의 격찬을 받았다. 이후 신기한 제재와 뛰어난 착상, 그리고 그의 독특한 심리적인 해석이 어우러져, 이지파·신기교파의 대표적 작가

1　芥川龍之介(1892~1927): 제3,4차 『신사조』(新思潮) 동인. 초기에는 고전에서 소재를 얻은 역사소설이 많은데, 다이쇼9년(1920)경부터 객관적인 현대소설을 쓰기 시작했으며, 1923년 이후는 '야스키치물'(保吉物)이라고 불리는 일종의 사소설을 썼다. 만년의 작품에는 죽음을 예감한 병적인 정신 풍경이 묘사되어 있다.
2　羅生門: 헤이안말, 라쇼몬 누상에서 시체의 머리카락으로 가발을 만들어 파는 노파를 만나면서 이루어지는 이야기. 인간의 내면에 내재하는 에고이즘을 폭로한 작품.
3　鼻: 긴 코 때문에 콤플렉스를 갖고 있는 고승 젠치나이구는 치료에 성공하게 되지만 전보다도 더 주위사람들의 시선을 의식하게 되어 난처해하던 차에, 어느 날 원래대로 돌아온 긴 코에 안심하게 된다는 내용으로, '방관자의 이기주의'와 그에 좌우되는 인간의 비애를 그렸다.

로 주목받게 된다. 『곤자쿠모노가타리슈』(今昔物語集) 등에서 제재를 얻은 『고구마죽』(芋粥, 1916)『지옥변』(地獄変, 1918)『덤불 속』(藪の中, 1922) 등의 왕조물, 『희작삼매』(戯作三昧, 1917)『가레노쇼』(枯野抄, 1918) 등의 에도물, 『기독교신자의 죽음』(奉教人の死, 1918) 『기리시토호로 상인전』(きりしとほろ上人伝, 1919) 등의 기리시탄물, 『개화의 살인』(開化の殺人, 1918)『무도회』(舞踏会, 1920) 등의 개화물이 있다. 그 밖에도 현대물과 동화작품을 발표하기도 했던 그는 야스키치물 (保吉物)이라 불리는 일종의 사소설을 쓰기도 했으나, 후에 건강이 악화된 데다 프롤레타리아 문학으로 상징되는 시대적 불안감에 시달리게 된다. 만년의 『어떤 바보의 일생』(或阿保の一生, 1927)『갓파』(河童[4], 1927)『톱니바퀴』(歯車[5], 1927) 등의 작품에는 시대의 흐름을 따를 수 없다는 날카로운 자아의식과 종교에 대한 희구를 지닌 그의 고뇌가 엿보인다. '어렴풋한 불안'이라는 말을 유서로 남기고 35세의 나이로 음독자살하였다.

　　これは或精神病院の患者、――第二十三号が誰にでもしゃべる話である。彼はもう三十を越しているであろう。が、一見した所は如何にも若々しい狂人である。彼の半生の経験は、――いや、そんなことはどうでも善い。彼は唯じっと両膝をかかえ、時々窓の外へ目をやりながら、(鉄格子をはめた窓の外には枯れ葉さえ見えない樫の木が一本、雲曇りの空に枝を張っていた。)院長のS博士や僕を相手に長々とこの話をしゃべりつづけた。(『河童』)

4　河童: 인생의 현실을 갓파의 나라에 가탁하여 작가 자신의 심상을 희화화한 우의소설.

5　歯車: 지옥보다도 더 지옥 같은 인생을 살아가는 주인공의 모습이 비통한 패배감으로 그려져 있다.

이것은 어떤 정신 병원의 환자, ──제 23호가 누구에게나 지껄이는 이야기이다. 그는 이미 서른을 넘겼을까? 그렇지만 언뜻 보기에는 정말이지 젊은 광인이다. 그의 반생의 경험은, ──아니, 그런 것은 아무래도 좋다. 그는 그저 꼼짝 않고 양 무릎을 끌어안고, 때때로 창 밖으로 시선을 주면서, (철 격자를 끼운 창 밖에는 시든 잎조차 보이지 않는 떡갈나무가 한 그루, 구름으로 흐린 하늘로 가지를 뻗고 있다.) 원장인 S박사와 나를 상대로 언제까지나 이 이야기를 계속 지껄여댔다.

기쿠치 간(菊池寬)[6]

기쿠치 간은 아쿠타가와의 친구로 『무명작가의 일기』(無名作家の日記, 1918) 등으로 문단으로부터 인정을 받았다. 기쿠치의 작품은 테마소설이라고 불려 명쾌한 것이 특징으로, 대표작에 『은수의 피안으로』(恩讐の彼方に[7], 1919)가 있다. 극작가로서도 많은 희곡을 남겼는데, 『아버지 돌아오다』(父帰る, 1917)가 대표작이다. 『진주부인』(真珠婦人, 1920) 이후에는 통속소설가로서의 길을 걷는다. 1923년 잡지 『문예춘추』(文芸春秋)를 주재하였으며 1935년에는 아쿠타가와상(芥川賞)과 나오키상(直木賞) 등을 설정, 후진 양성에 공헌하였다.

그 밖의 작가

소세키의 만년의 문하생이었던 구메 마사오(久米正雄)[8]는 소세키의

---

6 菊池寬(1888~1948): 소설가, 극작가. 다이쇼5년(1916), 아쿠타가와 류노스케, 구메 마사오 등과 함께 제4차 『신사조』를 시작했다.
7 恩讐の彼方に: 원수를 갚으려는 일념에 불타는 청년이 원수인 노인의 숭고한 모습에 감동 받는 이야기.

장녀와의 실연체험을 소재로 한 『파선』(破船, 1922) 등으로 인기를 끌었다. 극작가로 출발했던 야마모토 유조(山本有三)[9]는 『파도』(波, 1928)『진실일로』(真実一路, 1935)『노방의 돌』(路傍の石, 1937) 등의 교양소설을 남겼다.

신와세다파(新早稲田派)

다이쇼원년(1912)에 창간된 잡지 『기적』(奇蹟)의 동인 히로쓰 가즈오(広津和郎)[10]와 가사이 젠조(葛西善蔵)[11] 등을 기적파(奇蹟派)라고 불렀는데, 이윽고 이 파의 사람들이 중심이 되어 신와세다파(新早稲田派)를 형성하여 문단에서 주목받는 존재가 되었다. 그들은 자연주의 문학을 계승하면서, 자기 내면을 응시하여 있는 그대로의 나를 그리는 '사소설'(私小説)을 완성시켰다. 히로쓰 가즈오는 젊은 세대의 자기 상실을 그린 『신경병시대』(神経病時代, 1917)로 등단한 후 성격 파탄자를 다룬 『죽은 아이를 안고』(死児を抱いて, 1919) 등을 발표하였다.

처녀작 『슬픈 아비』(哀しき父, 1912)로 등단한 가사이 젠조는 예술을 위해 자신의 실생활을 철저히 파괴하여 극도의 빈곤과 방랑 속에서 보낸 작가였다. 그는 『아이를 데리고』(子をつれて, 1918) 등으로 다이쇼기를 대표하는 파멸형의 사소설 작가가 되었다.

---

8 久米正雄(1891~1952): 소세키 만년의 문하생. 많은 신문 소설에 의해 유행 작가가 되었다.
9 山本有三(1887~1974): 극작가, 소설가. 아쿠타가와, 기쿠치, 구메 등과 함께 제3차 『신사조』를 시작했다.
10 広津和郎(1891~1968): 소설가, 평론가. 히로쓰 류로(広津柳浪)의 차남.
11 葛西善蔵(1887~1928): 소설가. 문학만을 위한, 일종의 예술지상주의적인 삶을 살았다.

히로쓰의 친구인 우노 고지(宇野浩二)[12]는 『창고 속』(蔵の中, 1919)
『고통의 세계』(苦の世界, 1919~20) 등을 통해 현실을 추구하면서도
유머 있는 독자적인 작풍을 드러냄으로써 자연주의적인 어두운 이미지
로부터의 탈피를 시도했다.

프롤레타리아문학

제1차 세계대전 후의 경제대공황과 다이쇼12년(1923)의 관동대지
진 등은 일본사회에 막대한 충격을 가져다주어, 그에 따른 노동자와
자본가는 극심한 대립상황에 처하게 된다. 프롤레타리아문학은 제1
차 세계대전(1914~16) 및 러시아혁명(1917) 후에 그 운동이 시작되
었다. 쇼와3,4년(1928~29)경에는 문단의 큰 세력이 되어 획기적인
작품도 나타났지만, 쇼와8,9년(1933~34)경에는 쇠퇴하여 '전향(転向)
작가'가 나타나게 되었다.

프롤레타리아문학

일본의 프롤레타리아문학이 운동으로서 발족한 것은 다이쇼10년
(1921)에 창간된 『씨 뿌리는 사람』(種蒔く人)[1]부터라고 할 수 있다.
그러나 관동대지진 이후 탄압으로 인해 폐간되는데, 다이쇼13년(1924)
에 『문예전선』(文芸戦線)이 창간됨으로써 운동은 활기를 되찾는다.
그 후 분열과 통합을 반복하여 『문예전선』은 쇼와2년(1927) 사회민주

---

12 宇野浩二(1891~1961): 소설가.
 1 種蒔く人(1921~23): 다이쇼 중기의 노동문학, 민중 예술, 민본주의 등 반자본
  주의적 경향의 작가와 평론가들에게 사회주의문학에의 방향을 제시한 프롤레타
  리아문학 사상 기념비적인 잡지.

주의계의 '노농예술가연맹'(労農芸術家連盟)의 기관지가 되었다. 또한 공산주의 지지 세력에 의해 이듬해 '전일본무산자예술연맹'(NAPF)[2]이 결성되고, 기관지『전기』(戦旗)가 창간되었다.

프롤레타리아문학운동의 급진적 존재였던 『전기』파는 공산당의 지도를 받아 마르크스주의 문학을 지향하였는데, 이의 이론적 지도자는 구라하라 고레히토(蔵原惟人)[3]로, 이후 이 파가 프롤레타리아문학의 주류가 되었다. 작가로는 도쿠나가 스나오(徳永直)[4], 나카노 시게하루(中野重治)[5], 미야모토 유리코(宮本百合子), 고바야시 다키지(小林多喜二) 등이 있다. 이후 『전기』파 작가들은 한 때 문단에서 큰 위치를 점하기에 이르렀으나, 쇼와6년(1931)의 만주사변 이후 당국의 언론·사상탄압이 심해지게 되면서 전향자가 속출하였고, 결국 쇼와9년(1934)에는 프롤레타리아문학운동은 붕괴되고 만다.

하야마 요시키(葉山嘉樹)[6]와 『문예전선』(文芸戦線)

하야마 요시키는 『문예전선』(후에 『문전』(文戦)으로 개제)파에 속하여 자기 체험을 바탕으로 한 작품을 발표했다. 대표작 『시멘트통 속의 편지』(セメント樽の中の手紙, 1926)는 그가 일했던 시멘트 공장에서의 체험을 바탕으로 그린 단편이다.

---

2 NAPF(ナップ): 에스페란토어의 Nippona Artista Proleta Federacio(전일본무산자예술연맹)의 약칭.
3 蔵原惟人(1902~91): 『예술론』『문학론』 등을 통해 그가 주장한 이론은 고바야시 다키지를 비롯해 『전기』파 작가들에게 큰 영향을 끼쳤다.
4 徳永直(1899~1958): 노동자 출신의 프롤레타리아 작가로서 활약.
5 中野重治(1902~79): 초기에는 단카, 시를 썼다. 호리 다쓰오(堀辰雄) 등과 함께 동인잡지 『당나귀』(驢馬)를 창간. 1934년 전향했다.
6 葉山嘉樹(1894~1945): 스스로의 하급 선원 생활을 소재로 『바다에 사는 사람들』(海に生くる人々, 1926) 등을 썼다.

『문예전선』은 『전기』보다 다소 열세에 있었으나, 분열 후에는 사회민주주의 경향으로 나아갔다. 『문전』파의 작자로 하야마 요시키 외에 구로시마 덴지(黒島伝治), 히라바야시 다이코(平林たい子) 등이 활약했으며, 이론적 지도자에 아오노 스에키치(青野季吉)[7]가 있다.

고바야시 다키지(小林多喜二)[8]와 『전기』(戦旗)

고바야시 다키지의 『게잡이공선』(蟹工船[9], 1929)은 지옥과 같은 강제 노동 속에서 착취당하는 노동자들의 참상과 투쟁의 모습을 그린 작품으로 프롤레타리아문학의 최고걸작으로 손꼽힌다. 또한 그는 경찰을 피해 사는 잠복생활을 사소설풍으로 그린 『당생활자』(党生活者, 1933)를 썼다.

그 밖에 『전기』파의 작가로 『태양이 없는 거리』(太陽のない街, 1929)의 도쿠나가 스나오(徳永直) 등이 있으며, 구라하라 고레히토(蔵原惟人)가 이론가로서 지도적 입장에 서 있었다.

『蟹工船』

> いくら漁夫達でも、今度といふ今度こそ、「誰が敵」であるか、そしてそれ等が(全く意外にも！)どういふ風に、お互が繋がり合つてゐるか、といふことが身をもつて知らされた。
> 毎年の例で、漁期が終りさうになると、蟹缶詰の「献上品」を作ることになつてゐた。然し「乱暴にも」何時でも、別に斎戒沐浴して作

---

7 青野季吉(1890~1961): 분열 이전의 『문예전선』(文芸戦線)의 이론적 지도자.

8 小林多喜二(1903~33): NAPF 등을 편력하다가 공산당에 입당. 이후 프롤레타리아문학 운동의 제1인자로서 『전기』를 무대로 활약하였다. 1933년 노상에서 검거된 후 쓰키지경찰서에서 학살당했다.

9 蟹工船: 소비에트 영해에서 이루어지는 게잡이 어업의 노예노동의 실태를 폭로한 작품.

るわけでもなかつた。その度に、漁夫達は監督をひどい事をするものだ、と思つて来た。──だが、今度は異つてしまつてゐた。

「俺達の本当の血と肉を搾り上げて作るものだ。フン、さぞうめえこつたろ。食つてしまつてから、腹痛でも起さねばいゝさ。」

皆そんな気持で作つた。

「石ころでも入れておけ！──かまふもんか！」(『蟹工船』)

아무리 어부들이라도 정말이지 이번엔 '누가 적'인지, 그리고 그것들이(아주 의외로!) 어떤 식으로 서로 연결되어 있는가하는 것을 몸소 깨달았다.

매년처럼 어획기가 끝나갈 때 쯤 되면 게 통조림 '헌상품'을 만들게 되어 있었다. 하지만 '난폭하게도' 언제나 달리 목욕재계하고 만드는 것도 아니었다. 그 때마다 어부들은 감독을 지독한 짓을 하는 자라 생각해 왔다. ── 하지만 이번엔 사정이 달랐다.

"우리들의 진정한 피와 살을 짜내서 만드는 거야. 홍, 필시 맛있을 테지. 다 먹고 나서 복통이라도 안 일으키면 다행이지."

모두들 그런 심정으로 만들었다.

"돌멩이라도 넣어 둬! ── 상관없어!"

모더니즘문학

다이쇼12년(1923)의 간도대지진을 경계로 하여 급격한 환경변화 속에서 기성문단에도 만족하지 못하고 프롤레타리아문학에도 속하지 않는 신진 작가들에 의한 모더니즘문학운동이 전개되었다. 제1차 세계대전 후 유럽에서 일어났던 전위예술인 다다이즘[1], 미래파[2], 표현

---

1 다다이즘: 트리스탄 차라에 의해 취리히에서 일어난 파괴주의 예술운동이다. 전통의 부정과 권위에 대한 반항 등을 지향했다.
2 미래파: 이탈리아의 마리네티에 의해 주창된, 운동과 생명력에 의한 세계 파악을 지향한 주의.

파[3] 등의 영향으로 이론과 기법 면에서 문학혁신 운동이 전개되었던 것이다. 모더니즘문학에는 신감각파(新感覚派), 신흥예술파(新興芸術派), 신심리주의(新心理主義)가 있다.

신감각파(新感覚派)[4]

기쿠치 간이 창간한 『문예춘추』에 모여든 젊은 동인들이 중심이 되어, 다이쇼13년(1924)에 프롤레타리아문학의 『문예전선』에 대항하여 『문예시대』(文芸時代)를 창간, 창작활동을 시작하였다. 신감각파의 특색은 도시 생활이나 기계 문명의 단편이나 현상을 감각적으로 골라내어 지적으로 재구성해 나가는데 있다. 하지만 프롤레타리아문학이 실질적인 기반에 의한 이론을 지니고 있었던 것에 대해, 신감각파는 명확한 이론을 지니지 못한 채 피상적인 사회관조를 바탕으로 한 감각표현의 기교로 일관한 탓에, 쇼와기에 들어서면서 점차 그 세력을 잃었다. 동인에는 요코미쓰 리이치(横光利一), 가와바타 야스나리(川端康成), 가타오카 뎃페이(片岡鉄兵)[5], 나카가와 요이치(中河与一)[6] 등이 있다.

---

3 표현파: 20세기초반에 독일을 중심으로 일어난 예술운동으로, 문학상의 자연주의나 미술상의 인상주의에 대한 반동으로 일어났다. 작가의 내면적이고 주관적인 감정표현에 중점을 두었다.
4 新感覚派: 자연주의가 확립한 사실적인 수법을 부정하고 유럽의 다다이즘, 미래파, 표현주의 등의 영향을 받아 새로운 문체의 성립을 목표로 하였다.
5 片岡鉄兵(1894~1944)
6 中河与一(1897~1994): 소설가, 가인.

요코미쓰 리이치(橫光利一)[7]

橫光利一

신감각파 중에서도 이론을 실제작품에 대담하게 적용시켰던 작가가 요코미쓰 리이치였다. 그는 『문예시대』(文芸時代)가 창간되기 전해에 고대일본의 전설시대를 다룬 『태양』(日輪, 1923), 영화적 수법이 돋보이는 『파리』(蠅, 1923) 등의 작품을 발표하여 신진 작가로서 인정받았다. 이어서 그는 『문예시대』창간호에 발표한 『머리 그리고 배』(頭ならびに腹, 1924) 등을 통해 인상의 비약과 언어의 감각적 배열에 의한 입체적인 수법을 확립하여 신감각파의 중심작가가 되었다. 이후 신심리주의의 수법을 사용한 『기계』(機械[8], 1930)를 써 호평을 받은 요코미쓰는, 미완의 장편 『여수』(旅愁, 1937~46)에서는 서양의 정신주의와의 대결 속에서 동양의 정신주의로 회귀하는 과정을 그려냈다.

真夏の宿場は空虛であった。ただ眼の大きな一疋の蠅だけは、薄暗い厩の隅の蜘蛛の網にひっかかると、後肢で網を跳ねつつ暫くぶらぶらと搖れていた。と、豆のようにぽたりと落った。そうして、馬糞の重みに斜めに突き立っている藁の端から、裸體にされた馬の背中まで這い上った。(『蠅』)

한여름의 숙사는 공허했다. 다만 눈이 큰 한 마리의 파리만은 어두침침한 마구간 구석의 거미줄에 걸리자, 뒷다리로 거미줄을 차면서 잠시 대롱대롱 흔들리고 있었다. 그러자 콩처럼 톡 떨어졌다. 그리고 말똥의 무게로 비스듬히 삐져나와 서 있는 짚 끝에서, 알몸이 된 말

---

7 橫光利一(1898~1947)
8 機械: 도금 공장에서 일하는 '나'를 통해, 개인의 의지와는 무관하게 개인의 운명이 기계처럼 결정지어지는 과정을 신심리주의 수법으로 묘사했다.

등까지 기어올랐다.

真昼である。特別急行列車は満員のまま全速力で馳けてゐた。沿
線の小駅は石のやうに黙殺された。(『頭ならびに腹』)

한낮이다. 특별급행열차는 만원인 채 전속력으로 달리고 있었다.
연선의 작은 역은 돌처럼 묵살되었다.

가와바타 야스나리(川端康成)9

川端康成

가와바타는 요코미쓰와 더불어 신감각파의 대표작가였다. 요코미
쓰가 기교적이었던 것에 비해, 가와바타의 소설은 허무적 비애감이
감도는 서정성을 그 특징으로 한다. 초기 대표작 『이즈의 무희』(伊豆
の踊子10, 1926)는 예민한 감각과 아름다운 서정미가 돋보이는 청춘
소설이다. 이후 허무적 비애감을 지닌 서정미 넘치는 작품을 쓰게
되어, 『아사쿠사쿠레나이단』(浅草紅団, 1929~30) 『금수』(禽獸, 1933)
를 거쳐 『설국』(雪国, 1935~37)에 이르러 그의 미의식의 결정을 이
루었다. 중기의 결작 『설국』은 온천장의 게이샤 고마코(駒子)의 비애
에 젖은 덧없는 아름다움에 주인공 시마무라(島村)가 매료되어가는
이야기로, 순수한 아름다움이 본질적으로는 허무한 것이라는 작가의
사상을 담아낸 작품이다.

---

9 川端康成(1899~1972): 가와바타의 작품에 흐르는 하나의 특징 중에 '고아근성'
이 있다. 가와바타 스스로가 밝혔듯이 어려서 부모를 여읜 그의 내면에 자리잡
은 '고아근성'은 만년까지 그의 작품 저변에 흐르고 있다. 『이즈의 무희』의 주
인공에게서 바로 이러한 모습을 발견할 수 있다. 가와바타의 특색은 애수와 몽
환, 섬세하고 우아한 세계의 창조에 있다.

10 伊豆の踊子: 고아 근성으로 비뚤어져 있다는 자의식으로 이즈로 여행을 떠난
'나'는 그곳에서 만난 무희에게 끌리면서 순수한 마음을 되찾는다. 신선한 감각
적 수법이 성공하여 청춘 문학으로서의 명성을 높였다.

전후에는 일본의 고전미를 그린 『센바즈루』(千羽鶴, 1949)『산소리』(山の音, 1949~54)『잠자는 미녀』(眠れる美女, 1960~61) 등을 발표했다. 쇼와43년(1968)에는 일본적인 미의식을 추구한 일련의 작품으로 노벨문학상을 수상했으나, 4년 뒤인 쇼와47년(1972)에 가스 자살로 일생을 마쳤다.

暫く低い声が続いてから踊子の言うのが聞こえた。
「いい人ね。」
「それはそう、いい人らしい。」
「ほんとにいい人ね。いい人はいいね。」
　この物言いは単純で明けっ放しな響きを持っていた。感情の傾きをぽいと幼く投げ出して見せた声だった。私自身にも自分をいい人だと素直に感じることが出来た。晴れ晴れと眼を上げて明るい山々を眺めた。瞼の裏が微かに痛んだ。二十歳の私は自分の性質が孤児根性で歪んでいると厳しい反省を重ね、その息苦しい憂鬱に堪え切れないで伊豆の旅に出て来ているのだった。だから、世間尋常な意味で自分がいい人に見えることは、言いようなく有難いのだった。山々の明るいのは下田の海が近づいたからだった。(『伊豆の踊子』)

映画『伊豆の踊子』

잠시 나지막한 목소리가 이어지더니 무희가 말하는 것이 들렸다.
　"좋은 사람이야."
　"그건 그래, 좋은 사람인 것 같아."
　"정말 좋은 사람이야. 좋은 사람은 좋아."
　이 말투는 단순하고 탁 트인 어감을 지니고 있었다. 자신의 감정을 철없이 툭 털어놓는 듯한 목소리였다. 나 스스로도 자신을 좋은 사람이라고 순순히 느낄 수 있었다. 상쾌한 마음으로 눈을 들어 밝은 산들을 바라봤다. 눈꺼풀 안이 살짝 아렸다. 스무살인 나는 자신의 성격이 고아근성으로 비뚤어져 있다고 호된 반성을 거듭하여 그 숨막히는 우울을 견디다 못해 이즈로 여행을 나선 것이었다. 그러니까 세상의 일반적인 의미로 자신이 좋은 사람으로 보인다는 것은 말할 나위 없이 고마웠다.

신흥예술파(新興芸術派)

쇼와2년(1927)에 『문예시대』가 폐간되자, 그 뒤를 이어서 예술의 옹호를 외치고 반프롤레타리아문학 작가들의 대동단결을 도모한 것이 쇼와5년(1930)에 결성된 신흥예술파클럽(新興芸術派倶楽部)이다. 여기에 모인 사람들이 신흥예술파로 나카무라 무라오(中村武羅夫)[11], 후나하시 세이이치(舟橋聖一)[12] 등이 중심적 위치에 있었다. 그러나 신흥예술파는 프롤레타리아문학에 압박을 받고 있었던 작가들에게 자극제가 되긴 했으나, 통일된 이론이나 방법을 찾지 못한 채 경박한 기교로 도시 풍속의 표면을 가볍게 묘사하는데 그쳐 얼마 안 있어 해체되고 만다. 오히려 주류가 아니었던 이부세 마스지(井伏鱒二), 가지이 모토지로(梶井基次郎) 등이 각자의 개성을 발휘해서 독자적인 창작활동을 전개해 나가게 된다.

이부세 마스지(井伏鱒二) [13]

이부세 마스지는 독특한 유머와 애수가 감도는 문체로 서민의 일

---

11 中村武羅夫(1886~1949): 『신초』(新潮) 편집장이자 작가.
12 舟橋聖一(1904~76): 전후에는 관능적 작품을 썼다.

상생활을 그려낸 작가였다. 문단데뷔작인 『도롱뇽』(山椒魚, 1929)은
암굴 밖으로 나올 수 없게 된 절망적인 상황의 도롱뇽의 모습을 통
해 인간의 우둔함을 유머러스한 필치로 그린 작품이다. 그 밖의 작
품에 『잉어』(鯉, 1928)『존·만지로 표류기』(ジョン万次郎漂流記, 1937)
와, 원폭체험의 기록을 일기체 수법으로 문학화한 걸작 『검은 비』(黒
い雨, 1965~66) 등이 있다.

井伏鱒二

　　山椒魚は悲しんだ。
　　彼は彼の棲家である岩屋から外へ出てみやうとしたのであるが、
頭が出口につかへて外に出ることができなかつたのである。今は
最早、彼にとって永遠の棲家である岩屋は、出入口のところがそん
なに狭かった。そして、ほの暗かった。強いて出て行かうとこころ
みると、彼の頭は出入口を塞ぐコロツプの栓となるにすぎなくて、
それはまる二年の間に彼の体が発育した証拠にこそはなつたが、彼
を狼狽させ且つ悲しませるには十分であつたのだ。(『山椒魚』)

　　도롱뇽은 슬펐다.
　　그는 그의 서식처인 암굴에서 밖으로 나오려고 해 봤지만, 머리가
출구에 막혀서 밖으로 나올 수가 없었던 것이다. 지금은 이미 그에게
있어서 영원한 서식처인 암굴은 출입구 쪽이 그렇게 좁았다. 그리고
어슴푸레했다. 억지로 나가보려고 하니 그의 머리는 출입구를 막는
코르크 마개처럼 되어버려서, 그것은 만 2년 동안 그의 몸이 발육한
증거는 되었어도 그를 당황하게 하고 또한 슬프게 만들기엔 충분했던
것이다.

---

13 井伏鱒二(1898~1993)

梶井基次郎

가지이 모토지로(梶井基次郎)[14]

가지이는 예민하고 섬세한 감수성으로 청년의 권태와 불안을 그린 산문시풍의 단편을 발표했다. 레몬이 화집 위에서 폭발하는 상상을 시적 이미지로 구성한 『레몬』(檸檬, 1925)은, 그의 첫 작품이자 대표작이다. 이 밖에 『벚나무 아래에는』(桜の樹の下には, 1928) 등을 발표했으나, 폐결핵으로 31세의 나이에 요절했다. 그의 투철한 작품정신은 죽은 후에 더욱 높이 평가받게 되어 1935년에 『가지이 모토지로 전집』이 출간되었다.

> えたいの知れない不吉な塊が私の心を始終圧へつけてゐた。焦燥と云はうか、嫌悪と云はうか —— 酒を飲んだあとに宿酔があるやうに、酒を毎日飲んでゐると宿酔に相当した時期がやつて来る。それが来たのだ。(『檸檬』)

정체를 알 수 없는 불길한 덩어리가 나의 마음을 늘 억누르고 있었다. 혐오라고나 할까 —— 술을 마신 뒤에 숙취가 있는 것처럼 술을 매일 마시니 숙취에 상당하는 시기가 찾아온다. 그것이 온 것이다.

신심리주의(新心理主義)

20세기 초, 정신분석학을 바탕으로 한 '의식의 흐름'과 '내적 독백'의 수법에 의해 인물의 심층심리를 예술적으로 표현하고자 한 조이스[15], 라디게[16], 프루스트[17] 등의 서구심리주의를 적극적으로 받아들

---

14 梶井基次郎(1901~32)

15 James Augustine Aloysius Joyce(1882~1941): 아일랜드의 소설가. 실험적인 언어사용이 돋보이는 『율리시스』(Ulysses, 1922) 등이 있다.

16 Raymond Radiguet(1903~23): 프랑스의 소설가, 시인. 대표작 『육체의 악마』

여, 신감각파의 흐름을 계승·발전시킨 것이 신심리주의로, 호리 다
쓰오(堀辰雄), 이토 세이(伊藤整)가 있다.

호리 다쓰오(堀辰雄)[18]

堀辰雄

호리 다쓰오는 라디게, 릴케 등의 20세기 서구문학의 소개에 공헌
한 작가로, 『성가족』(聖家族[19], 1930)을 비롯하여 『아름다운 마을』(美
しい村, 1933)『바람이 일다』(風立ちぬ, 1936~38) 등으로 참신한 심리
묘사와 순수한 서정적 작풍을 선보였다. 특히 『바람이 일다』는 병으
로 죽은 약혼자와의 추억 속에서 살아가고자 하는 '나'가, 릴케의 시
의 감화를 받아 새로운 삶을 희구하는 심경에 이르는 과정을 그린
작품으로, 근대 일본문학의 서정적 산문의 대표작으로 손꼽히고 있
다. 그가 추구한 소설은 심리의 해부를 중심에 두었기 때문에, 줄거
리나 동작, 배경 등은 다소 무시되어도 어쩔 수 없다는 입장이었다.

> 死があたかも一つの季節を開いたかのようだった。
> 死人の家への道には、自動車の混雑が次第に増加していった。そ
> してそれは、その道幅が狭いために各々の車は動いている間より
> も、停止している間の方が長いくらいにまでなっていた。
> それは三月だった。空気はまだ冷たかったが、もうそんなに呼吸

(Le Diable au corps, 1923)가 있다.

17 Marcel Proust(1871~1922): 프랑스의 소설가. 대표작으로는 자신의 삶을 '의
식의 흐름'의 기법으로 심리적, 비유적으로 그린 『잃어버린 시간을 찾아서』(À
la recherche du temps perdu)가 있다.

18 堀辰雄(1904~53): 나카노 시게하루 등과 동인잡지 『당나귀』(驢馬)를 창간. 동
인들의 좌경화 속에서 호리 다쓰오만이 독자적인 신심리주의 작품을 구축해간다.

19 聖家族: 스승의 죽음으로부터 새로운 삶을 모색하기에 이르는 이야기. 아쿠타
가와 류노스케의 자살과 작자의 연애를 제재로 하여 쓴 단편이다.

しにくくはなかった。いつのまにか、もの好きな群集がそれらの自
動車を取り囲んで、そのなかの人達をよく見ようとしながら、
硝子窓に鼻をくっつけた。(『聖家族』)

죽음이 흡사 하나의 계절을 연 것 같았다.

죽은 이의 집으로 가는 길에는 자동차의 혼란이 차차 증가해 갔다.
그리고 그것은, 그 도로 폭이 좁기 때문에 각각의 차는 움직이고 있
는 시간보다도 정지해 있는 시간이 길 정도가 되어 갔다.

그것은 3월이었다. 공기는 아직 차가웠지만, 이제 그렇게 호흡하기
어렵지는 않았다. 어느 샌가 호기심 많은 군중이 그들 자동차를 둘러
싸고, 그 속의 사람들을 잘 보려고 하면서 유리문에 코를 바짝댔다.

쇼와·10년대 문학

쇼와6년(1931)의 만주사변이후, 당국의 언론과 사상 탄압이 더욱
강화되어 프롤레타리아문학은 붕괴되고, 전향(転向)문학이 발표되지
만, 한편으로 모더니즘 작가와 기성작가들의 창작이 계속되어 이른
바 문예부흥기를 이루었다. 그러나 중일전쟁(1937)을 기점으로 본격
적인 전시 체제로 돌입하게 되고, 태평양전쟁(1941) 발발로 엄격한
사상과 문화통제 속에서 전쟁협력을 위한 전쟁문학이나 국책문학이
등장하게 된다.

전향(転向)문학

전향이란 국가 권력 등에 의해 공산주의 및 사회주의를 포기하는
것이다. 쇼와8년(1933)의 고바야시 다키지의 학살, 공산당 최고지도
자였던 사노 마나부(佐野学) 등의 공산주의 포기성명 이후 전향자가

속출하였다. 전향문학이란 이러한 전향 작가들의 고뇌 등을 작가 자신의 체험에서 고백한 작품을 말한다. 전향문학에 사소설풍의 작품이 많은 것은 바로 그러한 이유에서다. 무라야마 도모요시(村山知義[1]), 나카노 시게하루(中野重治), 시마키 겐사쿠(島木健作)[2], 도쿠나가 스나오(德永直), 다카미 준(高見順)[3] 등의 작품이 있는데, 그 중에서도 나카노 시게하루의『마을의 집』(村の家, 1935), 시마키 겐사쿠의『생활의 탐구』(生活の探求, 1937) 등이 유명하다.

기성작가의 활약

쇼와 초 프롤레타리아 문학의 쇠퇴가 결정적이 되자 기성문단의 작가들은 침묵을 깨고 잇달아 역작들을 발표하며 활동을 재개하여 이른바 문예부흥의 양상을 띠기 시작했다. 도쿠다 슈세이의『가장인물』(仮装人物, 1935 ~38), 나가이 가후의『묵동기담』(墨東綺譚[4], 1937), 다니자키 준이치로의『슌킨 이야기』(春琴抄[5], 1933) 등의 일련의 작품과 시마자키 도손의『동트기 전』(夜明け前[6], 1929~35), 시가 나오야의『암야행로』(暗夜行路[7], 1921~

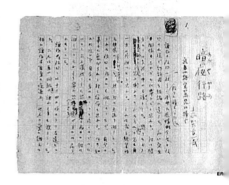

『暗夜行路』の原稿

---

1 村山知義(1901~77): 극작가, 연출가. 1934년 전향하여 출옥하였다. 그 직후 쓴 『백야』(白夜)는 최초의 전향문학으로 화제를 모았다.
2 島木健作(1903~45): 1929년 전향 후 출옥. 폐결핵과 싸우면서『생활의 탐구』 (生活の探求)『재건』(再建) 등을 썼다.
3 高見順(1907~65)
4 墨東綺譚: 노작가인 '나'와 유녀 오유키와의 교유를 그린 수필풍의 소설.
5 春琴抄: 실명한 슌킨(春琴)과 그의 샤미센 제자인 사스케(佐助)와의 사랑 이야기.
6 夜明け前: 아오야마 한조(青山半蔵)의 운명을 통해 메이지유신이라고 하는 거대한 사회적 변혁을 사실적으로 그려냈다.
7 暗夜行路: 출생의 비밀을 극복하게 된 주인공 도키토 겐사쿠(時任謙作)가 아

37) 등이 그것이다.

　다니자키 준이치로의 『순킨 이야기』는 발표 당시부터 평판이 높았고, 시마자키 도손의 『동트기 전』은 일본 근대의 비극을 그린 것으로, 쇼와초기의 현실 비판이 엿보인다. 시가 나오야의 유일한 장편인 『암야행로』는, 그 간결한 문체와 함께 근대 문학의 명작으로 꼽힌다. 또한 중견 작가들도 의욕적인 작품 활동을 하여, 가와바타 야스나리는 『설국』(雪国), 요코미쓰 리이치는 『여수』(旅愁), 호리 다쓰오는 『바람이 일다』(風立ちぬ) 등을 발표하였다.

『春琴抄』의 表紙

　考えてみると、彼女が此の写真をうつした年則ち春琴女三十七歳の折に検校も亦盲人になったのであって、検校が此の世で最後に見た彼女の姿は此の映像に近いものであったかと思われる。すると晩年の検校が記憶の中に存じていた彼女の姿も此の程度にぼやけたものではなかったであろうか。それとも次第にうすれ去る記憶を空想で補っていくうちに此れとは全然異なった一人の別な貴い女人を作り上げていたであろうか。(『春琴抄』)

　생각해 보니, 그녀가 이 사진을 찍은 해, 즉 순킨이 37세 때에 겐교도 또 맹인이 되었으므로, 겐교가 이 세상에서 최후로 본 그녀의 모습은 이 영상에 가까운 것이었던가 하고 생각된다. 그러면 만년의 겐교가 기억 속에 가지고 있던 그녀의 모습도 이 정도로 희미한 것이지는 않았을까? 그렇지 않으면, 점차 희미하게 사라져 가는 기억을 공상으로 메워 가는 사이에 이것과는 전혀 다른 한 별개의 소중한 여인을 만들고 있었던 것일까?

　その時になって見ると、旧庄屋として、また旧本陣問屋としての

───────────────

내의 과실에 고뇌하며 그것을 초월해 가는 과정을 묘사한 작품.

半蔵が生涯もすべて後方になった。すべて、すべて後方になった。
ひとり彼の生涯が終を告げたばかりでなく、維新以来の明治の舞台
のその十九年あたりまでを一つの過渡期として大きく廻りかけてい
た。(中略) 新しい日本を求める心は漸く多くの若者の胸に萌して来
たが、しかし封建時代を葬ることばかりを知って、まだまことの維
新の成就する日を望むことも出来ないような不幸な薄暗さがあたり
を支配していた。(『夜明け前』)

　그 때가 되어 보니 옛 쇼야[8]로서, 또는 옛 본진 객주로서의 한조의
생애도 모두 뒤로 물러났다. 모두 모두 뒤로 물러났다. 그 혼자만의
생애가 마지막을 고한 것이 아니라, 유신이래의 메이지의 무대 그 19
년경까지를 한 과도기로서 크게 회전하려고 하고 있었다. (중략) 새
일본을 찾는 마음은 이윽고 많은 젊은이의 마음에 싹 터 왔지만, 그
러나 봉건 시대를 매장하는 것만을 알아 아직 진정한 유신이 성취하
는 날을 바라는 것도 못하는 듯한 불행한 어두움이 주위를 지배하고
있었다.

　私が自分に祖父のある事を知ったのは、私の母が産後の病気で死
に、その後二月程経って、不意に祖父が私の前に現われて来た、そ
の時であった。私の六歳の時であった。
　或る夕方、私は一人、門の前で遊んでいると、見知らぬ老人が其
処へ来て立った。眼の落ち窪んだ、猫背の何となく見すぼらしい老
人だった。私は何という事なくそれに反感を持った。老人は笑顔を
作って何か私に話しかけようとした。然し私は一種の悪意から、そ
れをはぐらかして下を向いて了った。(『暗夜行路』)

　내가 나에게 조부가 있는 것을 안 것은 내 어머니가 산후의 병으
로 죽고 그 후 2개월쯤 지나서 불현듯 조부가 내 앞에 나타난 그 때

---

8 庄屋: 에도시대에 마을의 정사(政事)를 맡아보던 사람.

였다. 내가 여섯 살 때였다.

어느 날 저녁 나 홀로 문 앞에서 놀고 있었는데, 처음 보는 노인
이 그 앞에 와 섰다. 눈이 움푹 들어가고 등이 굽은 왠지 초라해 보
이는 노인이었다. 나는 왜랄 것도 없이 그것에 반감을 느꼈다. 노인
은 웃는 얼굴을 하고 나에게 무언가 말을 걸려고 했다. 그러나 나는
일종의 악의에서 그것을 무시하고 고개를 숙여 버렸다.

『文学界』創刊号

『문학계』(文学界)와 고바야시 히데오(小林秀雄)[9]

쇼와10년대에 문단의 큰 세력을 이루며 문예부흥의 중심적 역할을
감당했던 것이 쇼와8년(1933)에 창간된 『문학계』(文学界)[10]이다. 그
중에서도 고바야시 히데오는 눈부신 평론활동을 펼쳤다. 그는 자아
의 해석을 축으로 한 창조적 근대비평을 확립한 사람이라고 일컬어
지고 있다. 그의 초기 비평 『각양각색의 의장』(様々なる意匠, 1929)에
서는 상징주의적인 관점에서 동시대의 작가들을 논평하였으며, 이어
서 『사소설론』(私小説論, 1935)에서는 '사회화된 나'라는 문제점을 제
기하여 자의식의 문학과 사회의식의 문학의 통합을 시도하였다.

『일본낭만파』(日本浪曼派)[11]와 『인민문고』(人民文庫)

프롤레타리아 작가들의 전향을 배경으로 하여, 대조적인 두 동인

---

9 小林秀雄(1902~83): 학생 시절부터 보들레르 등 프랑스 문인들의 영향을 받았
  다. 잡지 『개조』(改造)의 현상 문예 평론에 당시의 문단현상을 비판한 『각양각
  색의 의장』(様々なる意匠)이 입상하면서 문단의 지위를 얻었다.
10 文学界: 쇼와8년(1933) 창간된 동인잡지. 고바야시 히데오(小林秀雄), 가와바타
  야스나리(川端康成), 하야시 후사오(林房雄) 등에 의해서 좌익과 예술파, 기성
  작가와의 대립을 초월하여 문학의 본질을 지키려고 하였다.
11 日本浪曼派: 쇼와10년(1935)에 창간된 동인잡지. 독일 낭만파의 연구와 일본

잡지 『일본낭만파』와 『인민문고』가 발간되었다. 『일본낭만파』는 쇼와10년(1935)에 야스다 요주로(保田与重郎), 가메이 가쓰이치로(亀井勝一郎) 등을 중심으로 하여 창간된 기관지로, 근대비판과 고전 부흥을 지주로 하는 '일본 전통으로의 회귀'를 예찬하였다. 『일본낭만파』는 처음에는 새로운 낭만주의의 수립을 지향하였으나, 전시체제 속에서 점차 국수주의적인 색채를 띠게 되고 시국에 영합하게 되었다.

『인민문고』는 다케다 린타로(武田麟太郎)를 중심으로 전시체제에 협력하는 문학에 대항하여 리얼리즘의 발전을 도모하였는데, 탄압에 의해 폐간되고 만다. 그 밖에 동인에는 다카미 준(高見順), 엔치 후미코(円地文子) 등이 있다.

그 밖의 신인작가들의 활약

쇼와10년(1935)에 창설된 아쿠타가와상과 나오키상은 문예 부흥의 일익을 담당, 많은 신인 작가들의 등장을 촉구하는 기폭제가 되었다. 제1회 아쿠타가와상을 수상한 『창생』(蒼氓, 1935)의 이시카와 다쓰조(石川達三)[12]를 비롯하여, 『겨울숙소』(冬の宿, 1936)의 아베 도모지(阿部知二)[13], 『보현』(普賢, 1936)의 이시카와 준(石川淳)[14], 『은어』(鮎, 1932)의 니와 후미오(丹羽文雄)[15], 『인생극장』(人生劇場, 1933~39)의

고전에 대한 관심을 중심으로 새로운 낭만주의의 수립을 지향했는데, 전시 하에서는 '일본정신'을 강조, 국수운동에 동참하였다.

12 石川達三(1905~85): 『결혼의 생태』(結婚の生態)『인간의 벽』(人間の壁) 등이 있다.

13 阿部知二(1903~73)

14 石川淳(1899~1987): 전쟁 중에는 평론 등을 썼고 전후에 활발한 활동을 하였다. 『잿더미 속의 예수』(焼跡のイエス)『매』(鷹) 등이 있다.

15 丹羽文雄(1904~2005): 보도 반원으로 종군했다.

中島敦

오자키 시로(尾崎士郎)[16], 『익살의 정수』(道化の華, 1935)의 다자이 오사무(太宰治), 『생명의 초야』(いのちの初夜, 1936)의 호조 다미오(北条民雄)[17] 등이 잇달아 문단에 나왔다.

한편, 나카지마 아쓰시(中島敦)[18]는 중국문학의 소양을 잘 살려서 『산월기』(山月記, 1942), 『이릉』(李陵, 1943) 등의 역사에서 취재한 소설을 썼다. 특히 『산월기』는 예술가의 자의식의 문제를 사람이 호랑이로 변신하는 이야기로 나타낸 걸작이다.

> 羞しいことだが、今でも、こんなあさましい身と成り果てた今でも、己は、己の詩集が長安風流人士の机の上に置かれてゐる様を、夢に見ることがあるのだ。岩窟の中に横たはつて見る夢にだよ。嗤つて呉れ。詩人に成りそこなつて虎になつた哀れな男を。(『山月記』)

참 부끄러운 일이지만 이런 비참한 모습을 하고 있는 지금도 나는 내 시집이 장안의 풍류인들 책상 위에 놓여져 있는 모습을 꿈에 보고는 한다네. 굴속에 누워 꾸는 꿈속에서 말일세. 나를 비웃게나. 시인이 되지 못해 호랑이가 된 이 가련한 사내를.

전쟁문학과 국책문학(国策文学)

쇼와12년(1937)의 중일전쟁 발발로부터 태평양전쟁을 거쳐 쇼와20년(1945)의 패전까지의 기간을 일컬어 전시하라고 한다. 정부의 언론통제가 극심하여지고 문장을 철저하게 검열하여 작가에 대한 탄압을 강화하는 이른바 문화통제가 이루어진 시기였다. 많은 문학자들이

---

16 尾崎士郎(1898~1964)
17 北条民雄(1914~37): 한센병에 걸려 요양소 생활을 하며 작품활동을 했다.
18 中島敦(1909~42): 대대로 한학자인 집에서 태어난 그는 지병과 싸우면서 창작활동을 하였고 33세로 요절한 이후에 평가를 받기 시작했다.

보도 반원으로 종군하였으며 전쟁터에서의 병사의 모습과 전쟁의 참상을 그린 작품이 발표되었다.

이시카와 다쓰조(石川達三)의 『살아 있는 병사』(生きてゐる兵隊, 1938)처럼 전쟁에 대해 비판적인 작품들은 잇달아 발매금지처분을 당하게 되었으며, 히노 아시헤이(火野葦平)[19]의 『보리와 병사』(麦と兵隊, 1938) 등 전의를 고취시키는 작품은 적극적으로 이용되게 된다.

쇼와17년(1942)에 '일본문학보국회'(日本文学報国会)[20]가 결성된 이후로는 국가권력에 의한 직접적인 문학 통제가 이루어지게 되고, 일부 작가들은 정부 정책에 발맞추어 전쟁 의욕을 고취시키는 작품을 썼다. 이것을 국책문학이라고 하는데, 국책문학은 주목할 만한 작품이 없었다.

전후문학

쇼와20년(1945) 무조건 항복을 한 일본은 그때까지의 군국주의하의 언론 통제에서 벗어나, 점령군의 지령에 의해 갖가지 민주적 개량을 행하게 되었다. 패전이라고 하는 전에 없는 경험과 급속한 개혁은 사람들을 혼란에 빠뜨렸으며, 그것은 문학에도 반영되었다. 패전 후 문화통제 하에 침묵을 지키던 노작가들이 활동을 재개하였고, 문예잡지의 복간과 창간이 줄을 이었으며 저널리즘이 활기를 되찾게 된다. 이러한 기운을 타고 재빨리 등장한 사람들이 신희작파(新戯作派) 또는 무뢰파(無頼派)로 불리는 작가들이다.

---

19 火野葦平(1907~60): 『분뇨담』(糞尿譚)으로 제6회 아쿠타가와상을 수상.
20 日本文学報国会(1942~45): 일본적인 세계관 확립과 국책 선전에 의해 국가에 보은하자는 취지 하에, 전쟁수행에 협력했던 문단의 통일적 조직이었다.

기성작가의 부활

쇼와21년(1946)에 시가 나오야는 『잿빛 달』(灰色の月)을, 나가이 가후는 『무희』(踊子)『훈장』(勲章)『부침』(浮沈) 등을 일거에 발표하여 그 건재함을 과시했다. 마사무네 하쿠초는 분방한 공상을 구사한 유토피아소설인 『일본탈출』(日本脱出, 1949)을 발표하였으며, 다니자키 준이치로는 『사사메유키』(細雪, 1943~48)『소장 시게모토의 어머니』(少将滋幹の母, 1949~50)를 완성하고, 『열쇠』(鍵, 1956) 등의 여성미를 추구한 작품도 발표하였다. 또한 무샤노코지 사네아쓰의 『진리선생』(真理先生, 1949~50)도 이시기에 발표됐다.

또한 중견 작가들의 활약도 두드러져, 가와바타 야스나리(川端康成)는 『산소리』(山の音, 1949~54)『센바즈루』(千羽鶴, 1949) 등에서 일본적 전통미를 현대 생활 속에서 표현하고, 이부세 마스지는 『금일휴진』(本日休診, 1949~50)으로 전후의 살벌한 세상에 유머와 온정을, 간바야시 아카쓰키(上林暁)[1]는 『성요한병원에서』(聖ヨハネ病院にて, 1946)로 허탈한 전후 일본인들에게 감명을 주었다.

한편 쇼와10년대부터 문단에 진출해 있던 이토 세이(伊藤整)[2]는 『불새』(火の鳥, 1949~53) 등을 발표하며 활약하였다.

무뢰파(無頼派)

처음엔 신희작파(新戯作派)라고도 불리다가 나중에 무뢰파(無頼派)라 불린 작가들 역시 기성작가 못지않은 활약을 보여주었다. 이들

---

1 上林暁(1902~80): 『성요한병원에서』(聖ヨハネ病院にて) 등 일련의 병든 아내 시리즈로 작가적 지위를 확립하였다.
2 伊藤整(1905~69)

작가에는 오다 사쿠노스케(織田作之助)[3], 다자이 오사무(太宰治), 사카구치 안고(坂口安吾)[4], 이시카와 준(石川淳) 등이 있는데, 그들은 기성의 도덕이나 자연주의적 리얼리즘 등의 권위에 반발하여 자학적, 퇴폐적으로 살려고 하였다. 무뢰파는 패전이라는 현실을 주체적으로 받아들여 전후의 황폐함을 스스로의 것으로 삼으려 했기 때문에, 전후의 혼란과 허탈감 속에 헤매던 사람들에게 친근감을 안겨다 주었다.

오다 사쿠노스케는 『세태』(世相, 1946)로 전후의 퇴폐를 긍정하였고, 다자이 오사무는 『사양』(斜陽, 1947) 등으로 자기파멸에 의해 기성사회의 관념을 파괴하고자 했다. 또한, 사카구치 안고는 『타락론』(堕落論, 1946)에서 기성의 윤리와 가치관이 붕괴된 전후사회에서 인간이 타락함으로써 재흥을 주창하는 일종의 역설적 윤리관을 제시하여 큰 반향을 얻었다. 한편 이시카와 준은 『잿더미 속의 예수』(燒跡のイエス, 1946)에 의해 종전직후 극적으로 변화하는 시대상황 속에서 혼란의 심부를 상징적으로 묘사했다.

다자이 오사무(太宰治)[5]

무뢰파를 대표하는 작가인 다자이는 아오모리현(青森県) 쓰가루(津軽)의 대지주의 아들로 태어났으나, 전후의 황폐와 토지개혁에 의해 생가가 몰락하는 불운을 겪는다. 가정에서의 소외감과 엘리트의

---

3 織田作之助(1913~47): 처음에는 극작가를 지망하였으나, 후에 소설가로 전향했다.
4 坂口安吾(1906~55): 전후의 평론 『타락론』(堕落論)에 의해 신문학의 기수가 되었다.
5 太宰治(1909~48): 이부세 마스지(井伏鱒二)에게 사사를 받은 그는 도쿄대 재학 중 공산주의 운동에서 탈락한 후 몇 번의 자살과 정사 미수 사건을 일으키는데, 그의 굴절된 정신 편력이 작풍에 영향을 끼치고 있다.

太宰治

식 사이에서 고뇌하던 중, 도쿄대학 불문과 재학 중 좌익운동에 가담했으나 후에 전향했다. 그러나 이때의 좌절감으로 처녀작 『만년』(晩年, 1936) 이후 굴절된 죄의식이 그의 작품 속에 내재하게 된다. 비교적 안정되었던 중기에는 『후가쿠 백경』(富嶽百景, 1939)『달려라 메로스』(走れメロス, 1940)『쓰가루』(津軽, 1944) 등의 밝은 작품을 썼지만, 전후에 발표한 『사양』(斜陽, 1947)『인간 실격』(人間失格, 1948) 등에는 허무적이고 퇴폐적인 시대감각이 짙게 깔려 있다. 대표작 『사양』은 제2차 세계대전 후 패전으로 몰락해 가는 귀족 가정을 무대로 사랑과 혁명의 가능성을 희구하면서도 죽음과 멸망을 중심으로 그림으로써 정신적으로 황폐된 모습이 드러나는 작품이다. 당시 청년들의 열렬한 호응 속에 한 때 '사양족'이라는 단어가 유행되기도 했다.

다자이는 평생토록 죄의식에 시달리며 마약중독과 데카당스 윤리에 의한 파멸적인 생을 살았던 작가였다. 몇 차례의 자살미수 끝에 결국 그는 1948년 연인과 더불어 동반자살하고 만다.

『斜陽』の表紙

革命は、いったい、どこで行われているのでしょう。すくなくとも、私たちの身のまわりに於いては、古い道徳はやっぱりそのまま、みじんも変らず、私たちの行く手をさえぎっています。海の表面の波は何やら騒いでいても、其の底の海水は、革命どころか、みじろぎもせず、狸寝入りで寝そべっているんですもの。

けれども私は、これまでの第一回戦では、古い道徳をわずかながら押しのけ得たと思っています。そうして,こんどは、生れる子供と共に、第二回戦、第三回戦をたたかうつもりでいるのです。

こいしいひとの子を生み、育てる事が、私の道徳革命の完成なの

でございます。(『斜陽』)

혁명은 대체 어디서 행해지고 있는 것일까요? 적어도 우리들의 주위에 있어서는 옛 도덕은 역시 그대로 조금도 변함없이, 우리들이 가는 길을 가로막고 있습니다. 바다 표면의 파도는 무언가 떠들고 있어도 그 해저의 물은 혁명은커녕 꿈쩍도 하지 않고 잠을 자는 척 하고 엎드려 누워 있는 걸요.

그렇지만 나는 이제까지의 제1회전에서는 낡은 도덕을 아주 조금이지만 밀어젖힐 수 있었다고 생각하고 있습니다. 그렇게 해서 이번에는 태어나는 아이와 함께 제2회전, 제3회전을 싸울 작정입니다.

그리운 사람의 아이를 낳아 키우는 것이 나의 혁명의 완성인 것입니다.

민주주의문학(民主主義文学)

일찍이 프롤레타리아문학 계열에 속했던 나카노 시게하루, 구라하라 고레히토(蔵原惟人), 도쿠나가 스나오(德永直), 미야모토 유리코(宮本百合子)[6] 등이 발기인이 되어 쇼와20년(1945) 12월에 신일본문학회가 결성되었다. 이듬해 3월, 민주주의 문학을 기치로 잡지 『신일본문학』(新日本文学)을 창간하였다. 전후의 새로운 문학의 리더를 지향했으나 점차 정치적 이데올로기의 색채가 강해져 그다지 특기할만한 작품은 없다. 미야모토 유리코의 『반슈평야』(播州平野, 1946), 도쿠나가 스나오의 『아내여 잠들라』(妻よねむれ, 1946~48) 등의 가작이 발표되었다.

---

6 宮本百合子(1899~1951)

전후파문학(戰後派文学)

쇼와21년(1946), 개개인의 주체성을 존중한 문예 잡지 『근대문학』(近代文学)이 창간되었는데, 이 『근대문학』에 지원 받는 형태로 등장한 것이 전후파이다. 전후파는 일본의 패전과 더불어 다양한 형태로 전시대의 계승과 부활이 이루어지는 가운데, 기성문학과는 다른 차원에서 전쟁체험을 바탕으로 새로운 문학을 창조하고자 한 일군의 작가들이다. 전후파는 보통 등장한 순서에 따라서 제1차와 제2차로 나뉜다. 제1차 전후파에는 노마 히로시(野間宏)[7], 나카무라 신이치로(中村真一郎)[8], 우메자키 하루오(梅崎春生)[9], 다케다 다이준(武田泰淳)[10], 시나 린조(椎名麟三)[11] 등이 있고, 제2차 전후파에는 오오카 쇼헤이(大岡昇平)[12], 미시마 유키오(三島由紀夫), 아베 고보(安部公房), 시마오 도시오(島尾敏雄)[13], 홋타 요시에(堀田善衛)[14] 등이 있다. 특히 전후문학의 신호탄이라고 할 수 있는 노마 히로시의 『어두운 그림』(暗い絵, 1946)은 그 발상의 독자성과 끈끈한 문체로 큰 충격을 불러일으켰다.

---

7 野間宏(1915~91): 『붕괴감각』(崩壊感覚), 『진공지대』(真空地帯) 등 화제작이 많다.
8 中村真一郎(1918~97): 대표작에 『공중정원』(空中庭園), 평론에 『왕조의 문학』(王朝の文学) 등이 있다.
9 梅崎春生(1915~65)
10 武田泰淳(1912~76): 『'사랑'의 형태』(「愛」のかたち) 등의 문제작을 발표하였다.
11 椎名麟三(1911~73): 『심야의 주연』(深夜の酒宴)으로 전후파작가로 출발. 세례를 받은 후 『해후』(邂逅) 등을 발표. 크리스천 작가로서 독특한 작품을 전개해 나갔다.
12 大岡昇平(1909~88): 『포로기』(俘虜記)『들불』(野火) 등이 있다.
13 島尾敏雄(1917~86): 전쟁 중 특공대 지휘관으로 주둔. 『출고독기』(出孤独記)로 제1회 전후문학상을 수상했다. 『죽음의 가시』(死の棘) 등이 있다.
14 堀田善衛(1918~98): 『광장의 고독』(広場の孤独)으로 제26회 아쿠타가와상 수상. 대표작에 『조국상실』(祖国喪失) 등이 있다.

同じ道だ、それだのに別れねばならない。と彼は思った。する
と、永杉や羽山や木山の心が、急行列車のような速度で、彼の傍か
ら遠く彼の手のとどかぬところへ走り走りながら、彼の心を、前へ
つき出し、つき出しした。前へ出る前へ出ると彼は思った。彼は、
右手に握りしめているブリューゲルの画集を、まるで哀れなしか
し、いとおしいけだものを撫でるかのように、しばらく左手でなで
さすっていた。そして、再び山道を向うへ彼の下宿のある方へ、
下っていった。(『暗い絵』)

같은 길이야. 그런데도 헤어져야만 한다. 라고 그는 생각했다. 그러
자, 나가스기나 하야마나 기야마의 마음이, 급행열차와 같은 속도로,
그의 곁에서부터 멀리 그의 손이 닿지 않는 곳으로 달리고 달려가면
서, 그의 마음을 앞으로 떼밀고 떼밀었다. 앞으로 나간다, 앞으로 나
간다고 그는 생각했다. 그는 오른손에 꽉 쥐고 있는 부르겔 화집을,
마치 불쌍한 그러나 사랑스러운 짐승을 쓰다듬는 것 같이, 잠시 왼손
으로 쓰다듬고 있었다. 그리고 다시 산길 저쪽으로, 그의 하숙이 있
는 쪽으로 내려갔다.

오오카 쇼헤이(大岡昇平)

제2차 세계대전 중 필리핀에서 미군의 포로가 되었던 오오카 쇼
헤이는 그 때의 경험을 그린 『포로기』(俘虜記, 1948)에 의해 전후파
작가로 지위를 확립했다. 전쟁과 죄의 문제를 주인공의 심리적 추이
에 따라 분석적으로 그린 『들불』(野火, 1951) 역시 『포로기』와 더불
어 전쟁문학의 걸작으로 손꼽히고 있다. 한편, 번역 등을 통해 스탕
달의 심리소설의 수법을 익히게 된 오오카는 작중인물의 심리의 추
이를 적확하고 세밀하게 분석하여 『무사시노부인』(武蔵野夫人, 1950)
등의 작품을 발표했다.

糧食はとうに尽きてゐたが、私が飢ゑてゐたかどうかはわからな
かつた。いつも先に死がゐた。肉体の中で、後頭部だけが、上ずつ
たやうに目醒めてゐた。

死ぬまでの時間を、思ふままに過すことが出来るといふ、無意味
な自由だけが私の所有であつた。携行した一個の手榴弾により、死
もまた私の自由な選択の範囲に入つてゐたが、私はただその時を延
期してゐた。(『野火』)

양식은 이미 바닥나 있었지만, 나는 굶주려 있었는지 어땠는지는
알지 못했다. 항상 먼저 죽음이 있었다. 육체 속에서 후두부만이 상
기된 듯이 눈뜨고 있었다.

죽을 때까지의 시간을 마음대로 보낼 수 있다는, 무의미한 자유만
이 나의 소유였다. 휴대했던 수류탄 한 개로 죽음도 또한 나의 자유
로운 선택의 범위에 들어와 있었지만, 나는 그저 그 때를 미루고 있
었다.

아베 고보(安部公房)[15]

전후파 작가 중에서 가장 관념적이고 전위적인 작풍을 가진 작가
였던 아베 고보는 고향과 자기의 상실감을 그린 『벽』(壁, 1951)으로
제25회 아쿠타가와상을 수상하였다. 『벽』은 그 난해성 때문에, 선고
당시 의견이 크게 엇갈리기도 하였다. 그 밖에 『모래의 여자』(砂の女,
1962)『타인의 얼굴』(他人の顔, 1964) 등의 화제작을 발표하였다.

安部公房

目を覚ましました。

朝、目を覚ますということは、いつもあることで、別に変ったこ

---

15 安部公房(1924~93): 1950년에 『빨간 누에고치』(赤い繭)로 제2회 전후문학상
(戰後文學賞)을 수상, 1951년에는 『벽』(壁)으로 제25회 아쿠타가와상을 수상했다.

とではありません。しかし、何が変なのでしょう？何かしら変なのです。

そう思いながら、何が変なのかさっぱり分からないのは、やっぱり変なことだから、変なのだと思い······歯をみがき、顔を洗っても、相変わらずますます変でした。(『壁』)

눈을 떴습니다.

아침에 눈을 뜬다고 하는 것은 언제나 있는 일로 별달리 이상한 것은 아닙니다. 그러나 무엇이 이상한 것일까요? 무언가 이상한 것입니다.

그렇게 생각하면서 무엇이 이상한 건지 통 모르는 것은 역시 이상한 일이니까 이상하다고 생각하여······이를 닦고 얼굴을 씻어도 역시 점점 이상했습니다.

미시마 유키오(三島由紀夫)[16]

三島由紀夫

도쿄대 법학부 졸업 후 대장성(大蔵省) 금융국에서 일하며 엘리트 코스를 걷게 되었던 미시마는 성도착을 화려하고 현란한 문장으로 표현한 『가면의 고백』(仮面の告白, 1949) 집필을 계기로 작품생활에 전념하기 위해 퇴직하게 된다. 이 작품에서 자전적인 소재를 바탕으로 인공적인 작품세계를 구축하는데 성공한 그는 20대의 총결산이라 일컬어지는 『금색』(禁色, 1951)을 발표했는데, 『가면의 고백』과 더불어 『금색』에 나타난 동성애라는 테마로부터 미시마의 독특한 미의식을 발견할 수 있다. 그 후 그는 그리스 여행을 통해 고전예술과 균형 잡힌 육체에 대한 동경을 갖게 되는데, 그러한 영향이 귀국 후

---

16 三島由紀夫(1925～70): 『가면의 고백』(仮面の告白)을 출세작으로 하여, 『금색』(禁色) 『파도소리』(潮騒) 『금각사』(金閣寺) 등의 작품을 발표. 육상 자위대 주둔지에서 할복자살하였다.

발표한 『파도소리』(潮騒, 1954)에 나타난다.

이후 발표한 『금각사』(金閣寺, 1956)는 미시마의 미의식과 고립된 처지를 주인공에게 가탁하여 표현한 작품으로, 금각사를 방화함으로써 그 미를 절대적인 것으로 자신의 관념 속에 머무르게 하려 했던 청년의 비극적 심리가 잘 드러나고 있다. 한편, 전후민주주의에 위화감을 느끼던 미시마는 『우국』(憂国, 1961)에서 천황에 대한 충성심을 증명하기 위해 할복자살하는 젊은 장교의 모습을 그림으로써 정치적 순교와 에로스의 연소라는 새로운 테마를 획득한다.

그 후 내셔널리즘에 빠져들게 된 미시마는 윤회전생에 의한 환생을 그린 4부작 『풍요의 바다』(豊饒の海)를 발표하게 된다. 『풍요의 바다』의 원고를 출판사에 넘기던 1970년 11월 25일, 그는 자신이 조직한 '다테노카이'(楯の会) 청년들을 이끌고 자위대에 난입하여 자위대의 각성을 촉구하는 연설을 마친 후 할복자살함으로써 세상을 놀라게 했다.

金閣寺

三島由紀夫の自殺

미시마는 빈약한 육체를 개조하기 위해 보디빌딩에 열중하기도 하고 영화에 출연하기도 했으며 사진집 모델이 되기도 하는 등, 다채로운 활동을 했던 작가이다.

ここからは金閣の形は見えない。渦巻いている煙と、天に沖している火が見えるだけである。木の間をおびただしい火の粉が飛び、金閣の空は金砂子を撒いたようである。
私は膝を組んで永いことそれを眺めた。
気がつくと、体のいたるところに火ぶくれや擦り傷があって血が

流れていた。手の指にも、さっき戸を叩いたときの怪我とみえて血が滲んでいた。私は遁れた獣のようにその傷口を舐めた。

(『金閣寺』)

이곳에서는 금각의 형태는 보이지 않는다. 소용돌이치고 있는 연기와 하늘로 높이 솟구치는 불이 보일 뿐이다. 나무 사이를 엄청난 불똥이 튀어, 금각 하늘은 금모래를 뿌린 것 같다.

나는 책상다리를 하고 오랫동안 그것을 응시하였다.

정신을 차리고 보니 몸 전체에 물집과 생채기가 나 피가 흐르고 있었다. 손가락에도 조금 전 문을 두드렸을 때 상처가 났는지 피가 배어 있었다. 나는 도망쳐 나온 짐승처럼 그 상처를 핥아댔다.

제3의 신인(第三の新人)

쇼와20년대 후반에는 전후 안정기에 접어들어 문단에 '제3의 신인'이라 불리는 작가들이 등장하게 된다. 그 때까지의 전후파문학이 정치성과 사상성이 짙었던 것과 대조적으로 제3의 신인들은 일상적인 세계를 중시하였다. 방황하는 청춘의 나날을 그린 『나쁜 동료』(悪い仲間, 1953)의 야스오카 쇼타로(安岡章太郎)[17], 창녀와의 교섭을 통해 청춘의 공허함을 묘사한 『취우』(驟雨, 1954)의 요시유키 준노스케(吉行淳之介)[18], 물질문화가 횡행하는 세태 속에서 부부와 아이들의 심리적 동요를 그린 『포옹가족』(抱擁家族, 1965)의 고지마 노부오(小島信夫)[19], 가정의 몰락과 붕괴를 객관적으로 그린 『풀 사이드 풍경』

---

[17] 安岡章太郎(1920~): 인생의 패배자 의식이 저변에 흐르는 작품을 발표. 대표작에 『나쁜 동료』(悪い仲間) 등이 있음.

[18] 吉行淳之介(1924~94): 『취우』(驟雨)로 제30회 아쿠타가와상 수상. 감수성 풍부하게 일상생활의 위기를 그렸다.

[19] 小島信夫(1917~2006): 『아메리칸 스쿨』(アメリカン・スクール)로 제32회 아

(プールサイド小景, 1954)의 쇼노 준조(庄野潤三)[20], 모성적인 신관의
발견을 다룬『침묵』(沈黙, 1966)의 엔도 슈사쿠(遠藤周作) 등이 있다.
그 밖에 아가와 히로유키(阿川弘之)[21], 소노 아야코(曾野綾子)[22] 등도
여기에 속한다. 이들 신인들의 특징은 시민생활의 일상을 그림으로
써 생활저변에 위기가 깔려 있음을 나타내고 있다는 점에 있다.

遠藤周作

엔도 슈사쿠(遠藤周作)[23]

12세의 나이에 가톨릭 세례를 받은 엔도는 게이오대학 불문과 졸
업 후 1950년 프랑스 유학을 떠난다. 귀국 후 발표한『백색인』(白い
人, 1955)으로 아쿠타가와상을 수상한다. 그 후『바다와 독약』(海と
毒薬, 1957)에서『깊은 강』(深い河, 1993)에 이르기까지 일관되게 기
독교적인 관점에서 인간의 보편적인 문제를 추구하였다.

규슈대학 의학부에서 실제로 있었던 미군포로 생체해부사건을 소
재로 한『바다와 독약』은, 일본인에게 결여되어 있는 죄의식의 문제
를 자기관찰을 통해 긴박한 필치로 그린 작품이다. 또한『침묵』
(沈黙, 1966)은 배교한 가톨릭 신부 로드리고의 내면세계를 조명한
작품으로, 신앙의 문제와 더불어 보다 인간적인 존재 그 자체를 추
구함으로써, 인간이 소유한 연약한 마음을 어떻게 극복하는가라는

쿠타가와상 수상. 현대 가정의 붕괴를 그린『포옹가족』(抱擁家族) 등이 있다.
20 庄野潤三(1921~2009): 가족의 위기를 그린『풀 사이드 풍경』(プールサイド小
  景)으로 제32회 아쿠타가와상 수상.
21 阿川弘之(1920~): 『봄의 성』(春の城) 등이 있다.
22 曾野綾子(1931~): 『죽은 자의 바다』(死者の海) 등이 있다.
23 遠藤周作(1923~96): 『침묵』(沈黙)『바다와 독약』(海と毒薬) 등에서 가톨릭신
  자의 입장에서 신의 관념, 죄의식, 인격문제 등을 추구했다. 또한 통속적인 작품
  에서 유머의 기질을 발휘한 가작도 있다. 희곡과 수필 등 폭넓은 활동을 했다.

것에 대한 해답을 제시하고 있다. 이 작품에는 신의 존재, 배교의 심리, 동서양문화의 이질성과 더불어 일본적인 범신론적 풍토에서의 기독교의 토착화 문제 등 다양한 주제가 내재되어 있어 많은 시사점을 제공해 주고 있다.

　　司祭は足をあげた。足に鈍い重い痛みを感じた。それは形だけのことではなかった。自分は今、自分の生涯の中で最も美しいと思ってきたもの、最も聖(きよ)らかと信じたもの、最も人間の理想と夢にみたされたものを踏む。この足の痛み。その時、踏むがいいと銅板のあの人は司祭にむかって言った。踏むがいい。お前の足の痛さをこの私が一番よく知っている。踏むがいい。私はお前たちに踏まれるため、この世に生れ、お前たちの痛さを分つため十字架を背負ったのだ。(『沈黙(ちんもく)』)

　　신부는 발을 들었다. 발에 둔하고 무거운 통증을 느꼈다. 그것은 단순히 형태만의 문제가 아니었다. 자신은 지금 자신이 평생토록 가장 아름답다고 여겨 왔던 것, 가장 성스러운 것이라 믿었던 것, 가장 인간의 이상과 꿈으로 채워진 것을 밟는다. 이 발의 아픔. 바로 그때 동판 속의 그 사람이 신부를 향해 밟으라고 말했다. 밟아라. 너의 발의 아픔을 내가 가장 잘 알고 있노라. 밟아라. 나는 너희들에게 밟히기 위해 이 세상에 태어났고 너희들의 아픔을 나누기 위해 십자가를 진 것이다.

쇼와·30년대 문학

쇼와30년대는 전후 일본의 중요한 전기를 보인 시기였다. 경제부흥에 성공한 일본은 고도성장이 추진되고 텔레비전과 주간지 등이 전국적으로 보급되는 등 도시화 대중화가 활발히 이루어졌다.

문학에 있어서도 이러한 현상은 예외가 아니었다. 이 시기에는 사회성을 지닌 새로운 형태의 젊은 작가가 등장하였으며, 특히 여류작가의 활약이 두드러졌다. 또한 매스컴의 영향으로 문화의 대중화현상이 일어나 대중문학과 추리소설 등의 유행이 순문학에 영향을 끼치게 된다.

전후세대의 작가들

映画『太陽の季節』

전후에 출발한 작가들의 문학에 공통되는 특징은 안정 무드 속에서 생긴 공허함과 피로감을 타파하려고 하는 강렬한 개성이다. 제34회 아쿠타가와상을 수상한 이시하라 신타로(石原慎太郎[1])의 『태양의 계절』(太陽の季節, 1955)은 기성도덕과 권위에 도전하여 존재의 충족감을 추구하는 젊은이들의 모습을 그려 당시 청년들에게 강한 공감을 가져다주었다. 『문학계』 발표 당시부터 찬반 양론이 들끓어 사회적 사건이 되었으며, '태양족'(太陽族)이라는 말이 유행되기도 했다. 이러한 일련의 현상은 문학의 대중화 시대를 여는 상징적 현상이었다.

『벌거숭이 임금님』(裸の王様, 1957)으로 인정받은 가이코 다케시(開高健[2])는 권위에 대한 반항을 그린 『일본 서푼 오페라』(日本三文オペラ, 1959) 이후 르포르타주 등의 다방면에서 활약했다. 『죽은 자의

---

1 石原慎太郎(1932~): 정치가, 소설가. 『태양의 계절』(太陽の季節)로 제34회 아쿠타가와상 수상. 쇼와기의 배우인 故이시하라 유지로(石原裕次郎)의 친형.
2 開高健(1930~89): 『벌거숭이 임금님』(裸の王様)으로 제38회 아쿠타가와상 수상. 조직과 인간의 문제를 주제로 한 작품을 발표하였다.

사치』(死者の奢り, 1957)로 주목받은 오에 겐자부로(大江健三郎)는 『개인적인 체험』(個人的な体験, 1964) 『만연원년의 풋볼』(万延元年のフットボール, 1967) 등의 문제작을 잇달아 발표하였다. 『나라야마부시코』(楢山節考, 1956)의 후카자와 시치로(深沢七郎)[3], 현대 지식인의 해체를 그린 『슬픈 그릇』(悲の器, 1962)의 다카하시 가즈미(高橋和巳)[4], 『밤과 이슬의 한 구석에서』(夜と霧の隅で, 1960)의 기타 모리오(北杜夫)[5] 등도 주목을 받았다.

또한 이 시기에는 엔치 후미코(円地文子)[6], 고다 아야(幸田文)[7], 아리요시 사와코(有吉佐和子)[8], 구라하시 유미코(倉橋由美子)[9], 사타 이네코(佐多稲子)[10] 등 여류작가의 활약도 두드러졌다.

오에 겐자부로(大江健三郎)[11]

문예잡지 『문학계』에 『죽은 자의 사치』(死者の奢り, 1957)가 실리면서 처음으로 주목을 받은 오에는 『사육』(飼育, 1958)으로 제39회

---

3 深沢七郎(1914~87): 『일본멸망의 노래』(日本滅亡の唄) 등이 있다.
4 高橋和巳(1931~71): 제1차 전후파의 영향을 받았다. 『슬픈 그릇』(悲の器), 『나의 해체』(わが解体) 등이 있다.
5 北杜夫(1927~2010): 『밤과 이슬의 한구석에서』(夜と霧の隅で)로 제43회 아쿠타가와상 수상. 사이토 모키치(斎藤茂吉)의 차남이다.
6 円地文子(1905~86)
7 幸田文(1904~90)
8 有吉佐和子(1931~84): 대표작에 『기노카와』(紀の川) 등이 있다.
9 倉橋由美子(1935~2005): 단편집 『파르타이』(パルタイ)로 여류문학상(女流文学賞)을 수상하였다. 관념적인 작품을 지니고 있다.
10 佐多稲子(1904~98): 쇼와37년(1962) 『여자의 숙소』(女の宿)로 제2회 여류문학상 수상. 자신의 체험에서 취재한 작품 이외에, 전후 여성을 둘러싼 문제들을 작품으로 그려냈다.
11 大江健三郎(1935~): 1994년 노벨상 수상자. 『성적 인간』(性的人間) 『개인적인 체험』(個人的な体験) 등 화제작을 발표하였다.

大江健三郎

아쿠타가와상을 수상했다. 『사육』은 전쟁 말기의 전쟁과는 거리가 먼 산골 마을을 무대로 한 작품으로, 헬리콥터의 추락으로 사로잡힌 흑인 병사와 그를 둘러싼 소년들, 그리고 마을 사람들에게 다가오는 비극적 결말은, 어느 누구도 전쟁의 비극에서 무관할 수 없다는 사실이 저변에 깔려 있다. 차츰 신좌익 정치사상에 깊이 빠져들게 된 오에는 일본 사회당 당수 아사누마 이네지로(浅沼稲次郎)의 암살사건에 자극을 받아 1961년 『세븐틴』(セヴンティーン)과 『정치소년 죽다』(政治少年死す)라는 2편의 단편을 썼다.

한편 1963년, 선천적으로 뇌에 장애를 갖고 태어난 장남 히카리(光)의 존재는 그의 문학에 새로운 방향을 제시했다. 장애를 갖고 태어난 아이의 처리를 생각하면서 마지막에 회심에 이르는 청년을 그린 『개인적인 체험』(個人的な体験, 1964)은 인권을 유린당한 전후세대의 문제를 파헤친 작품이다. 또한 제2차 세계대전의 여파에 대해 관심을 갖게 되어 히로시마(広島)를 방문한 그는 『히로시마 노트』(ヒロシマ・ノート, 1964)『오키나와 노트』(沖縄ノート, 1969~70) 등의 르포르타주로 그 정치·사회적 입장을 밝혔다.

그 밖에 다니자키상(谷崎賞)을 수상한 『만연원년의 풋볼』(万延元年のフットボール, 1967)『동시대 게임』(同時代ゲーム, 1979) 등이 있으며, 1994년에 노벨문학상을 수상했다.

僕は黒人兵に注意をあたえてやるべきだった。僕は大人たちの腰のあいだをすりぬけて倉庫の前の広場に腰をおろしている黒人兵のところへ駈け戻った。黒人兵は彼の前に立ちどまって息をつく僕を、どんよりした太い眼球をゆっり動かしながら見あげた。(『飼育』)

나는 흑인 병사에게 주의를 해 주어야만 했다. 나는 어른들의 허리

사이를 빠져나와 창고 앞 광장에 앉아 있는 흑인 병사 있는 곳으로 달려 돌아갔다. 흑인 병사는 그의 앞에 멈추어 서서 숨을 몰아쉬는 나를, 흐리멍덩한 검은 안구를 천천히 움직이면서 올려다보았다.

　脳ヘルニア、と鳥は考えてみようとしたがなにひとつ具体的なイメージを思いえがくことはできない。

　「そういう、脳ヘルニアの赤んぼうが正常に育つ希望はあるんでしょうか?」と鳥は茫然としてまとまりのない気分のまま訊ねていた。

　「正常に育つ希望!」と院長は不意に声を荒あらしく高めて憤激したようにいった。(『個人的な体験』)

뇌 헤르니아라고 버드는 생각해 보려고 했지만 무엇 하나 구체적인 이미지를 그려낼 수가 없다.

「그러한, 뇌 헤르니아 아기가 정상으로 자랄 희망은 있는 것일까요?」라고 버드는 멍하게 정리되지 않은 기분인 채로 묻고 있었다.

「정상으로 자랄 희망!」이라고 원장은 돌연 목소리를 거칠게 높여서 격노한 것처럼 말했다.

문학의 대중화

쇼와30년대에는 매스컴의 영향으로 문학의 대중화가 이루어지게 되었다. 그러나, 사실상 이러한 문학의 대중화는 이미 패전직후부터 그 조짐이 보였었다. 즉 『소설신초』(小説新潮)12나 『올 요미모노』(オール読物) 등으로 대표되는 바와 같이 출판저널리즘이 급속도로 발달하여, 그 결과 순문학과 대중문학의 경계가 모호해져 그 중간에 위치하는 이른바 중간문학이 나타나게 되고, 순문학변질논쟁을 낳기

---

12 小説新潮: 신초사(新潮社) 발간 문예잡지. 쇼와20년(1945) 12월호로 폐간되었던 대중잡지 『일출』(日の出)을 대신하여 새로운 문예잡지로, 쇼와22년(1947)에 창간. 『올 요미모노』(オール読物) 등과 더불어 중간소설이라는 장르를 개척했다.

에 이른다. 전전부터 활약하던 요시카와 에이지(吉川英治)[13], 오자키 시로(尾崎士郎)를 비롯해, 전후의 이시카와 다쓰조(石川達三), 이시자카 요지로(石坂洋次郎)[14], 오사라기 지로(大仏次郎)[15] 등이 신문소설을 발표한다. 이어서 쇼와 30년대에 들어서서 『점과 선』(点と線, 1957) 등으로 사회파 추리소설 붐을 일으킨 마쓰모토 세이초(松本清張), 역시 사회파 추리소설인 『기아해협』(飢餓海峡, 1962) 등을 쓴 미즈카미 쓰토무(水上勉)[16], 『전나무는 남았다』(樅の木は残った, 1954~56) 등으로 넓은 독자층을 획득한 야마모토 슈고로(山本周五郎)[17] 등이 활약하였다.

그 밖에 새로 등장한 작가로는 『료마가 간다』(竜馬がゆく, 1962~66) 등 중후한 역사소설을 쓴 시바 료타로(司馬遼太郎), 소시민의 애환을 그린 야마구치 히토미(山口瞳)[18], 다나베 세이코(田辺聖子)[19] 등을 들 수 있다.

현대문학의 동향

쇼와40년대에는 정치적, 사회적 성향이 강한 작품과, 그와는 대조적으로 일상성이 강한 작품을 양극으로 하여 다양한 작품이 등장하게 된다. 매스컴의 영향이 더욱 커지게 되었고, 각종 문학상 수상을 통해 많은 작가들이 등장했다.

---

13 吉川英治(1892~1962): 대중문학에 격조를 더하여 국민문학의 제일인자가 되었다.
14 石坂洋次郎(1900~86)
15 大仏次郎(1897~1973): 불문학에 조예가 깊으며 탁월한 문명비평으로 대중문학의 수준을 높였다. 『아카호 낭사』(赤穂浪士) 등이 있다.
16 水上勉(1919~2004)
17 山本周五郎(1903~67)
18 山口瞳(1926~95)
19 田辺聖子(1928~)

전후파작가들의 총결산의 시대였던 쇼와40년대에 들어서서 시나
린조의 『징역인의 고발』(懲役人の告発, 1969), 다케다 다이준의 『후지』
(富士, 1969~71) 등의 역작이 발표되었다. 미시마 유키오 역시 『풍
요의 바다』(豊饒の海, 1970) 4부작을 완성하나, 할복자살함으로써 생
을 마감한다. 미시마의 자살과 더불어 일본미의 서정을 그려 노벨문
학상을 수상했던 가와바타 야스나리의 자살은 국내외에 큰 충격을
주었다.

한편 대중사회화로 인한 인간의 고립과 소외현상을 반영한 '내향
의 세대'(内向の世代)라 불리는 일군의 작가들이 등장한다. 이들은 이
데올로기에 구애되지 않고 자기내면을 응시하여 인생의 의미를 묻고
자 한 작가들로, 오가와 구니오(小川国夫)[1], 아베 아키라(阿部昭)[2] 등
이 중심작가이다. 그 밖에 이 시기에는 비딱한 자세로 젊은이들의
공감을 얻은 노사카 아키유키(野坂昭如)[3], 웃음과 풍자가 돋보이는
이노우에 히사시(井上ひさし)[4] 등과, 김학영(金鶴泳)[5], 이회성(李恢成)[6],
김석범(金石範)[7] 등의 재일교포작가들의 활약이 돋보였다. 여류문학
방면에서는 고노 다에코(河野多恵子)[8], 가나이 미에코(金井美恵子)[9], 다
카하시 다카코(高橋たか子)[10], 오바 미나코(大庭みな子)[11] 등이 활약했

1 小川国夫(1927~): 『아폴론의 섬』(アポロンの島)『어떤 성서』(ある聖書)
2 阿部昭(1934~89)
3 野坂昭如(1930~): 『반딧불이의 묘』(火垂るの墓)
4 井上ひさし(1934~2010)
5 金鶴泳(1938~85)
6 李恢成(1935~)
7 金石範(1925~)
8 河野多恵子(1926~): 『유아사냥』(幼児狩り)
9 金井美恵子(1947~): 『토키』(兎)
10 高橋たか子(1932~)
11 大庭みな子(1930~2007): 『세 마리의 게』(三匹の蟹)

고, 그 밖에 마루야마 사이이치(丸谷才一)[12], 마루야마 겐지(丸山健二)[13] 등이 두각을 나타내었다.

마쓰모토 세이초(松本清張)[14] 등의 추리소설, 시바 료타로(司馬遼太郎)[15] 등의 역사소설, 호시 신이치(星新一)[16] 등의 SF물, 이쓰키 히로유키(五木寛之)[17] 등의 대중소설은 이 시대에도 여전히 큰 인기를 얻었다.

내향의 세대(内向の世代)

쇼와40년대에는 일본경제의 경이적인 고도성장을 배경으로 일본인들은 풍족하고 안정된 생활을 영위하고 있었다. 그러나 그와 동시에 급속히 진행되어가는 도시화 속에서 일상생활의 붕괴에 대한 위기감이 생겨나고, 대중사회화로 인해 개인의 존재는 무시될 위험성을 안게 되어, 인간이 더욱 소외되어가는 상황이 빚어지게 되었다. 쇼와45년(1970) 전후에 이러한 불확실한 일상생활과 인간관계를 정밀하게 묘사해 내려고 하는 문학이 나타나게 되는데, 이들을 '내향의 세대'라고 부른다. 이들은 도시 속의 가족이나 인간관계 속에서 자기존재의 불안을 추구하는데 주력했다. 주요작가에는 후루이 요시키치(古井

---

12 丸谷才一(1925~)
13 丸山健二(1943~)
14 松本清張(1909~92): 일본의 대표적 추리소설가. 쇼와33년(1958)에 발표한『점과선』(点と線)『눈의 벽』(眼の壁) 두 장편이 베스트셀러가 됨.
15 司馬遼太郎(1923~96): 독자적인 역사관에 입각하여 역사소설에 새로운 바람을 일으켰다. 일본 대중문학의 거장. 대표작에『료마가 간다』(龍馬がゆく) 등이 있으며, 엣세이 등을 통해서도 활발한 문명비평을 행함.
16 星新一(1926~97): 일본을 대표하는 SF작가. 콩트(ショートショート)의 신으로 불림.
17 五木寛之(1932~):『계엄령의 밤』(戒厳令の夜)

由吉)[18], 고토 메이세이(後藤明生)[19], 아베 아키라(阿部昭), 오가와 구니오(小川国夫), 구로이 센지(黒井千次)[20] 등이 있는데, 그들은 종래의 소설의 스타일을 거부하고 보다 순수하게 동요하는 인간의 내면을 확인하고 형상화하려는 노력을 하였다.

쇼와 50년대

국제화와 고도 정보화 사회로 전환된 쇼와50년대는 전후출생 작가들이 등장한 시기였다. 이 시기에는 소설 이외의 르포르타주와 기행 등의 논픽션이 활발하게 발표되었다. 아오노 소(青野聡)[21], 미야우치 가쓰스케(宮内勝典)[22] 등은 신세대의 해외 감각을 표현했고, 나카가미 겐지(中上健次)[23], 다테마쓰 와헤이(立松和平)[24] 등은 도시화되어 가는 지방의 모습을 그렸다.

村上龍

한편 무라카미 류(村上龍)[25]는 마약과 섹스에 탐닉하는 청년의 일상을 묘사한 『한없이 투명에 가까운 블루』(限りなく透明に近いブルー, 1976)로 데뷔, 일본근대화가 빚어낸 상실감을 그려내었다. 그 후 물질만능주의와 인간성 상실의 시대를 비판한 『코인로커 베이비즈』(コインロッカー・ベイビーズ, 1980) 등의 작품을 발표했다.

또한 무라카미 하루키(村上春樹)[26]는 현대를 살아가는 젊은이들의

村上春樹

---

18 古井由吉(1937~)
19 後藤明生(1932~99):『써지지 않는 보고서』(書かれない報告書)
20 黒井千次(1932~):『시간』(時間)
21 青野聡(1943~):『어리석은 자의 밤』(愚者の夜)
22 宮内勝典(1944~)
23 中上健次(1946~92)『기적』(奇跡)
24 立松和平(1947~2010)
25 村上龍(1952~)

감성에 호소하는 소설로 각광을 받고 있으며, 1980년대 이후의 일본 문학을 대표하는 작가 중의 한사람으로 손꼽히고 있다. 『바람의 노래를 들어라』(風の歌を聞け, 1979)로 데뷔한 그는 『노르웨이의 숲』(ノルウェイの森, 1988)에서 죽음을 통과의례로 하는 청춘의 군상을 그려 폭발적인 인기를 끌었다.

이 외에도 미타 마사히로(三田誠広)[27], 미야모토 데루(宮本輝)[28], 쓰쓰이 야스타카(筒井康隆)[29] 등의 작가가 있으며, 여류 문학에서는 쓰시마 유코(津島佑子)[30], 마스다 미즈코(増田みず子)[31], 야마다 에이미(山田詠美)[32], 요시모토 바나나(吉本ばなな)[33] 등이 활약하고 있다. 특히 요시모토 바나나는 극화적인 터치로 사물을 묘사하여 젊은이들로부터 많은 지지를 얻었으며, 세계 각국에 번역되어 많은 독자를 얻었다.

吉本ばなな

전후의 평론

전후 평론에서는 쇼와21년(1946)에 창간된 『근대문학』(近代文学)파 작가들의 활약이 두드러진다. 아라 마사히토(荒正人), 혼다 슈고(本田秋五), 히라노 겐(平野謙), 하니야 유타카(埴谷雄高) 등이 문학자의 주체성, 정치와 문학, 전통적인 사소설의 자세 등을 문제화했다.

---

26 村上春樹(1949~)
27 三田誠広(1948~):『나란 뭐지』(僕って何)
28 宮本輝(1947~):『호타루가와』(蛍川)
29 筒井康隆(1934~):『가족팔경』(家族八景). 항상 새로운 문학 스타일에 도전하였다.
30 津島佑子(1947~): 다자이 오사무의 차녀.
31 増田みず子(1948~)
32 山田詠美(1959~)
33 吉本ばなな(1964~): 요시모토 다카아키(吉本隆明)의 차녀. 『키친』(キッチン) 등.

쇼와30년대에는 안보 개정의 문제를 배경으로, 표현과 인간 존재의 모습, 관계 등이 문제시되었다. 에토 준(江藤淳)[34], 요시모토 다카아키(吉本隆明)[35], 하시카와 분조(橋川文三) 등의 젊은 기수를 비롯하여, 야마모토 겐키치(山本健吉)[36], 가라키 준조(唐木順三), 가와카미 데쓰타로(河上徹太郎) 등이 새로운 시점에 의한 고전론과 일본문화론을 발표하였다. 쇼와40년대 이후는 비평 방법의 다양화가 두드러졌으며 문학 분야뿐만 아니라 정치, 경제, 문화 일반을 통틀어 논하는 일이 많아졌다. 이소다 고이치(磯田光一), 아키야마 슌(秋山駿), 다카하시 히데오(高橋英夫), 가라타니 고진(柄谷行人)[37], 야마자키 마사카즈(山崎正和)[38], 오케타니 히데아키(桶谷秀昭)[39], 가와무라 지로(川村二郎) 등이 활약하였다.

---

34 江藤淳(1933~99): 『나쓰메 소세키』(夏目漱石) 『성숙과 상실』(成熟と喪失) 등.
35 吉本隆明(1924~2012): 시인, 평론가. 『심적 현상론』(心的現象論) 등이 있다.
36 山本健吉(1907~88): 『고전과 현대문학』(古典と現代文学) 등.
37 柄谷行人(1941~): 『두려워하는 인간』(畏怖する人間) 등.
38 山崎正和(1934~): 『불쾌한 시대』(不機嫌の時代) 등.
39 桶谷秀昭(1932~): 『근대의 나락』(近代の奈落) 등.

3. 시가

근대시

문명개화의 풍조 속에서 단카(短歌)나 하이쿠(俳句), 한시 등의 전통적인 문예에 대해 새로운 시대의 사상과 감정을 표현하고자 하는 움직임이 일어나게 되었다. 메이지15년(1882)에 출판된 『신체시초』(新体詩抄)는 근대시의 출발을 알리는 신호탄이 되었다. 이어서 메이지22년(1889)에 나온 번역 시집 『오모카게』(於母影)는 예술성과 낭만적 서정이 더하여진 역시들을 소개함으로써 개성적 서정시로의 길이 열리게 되었다. 메이지30년대에는 낭만시가 융성하였는데, 그 중에서도 시마자키 도손은 전통적인 7·5조의 형식에 새로운 시정을 가미한 신체시의 예술적 완성을 이루어 주목을 받았다. 그리고 메이지38년(1905)에 나온 우에다 빈(上田敏)의 번역 시집 『해조음』(海潮音)은 상징시 유행의 계기를 만들었으나 이윽고 자연주의의 영향을 받아 구어 자유시가 등장하게 되었다.

다이쇼기에 들어서자 시라카바파의 영향을 받은 다카무라 고타로(高村光太郎)가 구어자유시를 지향하였다. 또한 예민한 감성의 시인 하기와라 사쿠타로(萩原朔太郎)는 구어자유시를 완성시켜 근대적 자아의 확립과 그 고뇌를 노래했다.

신체시(新体詩)1

근대시 운동의 시작을 알린 것은 도야마 마사카즈(外山正一), 야타

---

1 新体詩: 메이지기에 당시의 한시에 대항하여 붙인 시의 호칭으로, 새로운 스타일의 시라는 의미이다. 메이지40년대에 한시가 쇠퇴하자 신체시는 단순히 '시'라고 불리게 되었다.

베 료키치(矢田部良吉), 이노우에 데쓰지로(井上哲次郎) 3인 공저에 의한 『신체시초』(新体詩抄[2], 1882)로, 창작시와 번역시를 수록하고 있다. 그러나 형식이 대부분 7·5조의 문어 정형시이고, 내용면에서도 전통적인 시정에서 완전히 탈피하지 못한 까닭에 예술적인 가치는 그다지 높다고는 할 수 없으나, 새로운 시의 시대를 연 점에서 그 의의가 크다. 『신체시초』에 의해 시작된 신체시라는 명칭은 메이지 말기까지의 문어정형시를 총괄하는 말이 되었다.

『新体詩抄』

グレー氏墳上感慨の詩(第一連)　矢田部良吉訳

山々かすみいりあひの　　　鐘はなりつゝ野の牛は
徐に歩み帰り行く　　　　　耕へす人もうちつかれ
やうやう去りて余ひとり　　たそがれ時に残りけり

(『新体詩抄』)

그레이씨 무덤 위에서의 감개의 시 (제1연)　야타베 료키치 역

이산저산 안개 낀 저녁 무렵의　　울리는 종소리에 들판의 소는
느릿느릿 걸어서 돌아가누나　　　밭을 가는 사람도 피곤에 지쳐
휘청휘청 떠나고 나만이 홀로　　　어둑어둑 해질녘 남아있도다

낭만시(浪漫詩)

서양시의 외형적 모방에서 한걸음 나아가 신체시를 예술적으로 발전시킨 것이 메이지22년(1889)에 나온 번역 시집 『오모카게』(於母影)였다. 모리 오가이를 중심으로 하는 신세이샤(新声社[S.S.S.]) 동인들에 의한 『오모카게』는 영국과 독일의 낭만파 시를 유려한 번역으로 소개하여, 당시 젊은이들에게 큰 영향을 끼쳤다. 특히 기타무라 도코

---

2 新体詩抄: 영국시를 중심으로 한 번역시 14편과 창작시 5편으로 되어 있다.

쿠를 중심으로 한 『문학계』동인에게 끼친 영향은 지대하였으며, 그 낭만적 시정이 도코쿠의 장편서사시 『초수의 시』(楚囚之詩, 1889)와 극시 『호라이쿄쿠』(蓬莱曲, 1891) 등에 이어졌다.

オフェリアの歌	오필리아의 노래
森鴎外訳	모리 오가이 역
いづれを君が恋人と	과연 그 누가 그대 연인인줄을
わきて知るべきすべやある	알아차릴 수 있는 도리 있으리
貝の冠とつく杖と	조개껍질 모자와 짚는 지팡이
はける靴とぞしるしなる(『於母影』)	신고 있는 신발이 증표이려니

시마자키 도손

『문학계』의 동인 시마자키 도손은 메이지 낭만시를 대표하는 시인이다. 청춘의 감상을 7·5조의 운율로 노래한 『와카나슈』(若菜集, 1897)는 일본의 미의식과 서구의 근대시의 형태를 융합시킨 시집으로, '새로운 시가'의 시대를 열었다. 이어서 『일엽주』(一葉舟, 1898)『여름풀』(夏草, 1898)을 발표한 그는 『낙매집』(落梅集, 1901)을 마지막으로 산문으로 전향했다. 도손의 시의 특징은 전통의 시어와 운율을 살려 연애와 청춘의 애수를 여성적인 서정으로 노래한 점에 있다.

『若菜集』의 표지

初恋	첫사랑
島崎藤村	시마자키 도손
まだあげ初めし前髪の	이제 갓 땋아 올린 앞 머리카락
林檎のもとに見えしとき	사과나무 아래에 보였을 때에
前にさしたる花櫛の	앞머리에 꽂혀진 꽃빗의 모습

花ある君と思ひけり	꽃 같은 그대라고 여겼었노라
やさしく白き手をのべて	다정하게 하얀 손 내게 내밀어
林檎をわれにあたへしは	사과를 나에게로 건네준 그대
薄紅の秋の実に	연분홍색 빛깔의 가을 열매로
人こひ初めしはじめなり(『若菜集』)	그리움을 비로소 알게 됐노라

도이 반스이(土井晩翠)3

도손의 여성적인 서정과 대조적으로 민족의 이상을 남성적인 서사시로 노래한 것이 도이 반스이였다. 그는 시집 『천지유정』(天地有情, 1899)『새벽종』(曉鐘, 1901)을 발표, 도손과 나란히 거론되었다. 그의 시는 한어를 많이 구사한 남성적인 것으로 당시의 젊은이들에게 애창되었다.

土井晩翠

荒城の月 土井晩翠	황성의 달 도이 반스이
天上影は替らねど	저 하늘의 달빛은 변함없건만
栄枯は移る世の姿	흥망성쇠 덧없는 이 세상 모습
写さんとてか今もなほ	그 모습 비치려나 지금까지도
鳴呼荒城の夜半の月	아아 황성 옛터의 한밤의 저 달

상징시(象徵詩)4

상징시는 유럽, 그 중에서도 특히 프랑스에서 고전파에 대한 저항

---

3 土井晩翠(1871~1952): 한어를 구사한 장중한 서정으로 젊은이들의 공감을 얻었다. 명곡 「황성의 달」(荒城の月)의 작시자이다.
4 象徵詩: 감정이나 사상을 직접 표현하지 않고 날카로운 감각에 의한 언어 조작

『海潮音』の表紙

上田敏

이라는 형태로 생겨난 새로운 시풍으로, 이를 가장 먼저 소개한 것은 우에다 빈(上田敏)[5]이었다. 그의 역시집 『해조음』(海潮音, 1905)은 창작시라고 할 정도로 뛰어난 번역시들로 번역시 사상 최고봉을 자랑하고 있으며, 일본 상징시 형성에 크게 기여했다.

메이지30년대 후반 문예잡지 『묘조』(明星)에 참가한 스스키다 규킨(薄田泣菫)[6]과 간바라 아리아케(蒲原有明)[7]는 상징시의 시대를 열었다. 규킨은 『백양궁』(白羊宮, 1906) 등의 시집에서 상징시적 수법을 도입하여 낭만적이고 고전적인 시풍을 나타냈다. 아리아케는 세련된 감각으로 근대인의 복잡한 심리를 그려내었다. 그는 『아리아케집』(有明集, 1908) 등으로 일본의 상징시를 완성했다.

또한 나가이 가후는 프랑스 상징시를 번역한 『산호집』(珊瑚集[8], 1913)을 발표해서 시단에 큰 영향을 주었다. 이 『산호집』은 미키 로후(三木露風), 기타하라 하쿠슈(北原白秋) 등에게 영향을 끼쳤다.

落葉	낙엽
ヴェルレーヌ／上田敏訳	베를렌 / 우에다 빈 역
げにわれは	참으로 나는

에 의해 영상과 음악성이 풍부한 세계를 창출, 암시적으로 표현하는 시.
5 上田敏(1874~1916): 탁월한 어학력으로 해외 문학의 소개와 심미적인 비평 활동을 했다. 『묘조』(明星) 등에 상징파의 시풍을 소개, 상징시 유행의 선구적 역할을 했다.
6 薄田泣菫(1877~1945): 『백양궁』(白羊宮) 이후 시를 떠나 신문사에서 일하며 수필집을 발표했다.
7 蒲原有明(1876~1952): 『아리아케집』(有明集) 이후 시를 떠났다.
8 珊瑚集: 보들레르 등 프랑스 근대시인의 시 38편을 번역한 시집.

うらぶれて	풀죽어
ここかしこ	여기저기
さだめなく	정처 없이
とび散らふ	떠도는
落葉かな。(『海潮音』)	낙엽이거니.

구어자유시의 시도와 탐미파(耽美派)의 상징시

메이지40년대에는 형식을 부정하는 자연주의가 시단에도 영향을 끼쳐, 문어정형시를 대신하여 구어자유시가 시도되었다. 가와지 류코 (川路柳虹)[9], 소마 교후(相馬御風)[10] 등은 전통적인 7·5조에 구애되지 않고 자유로운 형식과 알기 쉽고 명료한 구어에 의해 일상생활을 표현하고자 하였다.

그러나 이 시기를 대표하는 것은 문어자유시 의 기타하라 하쿠슈(北原白秋)[11]나 미키 로후(三木露風)[12], 기노시타 모쿠타로(木下杢太郎)[13] 등 이라고 할 수 있다. 우에다 빈의 『해조음』이나 나가이 가후의 『산호집』 등의 역시집을 통해 상징시의 영향을 받은 그들은, '판노카이'(パンの 会)[14]를 결성하고 문예잡지 『스바루』(スバル)를

『邪宗門』(石井柏亭裝幀)

---

9 川路柳虹(1888~1959): 메이지의 신체시에서 다이쇼의 자유시로 전환하여 그 운동의 선구가 되었다.
10 相馬御風(1883~1950): 자연주의 입장에서 시의 혁신에 노력하였다.
11 北原白秋(1885~1942)
12 三木露風(1889~1964)
13 木下杢太郎(1885~1945): 시인, 소설가, 극작가. 하쿠슈 등과 함께 '판노카이' (パンの会, 1908)를 만들었다.
14 パンの会: 메이지41년(1908)에 결성된 예술결사. 젊은 시인과 화가의 담화 모

창간하여 메이지 40년대에서 다이쇼에 걸쳐 활발한 활동을 전개하였다. 대표적인 시인인 하쿠슈는 이국정서와 관능의 해방을 노래한 『자슈몬』(邪宗門, 1909)『추억』(思ひ出, 1911) 등의 시집을 발표했다. 신비적 경향의 상징시인인 로후는 『폐원』(廃園, 1909)『흰 손의 사냥꾼』(白き手の猟人, 1913)을 발표, 상징시의 완성에 공헌했다. 모쿠타로는 에도(江戸)정서를 노래한 『식후의 노래』(食後の唄, 1919) 등의 시집을 발표하여 탐미적인 시풍을 나타냈다.

邪宗門秘曲　　　　　　　　北原白秋

われは思ふ末世の邪宗、切支丹でうすの魔法。
黒船の加比丹を、紅毛の不可思議国を、
色赤きびいどろを、匂鋭きあんじやべいいる、
南蛮の桟留縞を、はた、阿剌吉、珍酡の酒を(『邪宗門』)

자슈몬 비곡　　　　　　　기타하라 하쿠슈

나는 생각한다 말세의 사교, 그리스도교의 신의 마법.

흑선의 선장을, 홍모의 이상한 나라를,

붉은 색 유리를, 진한 향기의 카네이션,

남만의 산토메산 줄무늬를, 증류수, 적포도주를.

이상주의(理想主義)의 시

다이쇼기에 접어들면서 시라카바파를 중심으로 한 인도주의적, 이상주의적 경향의 시인들이 활약했다. 센케 모토마로(千家元麿), 야마무라 보초(山村暮鳥), 무로 사이세이(室生犀星)[15] 등이 있는데, 가장

임. 스미다강을 세느강에 빗대어 탐미와 데카당스에 심취했다. '판(pan)'이란 그리스신화에 나오는 목양신을 가리키는 말.

대표적인 시인은 다카무라 고타로(高村光太郎)이다. 그는 구어자유시
의 확립에 공헌했다.

다카무라 고타로(高村光太郎)16

『묘조』와 『스바루』 등에 속하여 탐미적인 시인으로 출발한 고타
로는 시라카바파의 영향과 나중에 그의 아내가 된 지에코(智惠子)와
의 만남에 의해 이상주의의 시풍으로 바뀌게 된다. 생명의 충동과
이상을 향한 의지를 평이하고 힘찬 용어와 어법에 의해 노래한 시집
『노정』(道程, 1914)은 다이쇼기를 대표하는 시집으로 일컬어지고 있
는데, 구어자유시를 확립했다는 점에서도 중요한 시집이다.

高村光太郎

道程

高村光太郎

僕の前に道はない
僕の後ろに道は出来る
ああ、自然よ
父よ
僕を一人立ちにさせた広大な父よ
僕から目を離さないで守る事をせよ
常に父の気魄を僕に充たせよ
この遠い道程のため
この遠い道程のため(『道程』)

---

15 室生犀星(1889~1962): 시인, 소설가.
16 高村光太郎(1883~1956)

노정

다카무라 고타로

내 앞에 길은 없다.

내 뒤에 길은 생긴다.

아아, 자연이여

아버지여

나를 홀로 서게 한 광대한 아버지여

내게서 눈을 떼지 말고 지켜주오

언제나 아버지의 기백을 내게 채워주오

이 먼 노정을 위해

이 먼 노정을 위해

민중시파(民衆詩派)의 시

제1차 세계대전 후의 데모크라시 사조의 영향을 배경으로 다카무라 고타로에 의해 추진된 구어자유시 운동을 더욱 발전시킨 것이 민중시파 시인들이었다. 다이쇼7년(1918) 창간된 『민중』(民衆)에 모인 모모타 소지(百田宗治), 도미타 사이카(富田砕花), 시로토리 세이고(白鳥省吾) 등은 자유와 평등을 슬로건으로 내세워 평이한 말로 자신들의 사상을 노래했다. 이상주의파의 센케 모토마로, 야마무라 보초 등도 여기에 참가하여 활동하였다.

예술시파(芸術詩派)의 시

민중시파의 방향과는 달리 예술지상주의적 입장에 서서 상징시의 흐름을 이은 사람들을 예술시파라 한다. 그 중에서도 『달을 향해 울

부짖다』(月に吠える, 1917)의 하기와라 사쿠타로(萩原朔太郞)는 시에
내면적인 음악성을 부여하였으며 구어자유시의 완성자로 일컬어지고
있다. 또한 전통적인 문어정형시에 근대적인 서정을 담은 시집『순정
시집』(殉情詩集, 1921)의 사토 하루오(佐藤春夫)[17]나, 초현실주의시운
동에 영향을 준 역시집『월하의 일군』(月下の一群[18], 1925)의 호리구
치 다이가쿠(堀口大學[19]), 독자적인 상징시풍의 시를 쓴 히나쓰 고노
스케(日夏耿之助)[20] 등이 있다.

하기와라 사쿠타로(萩原朔太郞)[21]

하기와라 사쿠타로는 근대인 특유의 존재의 불안과 고독, 우수를
날카로운 감성으로 잘 표현하였다. 그는 시에 내면적인 음악성을 부
여하여 구어자유시를 예술적으로 완성시켰다. 현대어를 자유롭게 구
사한『달을 향해 울부짖다』(月に吠える, 1917)는 예리한 감수성에 의
한 환상적 이미지가 돋보이는 시집이다. 이어서『푸른 고양이』(靑猫,
1923)에서는 특이한 감각과 존재의 불안을 잇는 새로운 영역을 개척
했다. 그의 시는 이후 다이쇼 시단에 큰 영향을 끼쳤다.

萩原朔太郞

『月に吠える』の表紙

---

17 佐藤春夫(1892~1964): 다이쇼 이후의 고전시인 가운데 제 1인자로 일컬어지
   고 있다.
18 月下の一群: 보들레르, 마라르메 등의 프랑스 근대시 340편을 수록하고 있다.
19 堀口大學(1892~1981)
20 日夏耿之助(1890~1971)
21 萩原朔太郞(1886~1942): 시집에『순정소곡집』(純情小曲集), 시론에『시론과
   감상』(詩論と感想) 등이 있다.

『月に吠える』の挿絵

竹 (たけ)
萩原朔太郎 (はぎわらさくたろう)

光る地面に竹が生え、
青竹が生え、
地下には竹の根が生え、
根がしだいにほそらみ、
根の先より繊毛 (わたげ) が生え、
かすかにけぶる繊毛が生え、
かすかにふるえ。(『月に吠える』(つき ほ))

대나무

하기와라 사쿠타로

빛나는 지면에 대나무가 자라,
푸른 대나무가 자라,
지하에는 대나무 뿌리가 자라,
뿌리가 점점 가늘어져,
뿌리 끝에서 잔뿌리가 자라,
살짝 부옇게 보이는 잔뿌리가 자라,
살짝 흔들려.

현대시

다이쇼말기부터 쇼와에 걸쳐 근대문학 전반에 걸쳐 전환기를 맞이하게 되었고 시에 있어서도 현대시의 시대에 접어들게 되었다. 이 시기에 전통을 타파하려는 전위예술 사조가 들어와 사회운동으로서의 아나키즘이나 프롤레타리아운동과 맞물려 새로운 변혁의 바람이 일게 된다.

유럽에서 일어난 전위시운동의 영향을 받아 시의 변혁을 꾀하게 된 시인에는, 미래파의 히라토 렌키치(平戸廉吉)와 다다이즘의 다카하시 신키치(高橋新吉), 아나키즘의 하기와라 교지로(萩原恭次郎) 등이 있다. 특히 호리구치 다이가쿠(堀口大学)의 역시집 『월하의 일군』(月下の一群, 1925)은 종래의 일본 시의 틀을 과감히 깨고 현대적인 감각에 의해 번역함으로써 현대시의 방향을 제시했다.

쇼와기에 접어들어 시단은 『시와 시론』(詩と詩論)으로 모인 아방가르드와 모더니즘 시인그룹과 프롤레타리아시인들에 의해 양분되었다. 쇼와10년대에는 새로운 서정을 추구한 『사계』(四季)와, 인생파적인 시를 발표한 『역정_{れきてい}』(歷程)의 시인들이 주도하였다. 그리고 전후에는 프롤레타리아시의 부활과 기성시인들과 신인들에 의한 다양한 시 운동이 전개되었다.

프롤레타리아 시

다이쇼말기부터 프롤레타리아 문학이 융성함에 따라, 종래의 서정이나 낭만성을 부정하고 공장이나 농촌에서 일하는 노동자의 생활을 노래한 시가 만들어지게 되었다. 이러한 시들은 무산계급의 해방을 목표하였는데, 그 중에서도 잡지 『당나귀』(驢馬_{ろ ば})에 계급적인 감정과 예술성을 결합시킨 작품을 발표한 나카노 시게하루(中野重治[22])가 리더격이었다. 그 밖에 오구마 히데오(小熊秀雄_{お ぐ ま ひ で お}), 오노 도자부로(小野十三郎_{お の とお ざ ぶ ろ う}[23]), 하기와라 교지로(萩原恭次郎_{は ぎ わ ら きょう じ ろ う})[24] 등이 주목받았다. 그러나, 그 시의 대부분이 생경한 사상의 표백이나 격렬한 슬로건의 나열에 치우쳐, 예술성은 희박했다.

中野重治

汽車
中野重治_{なか の しげはる}

降りたものと乗りつゞけるものとの別れの言葉が
別々の工場に買ひなほされるだらう彼女たちの
二度とあはないであらう紡績女工たちの
その千の声の合唱が降りしきる雪空のなかに舞ひあがった

---

22 中野重治(1902~1979): 나카노 시게하루는 호리 다쓰오(堀辰雄) 등과 함께 동인잡지 『당나귀』(驢馬)를 창간하였다. 대표작에 「노래」(歌)「비 내리는 시나가와역」(雨の降る品川駅) 등이 있다.

23 小野十三郎(1903~96)

24 萩原恭次郎(1899~1938)

기차

나카노 시게하루

내린 사람과 계속 타고 갈 사람과의 이별의 말이
각각 다른 공장에 되팔려갈 그녀들의
두 번 다시 만나지 않을 방적 여공들의
그 천의 소리의 합창이 눈이 펑펑 내리는 하늘 속으로 날아올라갔다.

초현실주의파(超現実主義派)

호리구치 다이가쿠(堀口大學)의 역시집 『월하의 일군』(月下の一群, 1925)은 장 콕토와 라디게 등의 단시를 번역한 것으로, 신선한 감각과 지적인 수법 등이 후에 쇼와의 시에 큰 영향을 끼쳤다. 『월하의 일군』으로 소개된 초현실주의 운동은 쇼와3년(1928)에 창간된 『시와 시론』(詩と詩論)에 의해서 추진되었다. 여기에 모인 시인들은 니시와키 준자부로(西脇順三郎)[25], 기타가와 후유히코(北側冬彦)[26], 미요시 다쓰지(三好達治)[27], 하루야마 유키오(春山行夫) 등이었는데, 그들은 새로운 시법의 자각에 의해 시적인 긴장감과 시의 순수성을 되찾아 침체된 시단에 새바람을 불러일으키고자 했다. 종래의 서정시나 상징시를 배척하고 주지시의 성립을 목표하여, 서구의 전위시 소개에 힘쓰고 산문시와 단시 등도 시도했는데, 기타가와의 『전쟁』(戦争, 1929), 미요시의 『측량선』(測量船, 1930), 니시와키의 『암바르발리아』(Ambarvalia[28], 1933) 등이 그 대표작이다.

---

25 西脇順三郎(1894~1982)
26 北側冬彦(1900~90): 시집 『전쟁』(戦争)은, 폭력적인 감정 이입으로 긴밀한 시의 세계를 형성하고 있다.
27 三好達治(1900~64): 『측량선』(測量船)은 근대인의 우수를, 재치를 살려 차분한 음률로 읊은 시집이다.

乳母車

<ruby>三好達治<rt>みよしたつじ</rt></ruby>

時はたそがれ

母よ　私の乳母車を押せ

泣きぬれる夕陽にむかって

<ruby>鱗々<rt>りんりん</rt></ruby>と私の乳母車を押せ (『測量船』)

유모차

미요시 다쓰지

때는 해질녘

어머니여　내 유모차를 미시오

눈물에 젖은 석양을 향해

덜컹덜컹 내 유모차를 미시오

雨

<ruby>西脇順三郎<rt>にしわきじゅんざぶろう</rt></ruby>

南の風に柔い女神がやって来た

青銅をぬらし噴水をぬらし

燕の腹と黄金の毛をぬらした

潮を抱き砂をなめ,魚を飲んだ

ひそかに寺院風呂場劇場をぬらし

この白金の絃琴の乱れの

女神の舌はひそかに

我が舌をぬらした(『<ruby>Ambarvalia<rt>あむばるわりあ</rt></ruby>』)

비

니시와키 준자부로

남쪽 바람에 부드러운 여신이 찾아왔다

청동을 적시고 분수를 적시고

제비 배와 황금의 머리카락을 적시고

물살을 안고 모래를 핥고 물고기를 마셨다

은밀히 사원과 욕장과 극장을 적시고

이 백금의 현금이 흩어진 것 같은

여신의 혀는 은밀히

---

28 Ambarvalia: 라틴어로 추수제라는 뜻.

내 혀를 적셨다

『사계』(四季)29

『시와 시론』이 폐간되고 프롤레타리아문학이 쇠퇴한 후에 시단의
주류가 되었던 것이 쇼와9년(1934)에 창간된 잡지『사계』의 시인들
이었다.『사계』는 구어자유시가 상실한 음악성의 회복과 새로운 서
정을 목표로 하였다. 14행시(소네트)의 형식으로 섬세한 서정을 풍부
한 음악성으로 노래한 다치하라 미치조(立原道造)30를 비롯해, 미요시
다쓰지(三好達治), 이토 시즈오(伊東静雄), 마루야마 가오루(丸山薫),
나카하라 주야(中原中也) 등이 있다.

はじめてのものに
立原道造

ささやかな地異は　そのかたみに
灰を降らした　この村に　ひとしきり
灰はかなしい追憶のやうに　音立てて
樹木の梢に　家々の屋根に　降りしきつた(『萱草に寄す』)

처음 것에
다치하라 미치조

사소한 지상의 이변은 그 유품에
재를 내렸다　이 마을에 끊임없이
재는 슬픈 추억처럼　소리를 내며
수목의 가지 끝에 집집마다 지붕위에 하염없이 내렸다.

---

29 四季: (1)호리 다쓰오가 편집한 계간. 1933년 간행. (2)미요시 다쓰지, 마루야마
  가오루, 호리 다쓰오 등의 편집으로 간행된 월간. 1934~44년. (3)전후에 재간.
30 立原道造(1914~39): 『사계』파의 대표적 시인으로 25세의 나이에 요절했다.

『역정』(歴程)³¹

쇼와10년(1935) 창간된 잡지 『역정』의 중심이 되었던 것은 『제백계급』(第百階級, 1928)『개구리』(蛙, 1938) 등으로 우주감각과 서민에 대한 관심을 나타낸 구사노 신페이(草野心平)³²이다. 그 밖에 다카하시 신키치(高橋新吉)³³, 가네코 미쓰하루(金子光晴)³⁴ 등과, 『사계』에도 속했던 나카하라 주야(中原中也)³⁵가 있다. 그 중에서도 나카하라 주야는 『지난날의 노래』(在りし日の歌, 1938)를 통해 근대적 의식에 의한 생의 권태와 우울의 정서를 읊었다. 주야는, 평이한 용어와 가요조의 리듬으로 애절한 상실감과 부드러운 실재감이 깃든 시풍의 시를 썼다. 가네코 미쓰하루는 상징파 시인으로 출발했으나, 허무적인 시선으로 『상어』(鮫, 1937) 등을 발표하여 천황제와 국가 권력, 그리고 침략전쟁 등을 비유적으로 날카롭게 풍자하고 비판하였다.

한편 『역정』이 발굴한 시인에 미야자와 겐지(宮沢賢治)³⁶와 야기 주키치(八木重吉)³⁷가 있다. 『역정』에 이들의 유고가 게재됨으로써

中原中也

宮沢賢治

---

31 歴程: 1935년 창간. 구사노 신페이 등이 중심이 되었다. 미야자와 겐지와 야기 주키치를 발굴하였다.

32 草野心平(1903~88): 『역정』(歴程)을 창간하여 그 중심이 되어 활약하는 한편, 미야자와 겐지와 야기 주키치의 시를 적극적으로 세상에 소개하였다. 전후에도 왕성한 작가 활동을 하였다.

33 高橋新吉(1901~87): 다다이즘에서 출발하여 그 후 선적(禅的)인 경향을 보였다.

34 金子光晴(1895~1975): 전쟁 중에 쓰여진 시가 전후에 발표되어 인정받았다. 만년에는 젊은이들의 지지를 받았다.

35 中原中也(1907~37): 세기말적인 어두운 분위기가 감도는 서정시를 썼다.

36 宮沢賢治(1896~1933): 시인, 동화작가. 생전에 간행한 유일한 시집으로 『봄과 수라』(春と修羅), 동화집으로 『주문 많은 요리점』(注文の多い料理店)이 있다. 그의 예술의 근저에는 어려서부터 친숙했던 불교의 영향이 짙게 드리워져 있다.

37 八木重吉(1898~1927): 시집에 『가을 눈동자』(秋の瞳)와 『가난한 신도』(貧し

사후에 높은 평가를 받게 되었다. 미야자와 겐지가 생전에 발표한 시집은 『봄과 수라』(春と修羅, 1924) 단 한권밖에 없지만, 이전의 시인에게서 볼 수 없었던 참신한 어휘를 구사하여, 사후에 그 광물질의 투명한 시의 세계가 높이 평가받고 있다.

『春と修羅』の表紙

秋の夜の会話 草野心平	가을밤의 대화 구사노 신페이
さむいね	춥지?
ああさむいね	그래 춥네
虫がないてるね	벌레가 울고 있네
ああ虫がないてるね	그래 벌레가 울고 있군
もうすぐ土の中だね	곧 땅 속으로 들어가야지
土の中はいやだね　(『第百階級』)	땅 속은 싫어

一つのメルヘン 中原中也	하나의 메르헨 나카하라 주야
秋の夜は　はるかの彼方に	가을밤은 아주 멀리
小石ばかりの　河原があつて	조약돌만의 강변이 있어
それに陽は　さらさらと	거기에 해는 반짝반짝
さらさらと射してゐるのでありました	반짝반짝 빛나고 있었습니다
(『在りし日の歌』)	

岩手山 宮沢賢治	이와테산 미야자와 겐지
そらの散乱反射のなかに	하늘의 산란반사 속에
古ぼけて黒くゑぐるもの	고색창연하고 검게 드러나는 것

___

き信徒)가 있다.

ひしめく微塵の深みの底に   휘날리는 티끌의 깊음 속에
きたなくしろく澱むもの   더러우면서도 하얗게 고여 있는 것
       (『春と修羅』)

전후시

종전 직후 전쟁 중의 공백을 메우듯이 많은 시 잡지가 창간되고 복간되면서 다양한 시 활동이 전개되었다. 그 중에서도 대표적인 것은 쇼와22년(1947)에 창간된 『황무지』(荒地)[38] 그룹으로, 그들은 전전의 모더니즘을 비판하면서 영국의 시인 엘리엇(T.S. Eliot)이 말하는 "현대는 황무지다"라는 인식 하에 문명과 인간과의 상관관계를 응시, 인간성의 회복을 추구하였다. 아유카와 노부오(鮎川信夫)[39], 미요시 도요이치로(三好豊一郎), 다무라 류이치(田村隆一)[40], 구로다 사부로(黒田三郎)[41], 요시모토 다카아키(吉本隆明) 등이 중심이 되었다. 또한 같은 시기에 『역정』이 복간되어 구사노 신페이를 중심으로 하여 야마모토 다로(山本太郎)[42], 소 사콘(宗左近)[43], 하라 다미키(原民喜)[44] 등이 모여 개성적인 시의 세계를 구축해 나갔다.

한편 쇼와 27년(1952)에는 좌익계 시인들이 『열도』(列島)[45]를 창

---

38 荒地(1947~48): 1951년부터는 연간인 『황무지시집』(荒地詩集)을 8집까지 간행하였다.
39 鮎川信夫(1920~86)
40 田村隆一(1923~98)
41 黒田三郎(1919~80)
42 山本太郎(1925~88)
43 宗左近(1919~2006): 시인, 평론가, 불문학자이자 번역가.
44 原民喜(1905~51): 소설가, 시인. 『역정』을 통해 활발한 시 창작활동을 하는 한편, 동화도 다수 남겼다.
45 列島(1952~55)

간하여 사회주의 리얼리즘을 지향했다. 『열도』는 세키네 히로시(関根 弘)[46], 하세가와 류세이(長谷川竜生) 등을 중심으로 한 그룹으로, 전전 프롤레타리아시를 비판적으로 계승하여 사회 변혁과 관계하며 새로운 시를 써 나갔다.

『황무지』『열도』에 이어서 쇼와28년(1953)에는 가와사키 히로시(川崎洋)[47], 이바라키 노리코(茨木のり子) 등에 의해 잡지 『가이』(櫂)[48]가 창간되었다. 후에 다니카와 슌타로(谷川俊太郎)[49], 오오카 마코토(大岡信)[50] 등이 참가하게 되는데, 이들은 정치적이거나 사상적인 시를 썼던 『황무지』『열도』의 시인들과 비교하여, 자기의 감수성을 마음껏 표현해냈다. 이후 고도성장에 따른 대중사회화로 인해 어느 특정 유파나 그룹이 주류를 차지하던 시대를 마감하고, 각각의 시인들이 자신의 개성을 발휘해 나아가게 되었다.

谷川俊太郎

<table>
<tr><td>死んだ男
鮎川信夫</td><td>죽은 남자
아유카와 노부오</td></tr>
<tr><td>たとえば霧や
あらゆる階段の跫音のなかから、
遺言執行人が、ぼんやりと姿を現す。</td><td>예컨대 안개나
모든 계단의 발소리 속에서
유언 집행인이 희미하게 모습을
나타낸다.</td></tr>
<tr><td>—これがすべての始まりである。
 (『橋上の人』) </td><td>—이것이 모든 것의 시작이다.</td></tr>
</table>

---

46 関根弘(1920~)
47 川崎洋(1930~)
48 櫂(1953~55)
49 谷川俊太郎(1931~)
50 大岡信(1931~): 학생시절부터 시인으로 주목받았다. 기쿠치상, 요미우리문학상 등 수상다수.

なんでも一番　　　　　　　무엇이든 최고
　　　　関根弘　　　　　　　　　세키네 히로시
凄い！　　　　　　　　　　대단해!
こいつはまつたくたまらない　이건 정말 참을 수 없어
せつかくきたのに　　　　　모처럼 왔는데
摩天楼もみえぬ　　　　　　마천루도 보이지 않아
なにがなんだか五里霧中　　뭐가 뭔지 오리무중
その筈！　　　　　　　　　그도 그럴 것이!
アメリカはなんでも一番　　미국은 무엇이든 최고
霧もロンドンより深い　　　안개도 런던보다 자욱해

　　　かなしみ
　　　　谷川俊太郎
あの青い空の波の音が聞えるあたりに
何かとんでもないおとし物を
僕はしてきてしまつたらしい

透明な過去の駅で
遺失物係の前に立つたら
僕は余計に悲しくなつてしまつた(『二十億光年の孤独』)
　　　슬픔
　　　　　다니카와 슌타로
저 푸른 하늘 파도 소리 들리는 그 곳에
무언가 소중한 것을
나는 두고 와 버린 것 같다.

투명한 과거의 역에서
유실물 담당자 앞에 서자

나는 한층 더 슬퍼지고 말았다.

단카·短歌

근대에 들어와서도 메이지10년대까지의 가단은 근세의 와카의 전통을 고수하는 구파가 지배하고 있었다. 게이엔파(桂園派)[1]의 가인을 중심으로 한 오우타도코로파(御歌所派)가 바로 그들이었는데, 메이지 20년대 후반에 오치아이 나오부미(落合直文)[2]가 결성한 아사카사(浅香社)를 중심으로 단카 혁신운동이 전개되게 된다. 그 후 메이지30년대에는 아사카사에서 나온 요사노 뎃칸(与謝野鉄幹)[3]을 중심으로 한 신시샤(新詩社)의 낭만파와 마사오카 시키(正岡子規)를 중심으로 한 네기시 단카카이(根岸短歌会)의 사생파가 단카 혁신의 결정적인 역할을 하게 된다. 이어서 메이지40년대에는 자연주의의 영향을 바탕으로 와카야마 보쿠스이(若山牧水), 이시카와 다쿠보쿠(石川啄木) 등이 등장하게 된다. 한편, 자연주의에 반발한 기타하라 하쿠슈 등의 탐미파 가인들의 활약도 돋보였다.

마사오카 시키의 사후, 그의 뒤를 이은 이토 사치오(伊藤左千夫)는 『아라라기』(アララギ)를 창간하는데 여기에 모인 시마키 아카히코(島木赤彦)와 사이토 모키치 등(斎藤茂吉)에 의해 이 파가 다이쇼·쇼와 가단의 주류가 되게 된다. 다이쇼말기부터 쇼와에 걸쳐서는 구어자유율 단카운동과 프롤레타리아 단카운동이 일어났다.

---

1 桂園派: 에도 후기의 가인인 가가와 가게키(香川景樹)의 유파에 속하는 와카의 한 파.
2 落合直文(1861~1903)
3 与謝野鉄幹(1873~1935): 신시샤(新詩社)를 주재. 시가집에 『동서남북』(東西南北) 등이 있다.

단카의 혁신

『신체시초』에 의한 신체시운동은 당시 가단에 큰 자극제가 되었다. 메이지26년(1893)에 오치아이 나오부미가 아사카샤(浅香社)를 결성하여 단카 혁신운동을 주도하게 되고, 여기에 요사노 뎃칸, 가네코 군엔(金子薫園) 등이 모여들어 후에 단카혁신을 추진하게 된다. 또한 사사키 노부쓰나(佐々木信綱)[4]는 메이지31년(1898)에 『마음의 꽃』(心の花)을 창간, 치쿠하쿠카이(竹柏会)를 주재하여 개성 존중의 자유로운 가풍을 육성하였다. 한편, 마사오카 시키는 메이지31년(1898)에 『가인에게 보내는 글』(歌よみに与ふる書)을 써서 게이엔파를 비판하고 대상을 있는 그대로 그리는 '사생'(写生)의 방법을 주장하였다.

낭만파 단카

오치아이 나오부미에게 사사받은 요사노 뎃칸은 가론『망국의 소리』(亡国の音, 1893)에서 게이엔파의 가풍을 통렬히 비판하며, '마스라오부리'(ますらをぶり)의 가풍을 전개했다. 메이지32년(1899)에 신시샤(新詩社)를 결성하고, 이듬해 기관지 『묘조』(明星)[5]를 창간하여 낭만주의 단카의 전성시대를 맞이하게 된다. 이들 낭만파 단카 그룹을 묘조파라고도 부른다. 이 파에 속한 가인으로는 구보타 우쓰보(窪田空穂)[6], 기노시타 모쿠타로(木下杢太郎), 이시카와 다쿠보쿠(石川啄木), 기타하라 하쿠슈(北原白秋), 요시이 이사무(吉井勇)[7] 등을 들 수 있는

『明星』終刊号

---

4 佐々木信綱(1872~1963)
5 明星(1900~08): 뎃칸이 조직한 도쿄신시샤에서 간행된 문예지.
6 窪田空穂(1877~1967)
7 吉井勇(1886~1960)

데, 그 중에서도 요사노 아키코(与謝野晶子)[8]의 활약이 두드러졌다. 요사노 아키코는 처녀가집 『헝클어진 머리』(みだれ髪[9], 1901)에서 연애찬미와 청춘의 동경, 그리고 관능미 등을 대담하게 읊어 세인의 주목을 받았다.

『みだれ髪』の表紙

その子二十櫛にながるる黒髪のおごりの春のうつきしきかな

(与謝野晶子『みだれ髪』)

스무 살 아이/ 빗에 흘러내리는/ 검은 머리는/ 교만한 어느 봄날/ 아름다움일까나

やは肌のあつき血汐にふれも見でさびしからずや道を説く君

(与謝野晶子『みだれ髪』)

보드란 살갗/ 뜨거운 이내 피를/ 만지지 않고 / 허전하지 않은가/ 도 가르치는 이여

네기시 단카카이(根岸短歌会)

마사오카 시키(正岡子規)[10]는 전통적인 구파 단카를 비판함과 동시에, 묘조파에도 대항하며 단카의 혁신을 역설하였다. 가론서인 『가인에게 보내는 글』(歌よみに与ふる書, 1898)에서는 당시의 게이엔파 가인들이 기반으로 삼았던 『고킨슈』(古今集)를 비판함과 동시에 그 추종자들도 비판하였다. 그리고 『만요슈』(万葉集)를 존중하는 입장을

---

8 与謝野晶子(1878~1942): 『묘조』 2호부터 단카를 투고, 메이지34년(1901) 상경하여 『헝클어진 머리』(みだれ髪)를 간행 후 뎃칸과 결혼하였다.
9 みだれ髪: 뎃칸과의 연애 과정에서 만들어진 노래를 수록하고 있다. 우에다 빈에 의해 격찬을 받았으며, 세인들로부터 높은 평가를 얻은 아키코의 대표작이다.
10 正岡子規(1867~1902)

분명히 하여 사물을 있는 그대로 옮기는 '사생'(写生)[11]의 중요성을
역설했다. 이듬해에는 네기시단카카이를 결성하였는데, 여기에 모여
든 가인에 이토 사치오(伊藤左千夫)[12], 나가쓰카 다카시(長塚節) 등이
있다. 시키의 사후에는 이토 사치오가 중심이 되어 기관지 『아시비』
(馬酔木)를 창간하였다.

瓶にさす藤の花ぶさ花垂れて病の牀に春暮れんとす
(正岡子規『墨汁一滴』)

꽃병에 꽂은/ 보랏빛 등꽃송이/ 꽃이 드리워/ 앓아누운 자리에/ 봄이
저물어가네

자연주의적 경향의 단카

메이지40년대에는 자연주의의 영향이 가단에도 나타났다. 나오부
미의 문하생인 오노에 사이슈(尾上柴舟)[13]와 가네코 군엔(金子薫園)[14]
은 자연주의의 영향을 받으며 묘조파의 낭만적 단카에 대항하여, 서
경가운동을 전개하였다. 또한 사이슈의 문하생인 와카야마 보쿠스이
(若山牧水)[15]와 마에다 유구레(前田夕暮)[16]는 자연주의적 경향의 단카
를 썼다. 보쿠스이는 근대인의 비애를 그리며 자연과 인생을 노래하
였고, 유구레는 객관적 작풍으로 자연주의를 구체화하였다.

---

11 写生: '미'라고 느껴지는 객관적 사물만을 인상 명료하게 나타내는 것을 목표로
   하는 것.
12 伊藤左千夫(1864~1913)
13 尾上柴舟(1876~1957)
14 金子薫園(1876~1951)
15 若山牧水(1885~1928): 가집에 『별리』(別離)『노상』(路上) 등이 있다.
16 前田夕暮(1883~1951): 가집에 『수확』(収穫) 등이 있다.

石川啄木

　　인간과 사회와의 관계에 관심을 가져 '생활파'라는 이름으로 불린
가인들도 등장했다. 도키 아이카(土岐哀果)[17]는 생활에 밀착된 노래를
로마자 삼행 쓰기로 쓴 가집 『나키와라이』(NAKIWARAI, 1910)를
발표했다. 『묘조』에 의해 낭만적 가인으로 출발한 후 자연주의적 경
향의 단카를 발표하게 된 이시카와 다쿠보쿠(石川啄木)[18] 역시 '생활
파' 가인으로, 구어적 발상의 삼행쓰기를 시도했다. 그의 가집 『한줌
의 모래』(一握の砂, 1910)『슬픈 장난감』(悲しき玩具, 1912)에는 빈곤
과 병고 속에서의 생활감정이 잘 나타나고 있다.

　　　　Tôku yori kite kau mono wo,
　　　　Hitotsu dani yokei wa irezu.
　　　　Pan-ya no Musume (土岐哀果『NAKIWARAI』)
　　　　먼 곳을 찾아 사러 온 사람에게
　　　　단 한 개라도 덤으로 주지 않네
　　　　그대 빵집 처녀여

　　　　はたらけど
　　　　はたらけど猶わが生活楽にならざり
　　　　ぢつと手を見る(石川啄木『一握の砂』)
　　　　일을 해 봐도
　　　　일을 해 봐도 여전히 이내 생활 편하여지지 않아
　　　　가만히 손을 보네

　　　　話しかけて返事のなきに

よく見れば、
泣いてゐたりき、隣の患者(石川啄木『悲しき玩具』)
말 걸어봐도 아무 대답 없기에
가만히 보니
몰래 울고 있었네 옆 침대 누운 환자

탐미파의 단카

자연주의적 경향의 단카가 유행하는 가운데, 이에 대항하여 일어
난 것이 탐미주의적 경향의 단카였다. 『묘조』로부터 나와 『스바루』
(スバル)에 모인 탐미파 가인에는 기타하라 하쿠슈(北原白秋)와 요시
이 이사무(吉井勇) 등이 있다. 이들은 도회적이고 감각적이며 향락적
인 경향의 단카를 발표하였는데, 그 중에서도 이사무는 감미로운 청
춘의 애환을 영탄조로 읊었으며, 하쿠슈는 근대적이고 참신한 감각
과 서정을 읊은 『오동나무 꽃』(桐の花, 1913)을 발표하였다.

日の光金糸雀のごとく顫ふとき硝子に凭れば人のこひしき
(北原白秋『桐の花』)

태양 빛줄기/ 카나리아와 같이/ 하늘거릴 때/ 유리창에 기대니/ 사람
그리워지네

아라라기파(アララギ派)의 단카

시키의 문하생으로 그의 가론을 이어받은 이토 사치오는 『아시비』
(馬酔木)가 종간된 뒤, 메이지41년(1908)에 『아라라기』(アララギ)[19]를

---

19 アララギ(1908~97)

창간하였다. 사치오의 사후에는 시마키 아카히코(島木赤彦)[20]와 사이토 모키치(斎藤茂吉)[21] 등이 중심이 되어 활약하여 다이쇼말기로부터 쇼와에 걸쳐 가단의 중심세력이 되었다. 아카히코는 시키의 사생설을 심화하였다. 또한 모키치는 『샷코』(赤光) 등의 작품에서 만요조(万葉調) 속에 근대적 서정을 노래하여 근대단카에 큰 영향을 끼쳤다. 모키치는 "실상(実相)에 관입(観入)[22]하여 자연과 자기가 일원화된 생을 옮긴다"라고 하는 이른바 '실상관입'(実相観入)[23]의 사생이론을 완성시켰다. 그 밖에 아라라기파의 대표적 가인에는 쓰치야 분메이(土屋文明)[24], 나카무라 겐키치(中村憲吉)[25], 샤쿠 조쿠(釈迢空)[26] 등이 있다.

> たち上る白雲のなかにあはれなる山鳩鳴けり白くものなかに
>
> 斎藤茂吉

피어오르는/ 하얀 구름 속에서/ 애처롭게도/ 산비둘기 우누나/ 하얀 구름 속에서

> みづうみの氷は解けてなほ寒し三日月の影波にうつろふ　島木赤彦

호수 뒤덮던/ 얼음 녹았음에도/ 아직 추우네/ 초승달의 그림자/ 물결에 변해가네

---

20 島木赤彦(1876~1926)
21 斎藤茂吉(1882~1953)
22 観入: 사이토 모키치가 만들어낸 말로, 심안(心眼)으로 대상을 바로 파악한다는 뜻.
23 実相観入: 대상의 진실상에 관입하여 자연과 자기를 일원화한 생을 옮기고자 하는 태도.
24 土屋文明(1890~1990): 가인, 국문학자.
25 中村憲吉(1889~1934)
26 釈迢空(1887~1953): 본명은 오리구치 시노부(折口信夫)이다. 민속학자, 국문학자.

반아라라기파의 단카

아라라기파에 속하지 않고 독자적인 세계를 수립했던 가인으로는 구보타 우쓰보(窪田空穂), 기노시타 리겐(木下利玄)[27], 오타 미즈호(太田水穂)[28] 등이 있는데, 이들에 의해 다이쇼13년(1924)에 『일광』(日光)이 창간되었다. 아라라기파에서 나온 샤쿠 조쿠, 이시하라 준 등도 여기에 가담하게 되는데, 이와 같은 반아라라기세력의 결집은 쇼와단카의 기점이 되게 된다.

野分だつ昼の河原の石にゐてあわただしくも鳴く烏あり　太田水穂
태풍이 부는/ 한낮 강가 자갈밭/ 돌 위에 앉아/ 무언가 분주한 양/ 우는 까마귀 있네

쇼와의 단카

이시카와 다쿠보쿠, 도키 아이카 등에 의한 구어적 발상의 단카의 영향을 받은 구어단카·구어자유율단카 운동이 전개되고, 프롤레타리아단카운동도 일어나, 단카의 산문화가 전개되게 된다. 이러한 경향에 대한 반동으로, 쇼와10년(1935)에 기타하라 하쿠슈가 낭만주의의 부흥을 주창하며 『다마』(多磨)를 창간하였다. 그러나 여전히 가단의 중심세력이 되었던 것은 아라라기파였다. 또한 가단과는 관계없이 독자적인 가풍을 나타낸 가인에 아이즈 야이치(会津八一)[29]가 있다.

---

27 木下利玄(1886~1925): 가풍은 처음에는 관능적이고 감상적이었으나, 구보타 우쓰보와 시마키 아카히코 등의 영향을 받아, 구어와 속어를 사용하여 평이하고 사실적인 단카를 짓게 된다.
28 太田水穂(1876~1955)
29 会津八一(1881~1956): 가인, 미술사가.

전후의 단카

전후에 들어서서 일본문화의 전통에 대한 반성과 비판의식이 대두되면서 하이쿠나 단카 등의 단시형문학의 비근대성을 지적하는 논의가 반향을 일으켰다. 이러한 논의를 비판적으로 수용하고 새로운 단카의 과제를 제시함과 동시에 그 해결을 목표로 하여, 쇼와21년(1946)에 기마타 오사무(木俣修) 등이 『야쿠모』(八雲)를 창간했다. 이어서 제2차 전후파라고 할 수 있는 쓰카모토 구니오(塚本邦雄)[30]와 오카이 다카시(岡井隆)[31] 등과 같은 전위가인이 등장하여, 종래의 단카적 서정을 근본적으로 바꾸려고 하는 반사실적 동향을 보였다.

쇼와31년(1956)에는 청년가인회의가 결성되어, 쓰카모토와 오카이 외에 데라야마 슈지(寺山修司)[32], 바바 아키코(馬場あき子)[33] 등이 모여 새로운 단카를 모색하였다. 이후 후쿠시마 야스키(福島泰樹)[34] 등이 등장하였으며, 구어에 의한 현대적 감각을 담은 다와라 마치(俵万智)[35]의 『샐러드 기념일』(サラダ記念日)과 같은 참신한 시도도 나타났다. 헤이세이9년(1997)에는 오랜 전통을 유지하던 『아라라기』가 종간을 맞이하게 되는데, 이는 단카의 현대적 의의를 생각해 볼 때 상징적인 사건이라 할 수 있다.

日本脱出したし皇帝ペンギンも皇帝ペンギン飼育係りも　　塚本邦雄
일본 탈출하고파 황제 펭귄도 황제 펭귄 사육사도

---

30 塚本邦雄(1922~2005)
31 岡井隆(1928~)
32 寺山修司(1935~83)
33 馬場あき子(1928~): 가인, 평론가.
34 福島泰樹(1943~)
35 俵万智(1962~)

「この味がいいね」と君が言ったから七月六日はサラダ記念日　俵万智[たわらまち]
"이 맛이 좋아"라고 그대가 말했으니까 7월 6일은 샐러드 기념일

하이쿠 俳句[はいく]

메이지시대에 들어서서도 근세말기 이후의 평범한 하이카이가 이어지고 있었다. 그러던 중 메이지20년대에 들어서서 마사오카 시키(正岡子規[まさおかしき])가 이러한 구파의 하이카이의 진부함을 비판하고, '사생'(写生[しゃせい])을 기치로 하이쿠(俳句[はいく])의 혁신을 꾀하였다. 메이지말기 경에는 자유율 하이쿠가 등장하기도 하였으나, 시키를 이은 다카하마 교시(高浜虚子[たかはまきょし])의 『호토토기스』(ホトトギス)파가 하이쿠 문단의 주류가 되었다. 그러나 쇼와시대에 들어서서는 평이한 사생 하이쿠를 부정하는 기운이 생겨 신흥 하이쿠운동이 일어나게 되었다.

하이쿠의 혁신

마사오카 시키[1]는 『닷사이쇼오쿠하이와』(獺祭書屋俳話[だっさいしょおくはいわ], 1892)에서 구파의 하이카이를 부정하고, 홋쿠(発句[ほっく])의 독립과 한 구의 완결성을 주장하였으며, 이윽고 현상을 정확히 묘사하는 '사생'을 주창하였다. 시키는 하이쿠 잡지 『호토토기스』(ホトトギス)를 주재, 병고 속에서도 하이쿠 혁신 활동을 이어갔다. 『호토토기스』에는 나이토 메이세쓰(内藤鳴雪[ないとうめいせつ])[2], 가와히가시 헤키고토(河東碧梧桐[かわひがしへきごとう])[3], 다카하마 교시(高浜虚子[たかはまきょし])

正岡子規

---

1 正岡子規(1867~1902): '사생'이라고 하는 독자적인 입장에서 단카, 하이쿠 혁신운동을 전개했다.
2 内藤鳴雪(1847~1926): 시키의 권유로 하이쿠에 입문했다.
3 河東碧梧桐(1873~1937): 감각적, 사실적인 구풍이 특징이다.

등이 모여 하이쿠 문단의 중심적 위치를 점하게 되었다. 시키는 부손(蕪村)의 인상이 선명하고 회화적인 경향에 공감하여 그를 높이 평가하였다. 또한 사생설을 산문에 응용하여 『묵즙일적』(墨汁一滴, 1901)『병상육척』(病牀六尺, 1902) 등의 뛰어난 수필을 남겼다.

柿くへば鐘がなるなり法隆寺   正岡子規

감을 먹으니/ 종소리 울리누나/ 호류지에서

いくたびも雪の深さを尋ねけり   正岡子規

몇 차례인가/ 쌓인 눈의 깊이를/ 물어보았네

遠山に日の当たりたる枯野かな   高浜虚子

머나먼 산에/ 햇볕이 비추이는 / 풀 마른 들판

赤い椿白い椿と落ちにけり   河東碧梧桐

빨간 동백꽃/ 흰 동백꽃 제각기/ 떨어져있네

신경향 하이쿠

시키의 사후 가와히가시 헤키고토는, 자연주의의 영향을 받아 기다이(季題)[4]를 무시하고 정형에 제약을 받지 않는 신경향 하이쿠를 시도했다. 그의 문하에는 오스가 오쓰지(大須賀乙字)[5], 오기와라 세이센스이(荻原井泉水)[6], 나카쓰카 잇페키로(中塚一碧楼)[7] 등이 있었는데,

---

4 季題: 기고(季語)와 같은 말. 하이쿠나 렌가(連歌) 등에서 춘하추동 사철의 느낌을 살려주기 위해 반드시 삽입하도록 정해진 말.
5 大須賀乙字(1881~1920)
6 荻原井泉水(1884~1976)

세이센스이와 잇페키로는 다이쇼기가 되자 정형을 무시하고 구어 자유율 하이쿠를 추진하였다. 이는 순간의 인상이나 정서를 직접 구어 표현으로 하고자 했던 것인데, 대중화되지 못하고 쇠퇴했다.

石垣に鴨吹きよせる嵐かな　　　　　　　　河東碧梧桐
돌담 쪽으로/ 오리 밀어붙이는/ 태풍이구나

カーぱいに泣く児と鶏との朝　　　　　　　荻原井泉水
있는 힘 다해/ 우는 아기와 닭의/ 아침이로다

호토토기스파(ホトトギス派)

시키의 사후 『호토토기스』를 주재했던 다카하마 교시[8]는 사생문과 소설에 몰두하여 한 때 하이쿠로부터 멀어졌으나, 신경향 하이쿠에 불만을 품고 하이쿠에 복귀하였다. 그는 전통적인 기다이와 정형을 지키는 입장을 취하고, 시키의 전통을 이어 객관 사생을 중시하였으며, 하이쿠를 화조풍영(花鳥諷詠)[9]의 문학이라 규정했다. 하이쿠의 정형에 애착을 가지고 있던 사람들의 지지를 받아, 하이쿠 잡지 『호토토기스』는 신경향 하이쿠를 제압하고 하이쿠 문단의 주류가 되었으며, 야마구치 세이시(山口誓子)[10], 미즈하라 슈오시(水原秋桜子)[11], 무라카미 기조(村上鬼城)[12], 이다 다코쓰(飯田蛇笏)[13] 등이 활약하였다.

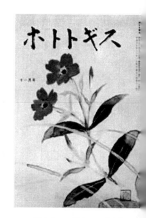

『ホトトギス』の表紙

7　中塚一碧楼(1887~1946): 주정적인 서정미 풍부한 구풍을 전개하였다.
8　高浜虚子(1874~1959): 구집에 『교시구집』(虚子句集)이 있다.
9　花鳥諷詠: 사계의 변화에 의해 일어나는 자연현상과 그에 따른 인간사와 현상에 접하여 마음에 일어나는 감동을 읊는 것.
10　山口誓子(1901~94): 근대 사회를 소재로 한 구를 읊었다.
11　水原秋桜子(1892~1981): 신흥 하이쿠운동의 중심적 인물이었다.

桐一葉日当りながら落ちにけり　　　　　　　　　高浜虚子
きりひと　は

오동잎 한 잎/ 햇빛에 쪼이면서/ 떨어지누나

쇼와의 하이쿠

쇼와에 들어서서도 호토토기스파가 중심세력이 되었는데, 이에 반발하는 움직임이 내부에서도 일어나게 되었다. 미즈하라 슈오시와 야마구치 세이시 등에 의해 서정적이고 지성적인 신경향의 신흥하이쿠운동이 전개되었다. 슈오시는 교시의 구풍을 비판하고 개인의 해방과 서정성 회복을 주창하였고, 세이시는 도회적이고 인공적인 것에 소재를 구하였다. 그 밖에 나카무라 구사타오(中村草田男)[14], 사이토 산키(西東三鬼)[15], 다카노 스주(高野素十)[16] 등의 활약이 주목을 받았다.

啄木鳥や落葉をいそぐ牧の木々　　　　　　　　　水原秋桜子
きつつき　　　　　　　　　　　　　　　　　　　みずはらしゅうおうし

딱따구리야/ 낙엽을 서두르는/ 목장의 나무

学問のさびしさに堪へ炭をつぐ　　　　　　　　　山口誓子
やまぐちせいし

학문하는 자/ 쓸쓸함을 견디고/ 숯을 보태네

降る雪や明治は遠くなりにけり　　　　　　　　　中村草田男
なかむらくさたお

내리는 눈아/ 메이지시대 이제/ 멀어졌도다

---

12 村上鬼城(1865~1938): 고난의 인생을 격조 높게 읊었다.
13 飯田蛇笏(1885~1962): 고전적이고 장중한 구풍의 하이쿠를 지었다.
14 中村草田男(1901~83): 슈오시의 지도를 받아 호토토기스의 동인이 되었다.
15 西東三鬼(1900~62)
16 高野素十(1893~1976): 시각묘사에 뛰어났다.

水枕ガバリと寒い海がある   西東三鬼
<ruby>西東三鬼<rt>さいとうさんき</rt></ruby>

물베개 베니/ 오싹하게 차가운/ 바다가 있네

전후의 하이쿠

전후에는 많은 하이쿠 잡지가 복간되었는데, 쇼와21년(1946)에 구와바라 다케오(<ruby>桑原武夫<rt>くわばらたけお</rt></ruby>)가 하이쿠는 제2예술이라고 하는 『제2예술론』(第二芸術論)을 발표하자 이것이 하이쿠계에 큰 반향을 불렀다. 세이시와 이시다 하쿄(<ruby>石田波鄉<rt>いしだはきょう</rt></ruby>) 등의 신흥하이쿠계의 사람들의 활약이 돋보인 한편 많은 신인들이 등단하게 되었다. 전후에 등장한 가네코 도타(<ruby>金子兜太<rt>かねことうた</rt></ruby>)[17] 등은 하이쿠에 사회성을 도입하는 등 새로운 방향을 지향했다.

---

17 金子兜太(1919~): 하이쿠에 사회적 문제의식을 담았다.

4. 극문학

메이지에 이르러서도 연극의 주류는 여전히 가부키(歌舞伎)였다. 가부키의 신작 각본을 들어보더라도 가와타케 모쿠아미(河竹黙阿弥)[1]가 문명개화의 신풍속을 그린 '잔기리물'(散切物)[2]을 선보였을 뿐이었다. 그러던 중 메이지10년대 말부터 '활력물'(活歴物)[3], '신사극'(新史劇)[4] 등의 가부키 개량이 시도되고, 이윽고 '신파극'(新派劇)이 성립하게 되면서 연극전반에 걸쳐 변화의 움직임이 일어나게 된다. 쓰보우치 쇼요와 모리 오가이 등이 근대 서구극을 번역하고 계몽활동을 한 영향을 받아, 메이지 후반에는 시마무라 호게쓰의 문예협회, 오사나이 가오루의 자유극장 등의 신극(新劇)운동이 추진되었으며, 그와 더불어 근대희곡에 대한 관심도 높아져갔다. 메이지말부터 다이쇼에 이르기까지 많은 극작가들이 등장하게 되고 다이쇼기에는 문인들도 앞 다투어 희곡을 쓰게 된다. 또한 쇼와기에는 한때 프롤레타리아 연극도 등장하게 되는데 이에 대항한 예술파 신극도 활발하게 공연되었다. 전후에는 많은 극단이 재개하거나 창립되어 다양한 연극활동이 전개되고 있다.

가부키의 개량

가부키는 메이지가 되어서도 대중의 지지를 얻어 근세말의 극작가

---

1 河竹黙阿弥(1816~93)
2 散切物: 메이지초기에 유행한 가부키의 세와교겐(世話狂言)의 일종. 산발한 머리의 인물이 나옴.
3 活歴物: 종전의 가부키의 역사적 사실무시에 대한 비판에서 만들어진 것.
4 新史劇: 활력물이 역사적 사실에 편향된 나머지 무미건조함에 빠졌던 것에 대해 가부키의 전통미를 살리며 새로운 시대에 걸맞는 사극으로 수립된 극.

가와타케 모쿠아미가 여전히 활약했다. 그는 개화기의 시대풍속을 그린 '시라나미물'(白浪物)[5]을 써서 상연했는데, 이는 전통적인 가부키의 범위 내에 있었지만 새로운 경향을 나타냈다. 또한 9대 이치카와 단주로(市川団十郎)는 사실에 근거한 역사물인 '활력물'(活歷物)을 상연하였다. 한편 이러한 활력물에 비판적이었던 쓰보우치 쇼요(坪内逍遙)는 사실을 내면적으로 해석하여 인물의 성격을 표현해야 한다고 주장, 신사극(新史劇)을 쓰게 된다.

신파(新派)

새로운 시대의 세태풍속을 그린 신파극은 메이지20년대, 자유민권운동의 선전극으로 등장하게 된 것으로, 구파인 가부키에 대해서 '신파'라고 불렀다. 초기의 신파는 가와카미 오토지로(川上音二郎)[6] 등이 중심이 된 '서생연극'(書生芝居)[7]과 이이 요호(伊井蓉峰)[8]의 '남녀합동연극' 등의 형태로 상연되었다. 이어서 메이지30년대에는 『곤지키야샤』(金色夜叉)『온나케이즈』(婦系図)『불여귀』(不如帰) 등의 소설을 각색상연하여 큰 인기를 얻었으나, 제재만 새로운 시대에서 취했을 뿐, 풍속극의 범주를 벗어나지 못하였다.

---

5 白浪物: 도적을 주인공으로 한 가부키. 막부말기에 유행하였으며, 가와타케 모쿠아미는 그 대표적 작가이다.
6 川上音二郎(1864~1911): 배우
7 書生芝居: 당시의 혈기왕성한 남자들 또는 서생이라 불리는 청년들이 자유민권 사상을 민중에게 호소하기 위한 목적으로 시작한 연극을 일컫는 말로 장사연극(壯士芝居)이라고도 했다.
8 伊井蓉峰(1871~1932): 배우

島村抱月

신극운동

메이지30년대말부터는 서구근대극의 영향을 받아 신극운동이 일어
났다. 메이지39년(1906), 쓰보우치 쇼요와 시마무라 호게쓰[9]가 문예
협회(文芸協会)[10]를 설립하고, 이들이 각각 셰익스피어의 『햄릿』, 입
센의 『인형의 집』 등을 상연하여 연극계에 새로운 바람을 불러일으
켰다. 그 후 호게쓰는 『인형의 집』에서 노라역을 맡은 마쓰이 스마
코(松井須磨子)[11] 등과 함께 예술좌(芸術座)[12]를 설립하여 톨스토이의
『부활』 등을 상연하여 신극보급과 대중화에 공헌하였다.

한편, 오사나이 가오루(小山内薫)[13]는 메이지42년(1909) 2대 이치카
와 사단지(市川左団次)와 자유극장(自由劇場)[14]을 설립, 예술적 연극을
목표하여 입센, 체홉 등의 번역극을 상연하여 신극운동의 선구적 역
할을 했다.

창작극의 성행

자유극장과 예술좌의 활동은 연극계에 커다란 영향을 끼쳐, 희곡
창작이 활발해졌다. 오카모토 기도(岡本綺堂)[15]는 『슈젠지 이야기』(修

---

9 島村抱月(1871~1918): 셰익스피어 등 주로 서양의 작품을 상연하였다.
10 文芸協会(1906~13)
11 松井須磨子(1886~1919): 신극여배우. 1911년에 『인형의 집』 여주인공 노라역
   을 연기해 인정받았다. 1918년 11월에 호게쓰가 병사하자 세상을 비관하고 두
   달 뒤 자살했다.
12 芸術座(1913~19): 신극의 민중화에 공헌하였다. 시마무라 호게쓰의 뒤를 이은
   마쓰이 스마코의 자살로 해체.
13 小山内薫(1881~1928): 신극 운동의 지도자로서 활약하였다.
14 自由劇場(1909~19)
15 岡本綺堂(1872~1939)

禅寺物語(ぜんじものがたり)[16] 등을 써서 인기를 끌었고, 나카무라 기치조(中村吉蔵)(なかむらきちぞう)[17]는 호게쓰를 도와 사회극을 썼으나 예술파 해방후에는 사극을 썼다. 무샤노코지 사네아쓰의 『그 여동생』(その妹)(いもうと), 구라타 햐쿠조(倉田百三)(くらたひゃくぞう)[18]의 『출가와 그 제자』(出家とその弟子)(しゅっけでし), 기쿠치 간의 『아버지 돌아오다』(父帰る)(ちちかえる), 야마모토 유조의 『영아 살해』(嬰児殺し)(えいじ) 등 탁월한 극적 구성을 지닌 작품이 속출하여 근대희곡이 확립되게 된다.

쓰키지소극장(築地小劇場)(つきじしょうげきじょう)[19]과 그 이후

다이쇼13년(1924) 히지카타 요시(土方与志)(ひじかたよし)[20]와 오사나이 가오루(小山内薫)(おさないかおる)는 쓰키지소극장을 창설, 이곳을 '연극의 실험실'로 삼고 연출자와 배우를 양성하며 새로운 양식의 극을 의욕적으로 상연했다. 그러나 가오루의 죽음을 계기로 사상적 동요에 의해 예술파와 프롤레타리아파로 분열하게 되었다. 그 중의 하나인 신쓰키지극단(新築地劇団)(しんつきじげきだん)[21]은 좌경화하여 무라야마 도모요시(村山知義)(むらやまともよし)[22], 구보 사카에(久保栄)(くぼさかえ)[23] 등에 의해 결성된 신협극단(新協劇団)(しんきょうげきだん)[24]과 함께 『화산회지』(火山灰地)(かざんばいち) 등을 상연하여 프롤레타리아 연극을 전개하였다. 한편 예술의 이상을 추구한 기시다 구니오(岸田国士)(きしだくにお)[25]와 다나카 지카오(田中(たなか)

---

16 修善寺物語: 메이지44년(1911) 초연.
17 中村吉蔵(1877~1941)
18 倉田百三(1891~1943)
19 築地小劇場(1924~29)
20 土方与志(1898~1959): 사재를 털어 신극운동을 전개하였다.
21 新築地劇団: 쇼와4년(1929) 결성.
22 村山知義(1901~77): 소설가, 화가, 극작가, 무대장치가.
23 久保栄(1901~58): 극작가, 연출가, 소설가.
24 新協劇団: 쇼와9년(1934) 결성.
25 岸田国士(1890~1954): 오사나이 가오루의 사후, 지도자가 되었다.

千禾夫)는 연극지 『극작』(劇作)[26]에 작품을 발표, 쓰키지좌(築地坐)[27]에서 상연하였다.

전후

전시 중에는 프롤레타리아파에 대한 탄압이 거세져, 쓰키지좌의 흐름을 잇는 문학좌(文学座)만이 명맥을 유지하고 있었다. 그러던 중 종전 후인 1945년 말에 신극 관계자에 의해 체홉의 『벚꽃동산』을 합동 공연한 것을 계기로, 문학좌(文学座)[28], 배우좌(俳優座), 전진좌(前進座), 그리고 새롭게 민예(民芸)[29], 사계(四季)[30] 등 다수의 극단이 결성되어 활발한 공연운동이 개시되었다. 이러한 가운데 신극도 대중화의 방향으로 나아가게 된다.

기성 극작가에 의한 창작극은 다나카 스미에(田中澄江)[31]의 『반딧불의 노래』(ほたるの歌), 마부네 유타카(真船豊)[32]의 『나카바시공관』(中橋公館, 1946) 등이 있다. 신진 극작가로는 가토 미치오(加藤道夫)[33]가 전시 중에 쓴 『나요타케』(なよたけ, 1946)를 발표하고, 기노시타 준지(木下順二)[34]는 민화극과 역사극을 발표하였다. 기노시타의 『유즈루』(夕鶴, 1949)는 민화를 근대적 감각으로 재구성한 것으로, 쇼와24년(1949)의 초연 이래 일본 전국에서 많은 사람들에 의해 상

『夕鶴』

---

26 劇作(1932~40)
27 築地座: 쇼와7년(1932) 결성.
28 文学座: 쇼와12년(1937) 결성.
29 民芸: 쇼와22년(1947) 결성.
30 四季: 쇼와28년(1953) 결성.
31 田中澄江(1908~2000)
32 真船豊(1902~77)
33 加藤道夫(1918~53)
34 木下順二(1914~2006): 현대극에 『산맥』(山脈) 등이 있다.

연되었다.

1950년대에는 브레히트, 아더 밀러 등의 극이 소개됨으로써 현대를 살아가는 인간의 사회적 과제를 연극계에 안겨다 주었다. 이 시기에는 아베 고보의 『노예사냥』(どれい狩り, 1955), 미시마 유키오의 『로쿠메이칸』(鹿鳴館, 1956) 등이 호평을 얻었다. 1960년대에는 시나 린조와 아베 고보 등에 의해 실존주의와 부조리감각에 의거한 연극이 상연되었다. 1970년대에는 베케트, 이오네스코 등의 부조리극[35]이 이입되면서 그 영향을 받은 기노시타 준지(木下順二), 후쿠다 요시유키(福田善之) 등이 활약했다. 한편 이러한 방향에 반대하는 입장에서 소극장운동이 일어나게 되는데, 학생운동과 부합하여 젊은이들을 매료시킨 언더그라운드연극이 데라야마 슈지(寺山修司)[36], 가라 주로(唐十郎)[37] 등에 의해 과격하게 추진되었다. 희곡에서는 시미즈 구니오(清水邦夫)[38]를 비롯하여, 『성냥팔이소녀』(マッチ売りの少女)의 베쓰야쿠 미노루(別役実)[39], 언더그라운드연극과 뮤지컬을 연결한 극을 확립한 이노우에 히사시(井上ひさし), 그리고 쓰카 코헤이(つかこうへい)[40], 노다 히데키(野田秀樹)[41] 등이 활약하였다. 1980년대에는 억압

---

35 不条理: 프랑스어로는 이치에 맞지 않는다는 뜻. 카뮈가 인간존재를 부조리성으로 파악하여, 그 위에 살아가는 인간을 그리고자 하는 문학테마가 일본에도 소개되어 유행한 말. 부조리극이란 1950년대에 프랑스를 중심으로 일어난 전위극 내지는 그 영향을 크게 받은 연극을 일컫는다.

36 寺山修司(1935~83): 극작가, 시인, 작가, 영화감독, 경마평론가 등 다양한 분야에서 활약.

37 唐十郎(1940~): 극작가, 배우.

38 清水邦夫(1936~)

39 別役実(1937~): 극작가, 동화작가.

40 つかこうへい (1948~2010): 재일한국인으로 본명은 김봉웅(金峰雄). 극작가, 연출가, 소설가. 대학재학 시절부터 언더그라운드 연극 제2세대 극작가, 연출가로 활동을 시작했다.

의 발산으로서의 웃음을 기조로 하는 고카미 쇼지(鴻上尚史)[42] 등이
등장함으로써 연극계는 더욱 활발하게 움직이고 있다.

---

41 野田秀樹(1955~)
42 鴻上尚史(1958~)

■ 색인

あ

い

え

う

お

な

に

ね

の

は

저자약력

이시윤

일본 오차노미즈여대박사(문학박사)
현재 성결대학교 교수

【주요논문】
- 平安時代の文献に現れる物忌に関する一考察
- 平安の文学作品に現れる貴族の結婚とその周辺
- 明治初期のキリスト教と武士たちの選択
- 韓国の日本語学習者の現況考察ー日本大衆文化の解放を踏まえてー

【저서】
- 일고전문학감상
- 일고전문법입문
- 시대별일본문학사
- 뉴마스터일본어(공저)
- 완성기초일본어(공저) 외

임태균

일본 오사카대학박사(문학박사)
현재 성결대학교 교수

【주요논문】
- 『ある女の生涯』における狂気
- 藤村文学における＜老い＞
- 島崎藤村『嵐』読解の試み
- 『家』試論

【저서】
- 뉴마스터일본어(공저)
- 일본문학속의 기독교(공저) vol.1～3 외
- 일본근현대문학과 연애(공저)

신개정판

포인트 일본문학사

신개정초판1쇄 발행 2009년 8월 7일
신개정초판5쇄 발행 2013년 2월 28일

저   자 이시윤 · 임태균
발 행 인 윤석현
발 행 처 제이앤씨
등록번호 제7-220호

우편주소 (132-702)서울시 도봉구 창동 624-1 현대홈시티 102-1106
대표전화 (02) 992-3253
전   송 (02) 991-1285
홈페이지 http://www.jncbms.co.kr
전자우편 jncbook@hanmail.net

ISBN 978-89-5668-733-9 93830   **정가** 14,000원